闪婚

夜纤尘・著

重庆出版集团 重庆出版社

图书在版编目（CIP）数据

闪婚 / 夜纤尘著. -- 重庆 : 重庆出版社, 2011.1

ISBN 978-7-229-03013-1

Ⅰ. ①闪… Ⅱ. ①夜… Ⅲ. ①长篇小说－中国－当代

Ⅳ. ①I247.5

中国版本图书馆CIP数据核字(2010)第179935号

闪婚

SHAN HUN

夜纤尘 著

出 版 人：罗小卫

策 划 人：方模启　刘　伟

责任编辑：陶志宏　汪晨霜

封面设计：零三一五艺术设计

重庆出版集团
重庆出版社　**出版**

重庆长江二路205号　邮政编码：400016　http://www.cqph.com

北京市后沙峪印刷厂制版印刷

重庆出版集团图书发行有限公司发行

E-MAIL：fxchu@cqph.com　邮购电话：023-68809452

全国新华书店经销

开本：787mm×1092mm　1/16　印张：16　字数：238千字

2011年1月第1版　2011年1月第1次印刷

ISBN 978-7-229-03013-1

定价：26.80元

如有印装质量问题，请向本集团图书发行有限公司调换：023-68706683

目录 Content

楔　子／001

第一章　相亲式结婚／005

第二章　平地风波／055

第三章　裂　痕／083

第四章　女强人的生活／121

第五章　梁陈的决定／169

尾　声／243

楔　子

秋日婚礼那天，一直晴好的天气突然转阴，天空中堆了一层厚厚的乌云，仿佛是汲足了水的海绵，只轻轻一挤便能挤落一摊水来。这场婚礼的新娘梁陈却为这样的天气而庆幸。这样的天气，让秋老虎没有了发威的余地，凉爽宜人。经过了一天的折腾，她几乎累了个半死，可是现在她不得不与俊朗稳重的新郎站在国际大饭店的门边迎接前来参加晚宴的客人。

嘴角的笑容已经僵硬，她觉得整个面部肌肉都在微微抽搐。眼看着那些熟悉的、陌生的客人满脸灿烂地向他们走来，然后用洋溢着无限热情的声音对他们表示祝贺，梁陈只能堆起笑容，机械式地重复着一个动作——鞠躬！没想到结婚也这么痛苦，为什么已婚的王丽娜之前没跟她说清楚？谁说婚礼当天新娘是最幸福的？简直就是谬论！

“恭喜啊，美女！”她正暗自抱怨，却见面前突然伸过来一个红包，还有一个包装精美的礼盒。抬头一看，见一身休闲装扮的苏格微笑着站在她面前，化了淡妆的她仍掩不住浓浓的倦意，看样子刚刚从A市赶过来。

梁陈见她大老远过来，不由心头一热展开双臂抱住她说：“没想到你真的赶过来了，到底是死党，五六个小时的车程呢！”

“应该的嘛！我可是说话算话，没能当上你的伴娘，有些遗憾！”苏格伸手轻拍了拍她的背淡然一笑说。

“介绍一下，这位就是我的老公郑嘉航！”一身洁白婚纱的梁陈伸手挽过身边黑色西装、沉稳和气的男人向苏格介绍道。虽然她们是死党，但因工作的关系，苏格从没有见过她的新郎。

苏格很有礼貌地向他一欠身，说了声“你好”，然而当她的目光落在郑嘉航那张俊朗的脸上时，一时竟愣在当场。凭着良好的记忆能力，她确信曾见过这个男人，那年在名典咖啡相亲时的男人。

“陈陈，恭喜啊！”她正独自出神，耳畔忽然响起王丽娜清脆婉转的声音，紧接着肩膀就被她紧紧搂住，眼前出现了她那张白皙的瓜子脸。对于好久不见的苏格，王丽娜表现出了极大的热情，这有些让当事人接受不了。

梁陈与王丽娜打完招呼，伸手将苏格拽到身边低声说：“格格，今天孙浩也特地赶过来了，现在在十号桌坐着呢！那桌都是老同学，你与王丽娜一起过去吧！”

苏格一听见这个名字，眉头下意识地皱了一下，紧接着冷哼一声，附在她耳边悄声说：“我对已婚男人不感兴趣！”说完抛给她一抹妩媚的笑容，拉着王丽娜穿过大堂往厅里去了。

一走入大厅王丽娜便拉着她不怀好意地问：“怎么？看上人家的老公了？晚了一步啦！”说完便扭头向站在大堂门前的新郎努了努嘴。

苏格并不以为意，双手抱臂微低着头说：“这世界真小，也不知梁陈嫁给他到底是福还是祸！”

“人家大喜的日子你瞎说什么呢？这么长时间没见，你那怪脾气一点也没变！”王丽娜白了她一眼没好气地说，一抬头却见眼前闪过一抹熟悉的身影。这让她立马忘掉身旁的苏格，大步往前面走去。

与她做朋友这么些年，苏格对此已经是见怪不怪了，王丽娜就是一标准重色轻友的人，而且见到帅哥走不动路。高中时期凭着她姣好的容貌，她拥有不少的追随者，最后全被她“感化”成为铁哥们儿了。王丽娜天生就有一种魅力，即使与异性做不成情人，也能当做很好的朋友来相处。而苏格却不然，到如今她还在为当年孙浩主动提出分手的事情耿耿于怀。她一直那么聪明能干，成绩在班里一直名列前茅，没想到也正是因为这个原因才让他提出分手。而且没过多久，他就与别的系一名看上去娇小柔弱的女生好上了，并且在毕业后一年就结婚成家了。没想到大学时期三年多的感情就因为她要强的个性而土崩瓦解了，她清楚地记得分手前孙浩说过的一句话：“苏格，你太理智了，理智得可怕！你也太要强了，相处这么久，我从没见你掉过一滴眼泪！”

直到那天，她才明白，孙浩心目中的好女人形象就是那种单纯得无知、娇弱得无助的女人。那样的女人才能激发他天生的保护欲，展现他的男子气概。男人，总喜欢与她这种独立有主见的人做商业的伙伴，找女朋友或妻子，当然是温婉柔顺点的好！这也无可厚非，自古以来便是如此！而梁陈，既不像她那样太过独立要强，也不是那种小鸟依人的女子。单从外表来看，俊朗稳重的郑嘉航与她很相配，只是那个男人未必……

“苏格，好久不见了！”她正靠在厅中的柱旁出神，突然面前冒出一个人来，声音一如往昔那般爽朗。

苏格抬头看着眼前一身灰色西服的男人，唇角微微上翘投给他一抹虚伪的笑容：“好久不见了，孙浩！”说完她大方地向他伸出手，就在他手伸过来的刹那间，她又将手缩了回去，然后一脸无辜地望着他问：“怎么没见着你老婆？”

孙浩被她这么一问，显得有些局促不安，到现在他还是不了解苏格，他永远都猜不透她。有时候她看起来那么单纯，有时候她却是那么复杂。

“格格，过来给你介绍一下！”王丽娜的到来打破了他们之间的尴尬气氛。苏格一抬头，见她亲昵地拉着一个男人走了过来：“这位是我以前的老同学，赵筠！”

“呀，没想到你也来啦？”王丽娜瞟了一眼旁边的孙浩，立即冲过来往他肩上打了一拳，边笑边冲苏格挤眉弄眼。

苏格客气地跟赵筠打了声招呼，视线扫过面前的三个人，向各位一欠身说：“你们先聊着，我先入席了！”说完走到王丽娜身边诡异一笑，轻声说：“今天你没带老公来，真是太明智了！”

这个世界真是太小了！苏格没料到，今天竟然遇到那么多让她觉得不可思议的人和事！坐在位子上，她望向大堂门口那个高大的身影，耳边似乎又响起他坦率而淡漠的声音：“我已经有一个相处五年的女朋友了，只是迫于家里的压力，我不得不来这里和你见面！”而他现在，却和梁陈走到了一起，是放开了吗，还是又迫于家里的压力？这世上，男人远远比女人要复杂得多！

第一章 相亲式结婚

（1）

梁陈之所以叫这个名字，当然是拜自己的父母所赐。她爸爸姓梁，妈妈姓陈，于是她顺理成章地叫做“梁陈”。在她自己的印象中，从小到大她就是那种放到“恐龙”堆里显得清秀可人，钻到“靓女”群里稍显平庸的女子。与美丽的王丽娜相比，她充其量只能算清秀；与清高的苏格相比，她还算亲和可爱。总的来说呢，她是比上不足，比下有余。也许是因为名字的原因吧，“良辰美景”这四个字，她只占了二分之一。除了不够美之外，从小到大，她一路走得很顺，没什么磕磕绊绊。日子过得波澜不惊，倒也舒服自在，比王丽娜的平淡，比苏格的舒适，对生活没有过多要求的她来说，已是非常满足了。

梁陈的家境还算不错，也是比上不足比下有余的那种。父亲是事业单位的小领导，母亲是医院的护士，前几年因身体不好，办理了内退手续后一直待在家中做她的贤妻良母。估计是每日在家闲得发慌，所以经常整点事出来。梁陈二十五周岁生日刚过，耳根子软的她就禁不住母亲的威逼利诱前去相亲。

相亲的过程顺利异常，与郑嘉航的第一次见面虽说不上相谈甚欢，也算是互有好感。接下来就是理所当然的约会、谈情说爱、订婚、结婚，这个流程走下来只用了七个半月的时间。双方的父母对这件婚事都非常满意，特别是郑嘉航的母亲，婚前经常拉着她的手唠叨说自打见着梁陈第一面，就觉得她是她命中注定的儿媳。梁陈当时听了这话，真是受宠若惊啊。自古以来，婆媳之间一般是水火难容，没想到这位准婆婆竟然跟她这么投缘。当时她真是感谢父母赐给她这么好的名字，她的人生，每时每刻都是“良辰”啊！

婚期定下来那天，与她分享这个幸福的消息的不是她最依赖的苏格，而是业余生活缤纷多彩的王丽娜。那时远在A市的苏格刚由文员转为业务，每次打电话过去都是忙音，这让梁陈多少有些失望，又有些心疼。因此当她踏入茶馆见到王丽娜时，咬牙切齿地对她说的第一句话就是："孙浩这个王八蛋！"

惊愕不已的王娜丽吓得差点弄翻了桌上的杯子，瞪了她半天嘟囔了一句："找我来就是要跟我说这些吗？孙浩哪里惹到你啦？该说这句话的应该是格格才对！"

"她那种人哪会说这话，分手时人家可是潇洒一甩头走人了！"梁陈坐下来，端起面前的一杯茶一饮而尽。

"喂，喂，心急火燎地找我来到底为的什么事？"王丽娜伸起桌底下修长的腿轻轻地踢了她一下。看她满面春风的样子，显然不是来为苏格打抱不平的。

梁陈脸微微一红，略显羞涩地说："我订婚了，婚期定在九月初！"

王丽娜秀眉微挑，扬起一抹灿烂的笑容说："好事啊，恭喜你即将跨入已婚者行列啊，我们庆祝一下如何？"说着她拿出手机噼里啪啦地发起了短信。

"格格太忙了，你还是别打扰她了。我从昨天一直打到现在，总是忙音！"梁陈以为她要找苏格，连忙伸手制止。

王丽娜向她撇撇嘴，一双大眼弯成了月牙状："我知道，我现在叫几个已婚姐妹来传授你点经验！"

"就你那些整天只知道吃喝玩乐的姐妹们吗？我看还是算了吧！"梁陈边说边眯着眼睛打量了她一遍说，"我看你也没被她们调教得有多好，整天疯疯傻傻的，没正形！"

她这句话正戳在了王丽娜的痛处，她立即停下手里的动作，一本正经地对她说："跟你说实话，婚姻这东西远没我们想象的那么浪漫美好，你想想，柴米油盐、锅碗瓢盆的日子，能有多大意思？作为过来人，我劝你要以平常心对待，否则……否则这日子……"说着说着她竟然眼圈发红，下意识地抬起手理着额前的发丝。过了好半天才见她平静下来，又换成一副笑脸说："唉，跟你这个快结婚的人讲这个干吗？这不是撺掇着你逃婚嘛！"说完她捂着肚子笑个不停，连眼泪都笑了出来。

梁陈见状，心里很不是滋味。王丽娜的老公是那种标准的暴发户型男人，虽说相貌还说得过去，只是那人满身的铜臭味，令人恶心。若论起学历，他一个电大的专科文凭哪里配得上王丽娜的全日制本科？也不是嫌他学历低，关键是他这人素质不行。用苏格的话来说，他这种人应该送到小学找名师重新改造！可是当年也不知朱敬轩给她家人灌了什么迷魂汤了，硬是将他们撮合在了一起。后来，苏格给出的经典解释是："他这种奸猾商人，有的是哄骗人的手段，用来对付普通的老百姓，简直绰绰有余！"不过他这个人也是有优点的，那就是对自己的老婆非常大方。没钱了，随手甩出一叠，足够她挥霍大半个月的。

"发什么呆啊？说实话吧，你们家郑嘉航那人看起来还不错，挺实在的一个人。这种人，最适合过日子了，结婚嘛，也就那样，一起好好过日子呗！"见梁陈盯着桌面发呆，王丽娜终于止住了笑，拿出化妆包边补妆边说道。

梁陈点了点头，一副受教了的样子。其实她想听的并不是这些，这些话学校里的同事们在闲暇时间可没少讨论，特别是订婚前，她可是竖着耳朵听了好几个星期。她现在最需要的，就是有人能像苏格那样，说话字字珠玑、一锤定音，立即让人犹豫的心情烟消云散。余留下来的，是饱满的信心。只可惜，她太忙了。真搞不清她为什么放着好好的文员不做，偏偏主动请缨去做业务。这个女人，永远都在挑战自我！

（2）

最后的定心丸还是苏格给的。那天晚上约会后，郑嘉航送她回来，在小区楼下很意外地吻了她。在小区暗淡迷离的路灯下，她第一次发现他用饱含深情的眼眸凝视着她，与以往那个淡漠寡言的他判若两人。他用灼热的唇唤起她一直埋藏在心底的悸动与火热的激情，她笨拙而热烈地回应，紧紧抱在一起的两个人忘乎所以地向对方传达着各自的需要。郑嘉航如雨点般细密的吻落在她细白的颈间，双手在她上半身游离不定，直到听见附近铿锵有力的脚步声他才依依不舍地放开她。

"宝贝儿，快上去吧！"他伸手轻拍着她细腻水嫩的面颊，用愉悦的声音说道，之后又将她拉入怀中，在额头上烙下一吻才放开她。

梁陈伸手摸了摸自己发烫的脸，心中像揣了只兔子怦怦直跳。因为怕家人看到自己这副样子，于是对他笑笑说："你先回去吧，我等一下再进去。"

郑嘉航歪着脑袋盯着她看了半天，黑亮的眼眸在路灯下熠熠生辉，嘴角的笑意越来越深。他伸手摸摸她的头宠溺地说："宝宝，你太单纯了，像个未经世事的孩子！"

对于他这个称呼，梁陈先是一愣，紧接着一股甜蜜的感觉涌上心头，只是脸上烧得更为厉害了。她嗔笑一声，一把推开他说："赶紧回去吧，再晚了连车也打不到了！"

"等我们结婚后买辆车吧，一般的代步车就可以了！"郑嘉航像个毛头小伙子一般磨磨蹭蹭就是不肯走，只好没话找话说。

这时梁陈听见楼道里传来一阵脚步声，转头一看，见是四楼的刘秀玲带着上小学的儿子走了下来。见他们向这边望过来，她有些不好意思，连忙推了他一把说："再说吧，快点走啦！"

郑嘉航对她笑了笑，道了别转身便走了。谁知他没走出几步又转过身来向她挥了挥手，这才大步流星地走出小区。二十几年来终于体会到爱情的甜蜜的梁陈就这样怔怔看着他的高大挺拔的身影消失在夜色中，过了好半天才缓过神来，心满意足地回到家中。

梁陈有个不知是好是坏的习惯，那就是无论春夏秋冬睡前都要冲一把澡，她喜欢带着满身的香气扑到自己的小床上。正当她沉浸在对未来生活的憧憬中时，手机响起了阿桑那首《寂寞啦啦啦》的歌曲。想都不用想就知道是苏格打过来的，这首歌是她的最爱，淡淡的调子与她清高的个性很搭。

"不好意思，最近在谈一个重要的工程案，下午刚收到娜娜发来的消息。你订婚了？先恭喜一下！"刚按下通话键就听见苏格沉静而清澈的声音。

"女强人，你终于想起我啦？"从高中时期开始，梁陈对个性独立的苏格就产生了一种依赖感。因为她三言两语就能帮她解决心中的疑惑，打消她心头的顾虑。

"是上次相亲的那个人吧？不错啊，一次就成功了，这就是所谓的缘分啊！”苏格渐渐抬高了音调，颇为兴奋地问。

“差不多就这么定了吧，有时候却觉得心里没着没落的，偶尔还感觉心慌。你说这是不是婚前恐惧症啊？”梁陈很老实地向她反映自己奇怪的心理。现在的她，就需要她给颗定心丸。

苏格沉默了一会儿，平静地说：“其实这也没什么，很正常的心理吧！是不是心中有些犹豫，反反复复在心里确认对方是不是能和自己携手走完一生的人？是不是总想着万一结婚后产生矛盾怎么办？是不是在想或许以后遇到更适合自己的人怎么办？”

梁陈真是佩服苏格的头脑，不用多作解释，她一下就能说出她心中所想。听她说完这些话，她对着话筒猛点头，连声称是，然后像个好学的学生一般，满怀恭敬地等待着苏老师的解答。

“陈陈，首先你要明确你要的是什么。浪漫而热烈的爱情吗，还是朴实平淡的婚姻？没有爱情的婚姻不是完整的婚姻，也是不稳定的。但是爱情不是婚姻的全部，只有爱情的婚姻是盲目的。时间久了，最初的激情退去，就只剩下烦琐的生活，你们的爱情也会渐渐转化为亲情。就这样，你们在平淡中一天天变老，顺利的话你们会相携走完一生！”苏格就是苏格，三言两句便将爱情与婚姻阐述得一清二楚，难怪大学时期孙浩称她为“女版的苏格拉底”。

“格格，真是太佩服你了！”梁陈对着话筒做流口水状，苏格在她心目中的形象又放大了一倍。

“没什么，忘记这些话在哪里看过了，其实这种事情跟着感觉走就对了！什么时候有空把你准老公的照片发来瞧瞧，我好替你把把关！”苏格在电话那头轻笑，声音里带着淡淡的倦意。

“今天真是谢谢您老人家在百忙中打电话来开导我。听君一席话，胜读十年书。不打扰你休息了，先挂了！”梁陈知道她一个人在外打拼得很辛苦，赶紧结束了谈话。

苏格也不跟她客气，道了声“晚安”便挂了电话。

第二天，梁陈领着学生结束早读后才来得及吃早餐。以前当护士的妈妈有轻微的洁癖，她几乎也受了传染，一般不喜欢在学校用餐，每天都是带着妈妈准备好的饭上班。她一边吃着香喷喷的早餐，一边打开电脑接收邮件，她一直与班里的几位学生家长用邮件联络。不过今天她只收到一封苏格发来的邮件。她迫不及待地点开一看，只见淡蓝的信纸上写着一则小故事。

柏拉图有一天又问老师苏格拉底什么是婚姻。苏格拉底叫他到杉树林走一次，要不回头地走。在途中要取一根最好、最适合用来当圣诞树的树材，但只可以取一次。柏拉图充满信心地出去，半天之后，他一身疲惫地拖了一棵看起来直挺、翠绿，却有点稀疏的杉树。

苏格拉底问他："这就是最好的树材吗？"

柏拉图回答老师："因为只可以取一棵，好不容易看见一棵看似不错的，又发觉时间、体力已经快不够用了，也不管是不是最好的，所以就拿回来了……"

这时，苏格拉底告诉他："那就是婚姻！"

梁陈看完，会心地一笑，眼光落在了最下面的两行粗体小字上："陈陈，幸福是掌握在自己的手中的。如果他能让你觉得有足够的勇气面对未知的未来时，不要犹豫，伸手紧紧握住吧，因为幸福已经在你掌心了！"

梁陈咬着勺子将这封信看了不下十遍，直到听见身后王老师酸气十足的揶揄时，这才感觉自己的眼角已经微湿。

（3）

苏格的那些话确实让梁陈很受用，她带着苏格拉底的婚姻观义无反顾地与郑嘉航走入了婚姻的殿堂。确实如王丽娜所说，婚后的生活平淡如水，偶尔泛起的波澜还是来自王丽娜的。

结婚后她才开始充分地了解她的丈夫，他有着很好的生活习惯，早睡早起、讲究卫生，做事也极有条理，说话也很有分寸，冷静而理智，总的来说，有些像苏格。这些正对了梁陈的口味，她渐渐把对苏格的依赖转嫁到了他的身上。苏格一向对撒娇、使小性这些花招不感冒，郑嘉航也是如此，但是他是个男人，竟然对女人这些可爱的举动无动于衷，真是让人觉得奇怪。因此，梁陈一直对他保留着一定的距离，甚至有些陌生人的客气。不过，细水才能长流嘛！

这天一早，梁陈就遇到一件令她头痛的事情。二年级一班的赵老师要休近半年的产假，校长决定让她暂时代理一班的班主任。生性淡泊、随性的她一向讨厌繁冗的事情，做小学的特别是低年级的班主任最不容易了。平常不仅要负责学生的学习，还要兼顾学生的安全问题，及时与家长沟通，耐心开导班里的问题学生等诸多杂事。特别是低年级的学生动手能力有限，教室的卫生大部分要由班主任承担，做一个辛勤的园丁真是不容易啊！

经过校长苦口婆心的劝说，一向耳根子软的梁陈无奈地承担了这个艰巨的任务，条件是校长答应下一年决不会让她继续担任班主任了。梁陈垂头丧气地回到办公室，一抬头就见整个公室的同事们用极为怜悯的眼神注视着她，顿时她的心情更为沉重了。

“梁老师，你就这么答应了？”去年刚调过来的王老师好奇地盯着她问。

梁陈哭丧着脸往座位上一坐，摊开两手说：“还能怎么办，校长都说成那样了，我哪好意思不答应啊？”

“你这个人就是太实诚了，真不知该说你单纯还是说你愚蠢！”旁边三十来岁的周老师端着暖水杯向她走了过来，顺便用手往王老师一指，“瞧瞧人家，算是新人吧？你简直没得比啊！”

梁陈望着满脸得意的王老师，这才明白过来，看来校长是进行轮番“轰炸”了，而她，则成功地充当了“炮灰”。唉，这人跟人的差距怎么就这么大呢？

早上三四两节没她的课，她一个人坐在位子上自我反省。做了三年多的老师还是这个懵懵懂懂的样子，连一个刚毕业的新人都不如，今天这件事真让她欲哭无泪。她下意识地拿起手机要给苏格打电话，想了想还是算了，做业务的人，每天像陀螺一样忙得团团转，不能总去打扰她。现在打给郑嘉航也不太合适，他在医院也挺忙的，虽说他医本毕业，但手底下还带着一个刚分配来的研究生呢！新人动手能力差，凡事他得多操心，不能为这些小事麻烦他。父母那边就更不用说了，自己也是结了婚的人了，不能让他们再为自己操心了。犹豫了半天，一心想找人倾诉的她，只能拨通了王丽娜的电话。

“喂，美女啊，我正要找你说事儿呢！”听王丽娜的语气好像有什么开心事。

“好巧啊，你又有什么新鲜事要说？”见她兴致勃勃的样子，梁陈实在不忍打断。

王丽娜突然压低了声音说：“经理坐在后头呢，我想我们还是见面说吧，电话里说不方便。今晚六点我们翠园茶室见吧，那里人少好说话！”

“好啊！”梁陈十分爽快地答应下来，反正已经一个多星期没联络了，聚一下也好。

“唉，陈陈，我现在越来越觉得我是个坏女人了！”正准备挂断电话，突然听见听筒传来王丽娜一声幽幽长叹，然后又隐约听见一阵细碎的脚步声。过了一小会儿，才听她用正常的音调说：“好了，现在可以畅所欲言了，你知道我这个人，心直口快，再不说出来，就要被憋死了！”

“到底什么事啊？瞧你神神道道的。”梁陈被她弄得一头雾水，一会儿见面谈，一会儿又迫不及待要说出来。

“陈陈，我最近发现我根本就不爱朱敬轩。我当时真是昏了头了，他到底哪点好啊，我就这么嫁给他了？”王丽娜在那头咬牙切齿地说。

梁陈当场被她这句话“雷”懵了，她这位好友也太不靠谱了吧。结婚快两年了竟然说不爱自己的老公，早干吗去了？她愣了半天才对着手机说：“那，那你想怎么样啊？你们都已经结婚了！”

“唉，我就是不知道怎么办才来跟你商量啊，现在除了你能帮我还有谁啊？”王丽娜唉声叹气地说，语气却夹杂着小女人的甜蜜气息。

“这，你让我怎么帮你啊？你前不久还不是说婚姻就是那么回事嘛，就是两个人一起好好过日子呗，怎么没几天就变卦了？”梁陈真是越来越搞不懂这个女人了。

“算了，算了，现在跟你说不清楚，还是晚上见面再说吧！”王丽娜也不知如何向她说起这事，干脆挂了电话。

听着手机里传来“嘟嘟嘟”的声音，梁陈无奈地摇了摇头，这个王丽娜，一会儿风一会儿雨的，真是善变。看来今天是不用回去吃晚饭了，她赶紧给郑嘉航发了个消息，通知他晚饭自行解决吧！

（4）

结束了下午最后一堂课，梁陈就忙着回办公室收拾东西，只等着下班走人，谁知校领导们临时决定开场小会。五六位德高望重的校领导每人一通发言，足足用了一堂课的时间，梁陈很荣幸地被列入骨干老师的队列，就这样云里雾里地听着，听完后不知所云。她已经被王丽娜催得连杀人的心都有了，一散会，她就像出膛的炮弹一般冲出校门，随手拦了辆的士往翠园茶室赶去。

一路上接了王丽娜五个“夺命连环CALL”，急得她不顾形象地在出租车上大吼，差点吓着那位年纪轻轻的的哥。下车时作为补偿，她连找零都免了，权当做给他的精神损失费了。虽然有些少，但足以消除她心底对人家的歉意。

“大忙人，现在才来！”当她气喘吁吁地找到座位坐下来时，就见对面的王丽娜嘟着嘴巴抱怨起来。

“没办法啊，你也知道学校里经常开这种无聊的会议，今晚的茶点我来埋单，当做赔罪了，好不好？”梁陈深感不安，忙堆起笑脸解释说。

王丽娜撇着嘴笑道：“那可不行，我今天可是有事要向你请教，哪能让你破费？付账时你可别跟我抢啊，否则我跟你翻脸！”

梁陈微微一笑，也就随她去了，万万不能跟她这种直脾气的人争。她随手翻过菜单点了些茶点，便开门见山地说：“到底有什么事啊，刚刚跟催命似的！”

“喂，还记得高中时期隔壁班的班长赵筠吗？高高大大的，皮肤有些黑的那个？”王丽娜一脸期待地望着她笑眯眯地问。

梁陈翻了翻眼皮想了一会儿才恍然大悟道：“哦，想起来了，就是那个经常陪他们班女排球队员打球的那个男的，陪练班长？”

“对，就是他啦！当时不小心用排球砸到我的，后来请我们到校门口饭馆吃小炒的，当时你也在场的嘛！”见她还能想起来，王丽娜别提有多兴奋了。

“你怎么突然提起他了？我记得当时你认他做大哥了，对吧！”梁陈见她春风满面的样子，不由得好奇地问。

王丽娜羞赧一笑，白皙的脸上瞬间飞上两朵红云：“他是你老公的大学同学，你们结婚那天他也来参加婚礼了，之前你老公没向你介绍他吗？”

梁陈听后一愣，对于郑航嘉的朋友她认识得还真不多，而且平常很少见他与朋友来往。估计他这个人生性淡漠，朋友不多吧！像他们这样的夫妻真的很奇怪，对彼此了解并不太深，却顺理成章地结婚成家了。不过这也没什么，现在闪婚族太多了，相比较而言，他们还算是比较慎重的呢，至少一起相处了大半年的时间。

“跟你说话呢，怎么发起呆来了？”见她支着胳膊眼中一片茫然，王丽娜伸手拍了拍她问。

“哦，没事，没事，你继续说吧！”梁陈连忙收回心神，对她歉意一笑。

“要不，我们去酒吧喝酒吧？那样才热闹啊，说不定你有幸能听见我酒后吐真言呢！”王丽娜环视了一眼四周，觉得这里面太安静了，安静得让她心生胆怯。不知梁陈这样中规中矩的人，如果听了她要说的话，会不会强烈鄙视自己。

“神经啊，你知道我不去那种地方的，怎么着我也是为人师表嘛！”梁陈听后连连摆手，她才不要去那种恐怖的地方。

“那我们去KTV唱歌吧，就我们两个，好陈陈，陪我去嘛！”王丽娜边说边使出她的撒手锏。这一招着除了对苏格不起作用外，其他人都会一一被她拿下。

梁陈无奈，只得答应陪她去附近的“云乐迪”玩一会儿。自打结了婚，她再也没跟朋友们痛快地玩过，偶尔一次也不错。

两人在那里要了一个小包间，唱了足足三个小时。其间她一首接着一首唱，王丽娜在旁边悠闲地喝着红酒。旋转的彩灯映在她手中暗红的液体上，发出一种朦胧而诡异的光芒。一个人喝酒无聊，她就拉过梁陈硬灌下一杯，还美其名曰可以美容养颜。梁陈揣度她心里有事，将话筒一扔板着面孔逼供，而她只是嬉皮笑脸地说自己是个坏女人。

梁陈见她有些反常，于是试探性地问：“娜娜，你不会和赵筠好上了吧？”

“Bingo！一下就被你猜中了！”王丽娜倒在她身上笑得花枝乱颤，

“陈陈，千万别跟格格说这事，她会把我骂死的！”

梁陈一把推开她正色道：“真的假的啊？你可是已婚女人了，婚外恋这事可不能干！赵筠呢？他仍是单身？”

“是啊，呵呵，他说他心里一直有我呢。他不想一直做我的哥哥，呵呵……”王丽娜醉意正浓，说起话来有些大舌头。

“那你怎么想的？搞婚外恋吗？太不像话了吧！赶紧刹车！再说朱敬轩平常对你也算不错了！”梁陈死命地摇着醉得瘫倒在沙发上的她责怪道，只可惜她已是昏昏沉沉地睡着了。

梁陈看着醉倒的王丽娜不知所措，凭她一个人也抬不动。本来想找电话打给朱敬轩的，又害怕她酒后失言。万一被他听了去，自己就成了罪人了。正在为难时，突然听见王丽娜包包里的手机唱起欢快的歌曲。她拿过来看了看，上面显示着赵筠的名字，犹豫了半天也没敢接。她可不敢把醉得不省人事的娜娜交给他，万一出了什么事，又是她的责任，真是要晕死了！

无奈之际，又听见自己的手机响了起来，是郑嘉航打过来的。梁陈将音响关到最小，这才按下了通话键，忐忑的心情像极了犯错而等待批评的孩子，现在已经快十一点了。

“怎么还不回来，在哪里呢？要不要我去接你？”郑嘉航的声音听不出丝毫感情，这让她心里有些发慌。

“哦，在一位朋友家呢，你赶紧休息吧，我一会儿就到！”梁陈很小心地措辞，结婚以来她还从没单独一个人在外面玩这么晚。她有着标准的双鱼座女子的善良单纯，同样，内心也很敏感细腻。

“嗯，知道了，路上小心点！”郑嘉航似乎觉得她的态度不错，于是缓和了语气柔声说，不过还是干脆地挂了电话。

梁陈非常不满地挂了电话，没想到他这么轻描淡写地说了两句话就挂了。来不及多加抱怨，她抓起王丽娜响个不停的手机按下了通话键盘，再不找人把她拉走，估计今晚只能在这里包夜场了。

（5）

与赵筠通完电话不到十分钟，就见他气喘吁吁地赶了过来。梁陈与他客气地打了招呼，便提出了自己的想法。从外表上看，赵筠确实是正人君子相，当听到梁陈要送王丽娜去附近的旅店过一晚的时候，他连连点头称是。他小心翼翼地背起王丽娜出了“云乐迪”，直往对面的一家酒店去了。

当时梁陈的确有那么点不放心，特意赶在他前面到前台要了一个单间。虽然她也觉得自己有些小心眼，可是防人之心不可无嘛！安顿好王丽娜，梁陈这才松了一口气，看了看表已经快十二点了。

“她睡熟了，应该没什么事情，我们走吧！”梁陈拿好包包，对着刚把一杯热水拿到床边的赵筠说道。

赵筠先是愣了一下，然后不好意思地一笑说：“哦，现在这个时候出租车好像很少了，要不我送你一程吧？”

梁陈一听这话，立即明白他会错了意，连忙摆手说：“不用了，不用了，市中心这里好多的士的，那个，你……你难道不回去吗？”

“哦，我晚一会儿再回去，我怕她醉酒后不舒服。”赵筠边说边深情地看了一眼缩在被中的王丽娜说，“正好我先送你一程，回来的时候买点解酒药。”

梁陈见人家说得极坦诚，也不好再啰唆，免得人家说她以小人之心度君子之腹。她看了看并不宽大的床，又见王丽娜睡得很熟，想到明天还要上班，内心挣扎了一番，勉强挤出一丝笑容说：“那你先在这里好好照顾她吧，我先走了！”她特意将“好好照顾”这四个字咬得很重，正常人都能听出她的言外之意。

赵筠见她一副担心的样子，无奈地摇了摇头，强忍着内心的笑意说：“你放心吧，我一定不会动她一根汗毛的。”

听他这样讲，梁陈脸蓦地一红，站在原地连连摆手说：“其实……其实我不是那个意思啦，你别多想啊，那个，我先走了！”话一说完，她赶紧脚底抹油溜了。

“王丽娜啊王丽娜，希望你没看走眼，老天保佑赵筠是个正人君子外加柳下惠吧！”飞也似的冲到了酒店门前，梁陈回头看了看灯火辉煌的大厅默默地说道。当务之急，她要先赶回家。在出租车上，她想到了苏格，不知道这种事情换做是她会怎么处理。不过她总能将事情处理得妥妥当当的，不像自己，做什么事情都像脑子里少根筋似的。

回到家打开门，屋里已是漆黑一片。挂好包脱掉鞋子，梁陈蹑手蹑脚地进了卧室。黑暗中传来郑嘉航均匀的呼吸声，显然他已经进入了甜蜜的梦乡。她摸黑走到床边，轻轻拿起放在柜子上的睡衣，准备到浴室里冲个澡。

12月份的天气已是很冷，她连浴霸都没有开，微闭着眼睛任由热水从头浇下，瞬间冲散了身上浓浓的酒气。她在浴室里折腾了半天，用了N遍沐浴露，刷了不下三遍的牙，她可不想让郑嘉航闻到她身上的酒味。

怕打扰到熟睡的郑嘉航，她特意把吹风机拿到书房去吹头发。书房的窗子没有关严实，偶尔吹进来一阵寒风，让只穿了一件棉制睡袍的她不由自主地打了个寒战。想起今天赵筠看王丽娜的眼神，细心体贴的举动，她心里没来由地上升起一丝不快。这个郑嘉航，自己这么晚回来，就打个电话象征性地问一下便自顾自地睡了，还把不把她当老婆看待啊？就算是普通朋友，也不止打一通电话表示关心吧？他倒好，事不关已地一个人躺在床上呼呼大睡，真是个没心肝的人！

一切收拾完毕，她穿着拖鞋踢踢踏踏地进了卧室，故意摸黑将室内的东西碰得咚咚作响，借此吵醒床上的郑嘉航。只可惜事与愿违，人家仍是动也不动地躺着跟周公下棋呢！梁陈见状，气不打一处来，用力地往床上一坐，伸手将被子掀得老高，这才慢腾腾地钻进了被窝。她就不信，她这么大动静他还能睡得着？她这么冰凉的手触到他，他就没感觉？事实上他确实没什么感觉，只是翻了个身又沉沉地睡去了。

“真是头猪！”梁陈在心里狠狠地咒骂道，将被子紧紧地往身上一裹，背对着他躺下了。可是又气愤又委屈的她哪里睡得着啊？没想自己嫁了这么个冷酷无情的人，自己老婆这么迟回来，问也不问一声，也不担心，还睡得这么香，太没人性了。这世界上，真的只有父母对自己最好了，平常她若是晚个十来分钟到家，电话早就打过来了。有时候朋友聚会什么的，一直要到凌晨才能回家，到了家里老爸老妈肯定是觉都不睡，开着灯等她回来，然后再心疼地唠叨半天，多温馨啊！梁陈越想越觉得心酸，双手双脚冻得冰冷冰冷的，裹着被子好一会儿还是没有温度。心都冷了，身体哪还暖得起来啊？

她这边正委屈得要掉眼泪，身边的郑嘉航突然翻了个身，搂住她的腰将她拉到自己温暖的怀里。她被这突如其来的举动吓了一跳，尚未来得及叫出声，就听他贴在耳边沉沉地说了声：“你喝酒了？跟谁喝到现在才回来？”

梁陈这才稍稍感到安慰，转身钻入他怀里将头埋在他的胸膛轻声说：“只喝了一点，跟王丽娜在一起的。”

“只你们两个人吗？”他俯头轻咬着她的耳垂质问道，语气里透着轻微的不满。

“当然了，还能有谁啊？”梁陈抬手轻捶了他一记，闷声答道，心里涌上一股酸酸甜甜的感觉，原来这家伙一直在装睡呢！

郑嘉航一只手很不老实地探入她的睡袍内，先是在她后背来回地摩挲着，尔后一翻身将她压在身下俯头咬了咬她的鼻尖说：“以后不准这么晚回来，就算跟朋友聚会也要把你老公我带上！”

“知道了，下次一定不忘捎上你！”刚才的一腔怒意被他这番举动驱赶到爪哇国去了，梁陈伸手搂紧他的脖子抬起头主动迎上了他炙热的双唇。

（6）

这几天梁陈一直忙着与赵老师办理交接手续，还好平常她有带一班的数学，对班里的学生多少有些熟悉。班里面除了姚坤颖那几个捣蛋鬼，其余学生还算老实听话。赵老师本意是坚持到这学期结束，可是现在的身体状况不太好，只得提前休假回家待产，梁陈便如赶鸭子上架般成了二年级一班的班主任。本学期快要结束了，各班都在忙着备考，她可是铆足了劲打理班级事务，安排复习工作。二年级一班在期中考试时全年级排第四名，全年级一共八个班，名次还不算落后。不过这也给她带来不小的压力，再怎么不济，她也得尽量保持这个名次吧！

一整天除了上课，她就埋首坐在办公桌前翻看赵老师留给她的工作总结。班里有几个孩子太过顽皮，竟然把从家里带来的豆腐乳扔到同学的帽子里，害得家长找到学校强烈要求得到合理的解决。当时学生家长要不是看在赵老师大肚子的分上，早就要闹到校长室了。现在一般家庭都只有一个孩子，哪个不当做宝似的宠着。趁着这学期末，梁陈决定要请班里几个捣蛋鬼的家长来谈谈。

下班前十分钟忽然接到郑嘉航的电话，说是今天周五，要一起到他家吃顿饭，让她下班后直接赶到家里。梁陈二话没说连声答应，挂断电话后大脑却开始急速运转起来。前几天与王丽娜逛街给婆婆买了身运动服，上身是对襟带拉链的，天冷的时候在里面加件厚毛衣可以穿，她早上锻炼的时候也可以穿。家里面还放着一瓶精装的西湖龙井，上个月苏格寄过来的，说是客户送的，寄过来大家一起分享。不管怎么样，总要先回一趟家，空着手上门总觉得不好意思。

在出租车上接完嘉航打过来的电话，她开始焦急地催促着司机开快些。可是现在正值下班高峰时段，每个路口都排了几条长长的车队，大冷天的急得她直冒汗。好不容易到了小区楼下，她差点连车钱都忘记付了，提了包便要走，急得那司机在后面直嚷嚷，真是窘到家了！

“怎么这么晚才到，不是让你直接过来的吗？”刚走到小区楼下，便见郑嘉航迎了上来，低头看了看她手里的东西，会心一笑揽住她腰说：“就算送这些东西也不急于一时啊，快上去吧！”

“陈陈来啦，赶紧进屋来！”刚一进门就见慈爱的婆婆迎了上来，“屋里开着空调呢，把外套脱了吧！”

梁陈腼腆地笑了笑，将袋子往嘉航手里一塞，继而脱下外套挂在了门边的衣架上。嘉航知道她不好意思开口，向她促狭一笑将袋子提到妈妈面前说：“妈，这是陈陈给你们买的，看看喜不喜欢！”

“这孩子，过来吃顿饭还要带礼物，都是一家人还这么见外！”婆婆接下袋子看也没看便嗔怪着说，语气里明显带着几分宠爱与欣慰。

“都站着做什么，还不快过来吃饭，再过会儿菜都要冷了！”公公端着一大锅汤从厨房走了出来，隐在镜片后面的眼睛里带着浓浓的笑意。

郑嘉航看了看自己的母亲，伸手揽过梁陈的肩膀向桌边走去。一家四口围成一桌，有说有笑地吃着，别提有多温馨了！结婚前老听一些同事抱怨自己的婆婆脾气古怪、待人苛刻，当时让梁陈很不安，可是看着面前和蔼慈祥的公公婆婆，她觉得自己很幸运！从小到大，一切都出奇的顺利，看来这都要归功于她这个好名字！

吃完饭，她抢着收拾碗筷却被婆婆给制止了：“你们一个月也就来那么几次，哪能让你收拾，快放下！”

“嘉航你去帮忙，让我跟陈陈聊聊天！”公公抬手推了推坐在身边的儿子微笑着说。

嘉航爽快地站起身，将连连摆手的梁陈按在椅子上，轻轻拍了拍她的肩示意她安下心来好好坐着。其实她明白公公的意思，于是很安分地坐在椅子上有一搭没一搭地聊着，大多都是工作上的事情。

“年轻人嘛，就是要多多锻炼，做低年级的班主任确实要付出很多，压力也很大。别慌张，只要认真努力就一定会做好的！”身为中学教师的公公说起话也是一板一眼，极符合教师这一职业。

梁陈听了用力地点着头，这时却见婆婆站在门边问：“陈陈要做班主任了啊？这可是个辛苦活儿啊，记得当年你公公带毕业班班主任时，忙得连饭都不能好好吃一顿！”

公公听了只是呵呵地笑，梁陈也点着头附和说：“爸爸那时候一定比现在辛苦，现在的教学条件多好啊！”

“条件好归好，现在老师也不易做，现在的孩子多娇气啊，骂不得打不得的。”婆婆边说边将一盘新鲜草莓放到桌上，突然疑惑地问，“一般学校里不是等一学年结束后才分配班主任的吗？现在才过一个学期啊。”

“哦，以前的班主任要回家生宝宝，所以暂时由我来带。”梁陈老实地回答。

“嗯，孕期还要带班主任确实不容易，女人嘛，总要趁着年轻生孩子，年纪再大些，产后恢复就慢了！”婆婆紧紧地抓住这个机会，望着她意味深长地说。

梁陈一听脸涨得通红，手中牙签上插着的草莓差点落了下来。实际上，嘉航早就跟她商量好了，最近两三年内决定不要孩子，因此他们的防御措施一直做得很好，基本上不会出什么“意外”。不过这件事一直是瞒着四位老人，若被他们知道了，就等着他们没完没了的唠叨吧。

婆婆这边见她一副害羞的样子，不禁心中一喜走到她身边悄声问：“不会已经有了吧？我看你今天胃口不错啊，有没有去嘉航的医院检查一下？”她边问边瞄了一眼梁陈平坦的小腹。

“妈，厨房都收拾好了，就等着您老前去验收了！”嘉航适时的出现帮窘迫不已的梁陈解了围。

“知道了，待会儿再说。你这孩子也不知道多关心关心自己的老婆，今天竟然让她一个人跑来！”见嘉航走了过来，婆婆又把话题转向了自己的儿子。

嘉航这边刚要还嘴，又听见爸爸附和地说：“是啊，是啊，要来也不两人一块儿来，从你们医院到陈陈学校不是顺路吗？打个车不就成了？”

“爸爸……”嘉航无奈地皱着眉张口反驳，这边又听老妈继续说道：“我看啊，你们最好买辆车，也不用太好，普通的私家车就行了，十万左右的应该差不多了吧？以后一家子出去也方便，特别是有了孩子后，省得你们天天挤公交！”

“如果你们手头没多少钱，我们可以凑凑嘛，虽然我跟你妈没太大的本事，但买普通小车的钱还是能拿出来的。如果你们不愿意，就当是先借给你们的也成！”见老婆向自己使眼色，爸爸也赶紧附和着。

“爸，妈，不用了！我跟嘉航都还年轻，不急着要孩子，这两年主要想好好工作，多赚些钱，以后才能给孩子创造优良生活的条件嘛！”见公公婆婆如此热心，善良的梁陈再也忍不住了，终于把实话说了出来。

婆婆一听这话，有些不高兴了，拉了把椅子坐到她身边耐心地劝道：“你们俩听我说啊，要孩子与工作是两码事，要知道女人生孩子一定要趁年轻。而且趁我们还能走能动，可以帮你们带带孩子，到时候你们照常做你们的工作，这样不是很好吗？”

“哎呀，妈……”嘉航见老妈没完没了地唠叨有些受不了，于是开口阻止，谁知话刚出口又见老妈拉着梁陈的手循循善诱地说个没完。抬头求助地看着对面的老爸，换来的却是他的无奈一笑。

（7）

晚上八点多钟，两人终于从父母家走了出来，接受了妈妈近一个小时苦口婆心的劝说，两个人的心灵与耳朵备受折磨。梁陈见没什么风，便提议散步回去，她曾经粗略地算了一下大概要花四十分钟的时间。嘉航想到这周还没轮到他值班，便欣然同意，今晚见梁陈一直恭敬而耐心地听老妈的唠叨，他有些感动又有些歉疚。本来近两年不准备要孩子的事情就是他主动提出来的，除了工作的原因外，他觉得自己还没有作好足够的心理准备。

“我妈这人就是那样，一唠叨起来就没完没了的，其实她也是为我们好。”郑嘉航握住她微微发凉的手说。

“我倒觉得咱妈挺可爱的，瞧她一脸认真的样子，就好像教育自己的亲闺女一样，我应该感觉到幸福才对！你看多好啊，有两个妈妈关心着我！”梁陈顺势将头往他肩上一靠开心地说。

嘉航听后心中一时感慨万千，他没想到自己的老婆竟然这么善解人意，完全与网上流传的八零后刁蛮媳妇沾不上边，果真人与人之间的差别是很大的。他抬手紧紧地揽住她的肩温柔地说：“我妈一定也很幸福，一下多了个体贴的好女儿。不过以后真要麻烦你多包容了，估计她会一直没完没了地唠叨下去，直到她的孙子或孙女儿呱呱落地为止。”

“没事，反正我左耳朵进右耳朵出，你放心好了！”梁陈拍拍胸脯骄傲地说，她也不想这么早就要孩子，现在她自己还像个孩子呢！她也有自己的小任性、怪脾气，只是一直没机会展露而已。

“嗯，我老婆真是好！”嘉航感激地在她脸上落下一吻，并附在她耳边小声地说，“要不，我们干脆要个孩子算了，免得经常受他们折磨！”

梁陈抬起头盯着他看了半天，见他一副嬉皮笑脸的样子就知道他是开玩笑呢，便装作没好气的样子说：“我看还是算了吧，我还没玩够呢！”说完之后，她心里有点小小的失落。不知在哪里看过一句话，其实男人是很希望跟心爱的人有个孩子的。想来相处不到一年时光，还不能让他爱到那种程度吧。就像苏格说的那样，没有爱情的婚姻是不完整的，也是不稳定的，现在的她也不能确定她与嘉航之间到底是哪一种情感，这让她突然对自己的婚姻不自信起来。

“嗯，趁这两年我们要好好享受二人世界！”像是感觉到她内心的不安，郑嘉航将她紧紧搂在怀里说，“要不，我们现在就回去享受浪漫的二人世界去？”

“讨厌！”梁陈脸倏地一红，一把将他推了开来，自顾自地快步向前走去。走了没几步，见他仍站在原地动也不动地望着她。大街上流转的灯光打在他俊朗的脸上，平添了一份神秘，却带给她一种朦胧而不真实的感觉。

自那天过后，有时婆婆那边打电话过来要求过去吃饭，嘉航都是能推就推，反而弄得梁陈不好意思起来。正好这周末嘉航要值夜班，梁陈就打电话约王丽娜出来逛街，她准备在即将到来的元旦给家里的四位老人选些礼物。

下班后，梁陈准时赶到市中心的淡水清粥馆，到那里时王丽娜正有滋有味地吃着白粥和台式酱菜。见她匆匆过来，向她妩媚一笑说："要吃点什么？今天就请你吃清粥小菜了！"

"呀，难得啊！现在改吃素了？"梁陈瞄了一眼桌上的食物好奇地问。

王丽娜的笑容有些奇怪，并不理会她，伸手招来服务员要了一份与她一样的粥菜。反正梁陈不挑口，给什么吃什么，比她要好养活多了。这年头，好像这么随性的女子很是难找了。

"等会儿去哪儿逛啊？"梁陈咽下一口粥问。

"随便你啦，去哪儿我都奉陪！"吃饱喝足的王丽娜用餐巾纸抹着嘴巴说。

梁陈嗯了一声，加快了吃饭的速度，反正喝粥嘛，三下五除二便搞定。不过她真想不通平常无荤不欢的王丽娜怎么突然吃起素来，但她只是抬头纳罕地瞟了她一眼，继续解决剩下的半碗白粥。味道还行，有点像妈妈平常熬的清粥，一种亲切感油然而生。当她将最后一勺粥送入口中的时候，王丽娜突然开口说道："陈陈，我怀孕了。"

梁陈抬起头惊喜地说："是吗？那要恭喜你了啊！要做妈妈了！多长时间了？"

"已经五周了，基本上没什么特殊的反应。"王丽娜淡淡一笑，大大的眼睛里却藏不住内心的挣扎。

"这可是个好消息啊，相信苏格听了也会很高兴的！你老公肯定要乐得飞起来了！"梁陈开心地掏出手机要给苏格发消息，却被王丽娜一把按住了。

"别告诉格格，说实话，我现在心里很矛盾，我不知该不该要这个孩子。我根本不爱敬轩，我没信心跟他一起度过接下来漫长的日子，这孩子来得太不是时候了！"周末用餐时间，粥馆里有些吵闹，嘈杂的吵闹声淹没了王丽娜的后半句话。

“为什么呀？是因为赵筠吗？你们现在还在一起？”梁陈挑眉质问道，说实话，她并不讨厌赵筠这个人。以前高中时，她确实看出来他很喜欢王丽娜，却不知为何，他们一直以兄妹相称。

王丽娜点点头，眼光却落在了灯火绚烂的窗外，大波浪式的卷发自然地散落在肩上，脸颊明显比大学时期丰腴了许多。现在的她就像个有钱人家的少妇，得到了一堆花不完的钱，却遗失了自己的爱情。这一切，都应该归结于她在当初没能坚持自我。一毕业就在父母的安排下与朱敬轩结婚，当时朱敬轩已经脱离学校走向社会三四年了。凑巧的是，她与孙浩是同一天举行的婚礼，害得苏格一天赶了两场婚宴。当见到王丽娜的新郎时，她冷笑着对梁陈说：“看来王丽娜挑来挑去挑花眼了，找了这么个人做老公，她呀，真是自讨苦吃！”

当然，这些尖酸刻薄的话断然不能让王丽娜知道的，而且当时梁陈倒没觉得有什么不妥，她以为只不过是从昔日恋人婚宴上赶来的苏格一时愤慨之言。朱敬轩虽比不得王丽娜以前交往的那些朋友，但长得也还周正，而且他那时已从父亲手中接下来一个小作坊式的公司，打理得也还不错。谁想到，婚后三个月都不到，王丽娜就跑来拉着她倾诉心中的烦恼，其实她跟朱敬轩根本没有共同语言，这种日子，确实不太好过。现在的婚姻，精神生活远比物质生活要重要得多！

小巧的手机被梁陈握得微微发烫，她不知要说些什么话来安慰面前的娜娜，不过心里总觉得她有些对不起朱敬轩。客观上来说，虽然他不是王丽娜理想中的老公，但他们毕竟是合法夫妻，而王丽娜已经从精神上开始背叛他了。有句话说得好，精神上的背叛远比肉体上的背叛要残忍，而那个整天围着公司、酒桌转的可怜男人，现在还被蒙在鼓里。

“娜娜你别太冲动，如果说你没有信心与朱敬轩共度余生，那你就有勇气和赵筠在一起一辈子吗？”想了半天，她间接地为朱敬轩讨公道，再说又有谁能保证赵筠以后只爱她一个人？爱情这东西，不过是一时头脑发热而已！这句话也是苏格说的，确实符合女版苏格拉底的称号！

最终是没逛成街，她还颇为小心地将王丽娜送回了家，毕竟孕妇最大嘛！生活真的是很奇怪，她这边正因为要孩子的事情而烦恼，而王丽娜那边却因怀上了孩子而烦闷，可笑！

(8)

时间过得飞快，不知不觉又到了周末，再过几天就是期末考试了。今天下午梁陈刚给学生进行了一次模拟测试，办公桌上堆着一摞厚厚的试卷。上下午各一个班，近七十份卷子等着她，估计要拿回家去批阅了。这两天班上的姚坤颖又开始不老实了，上次让他找家长来，谁知他理由多多，一直没能成功地约到他父母。后来还是休假在家的赵老师把他家的地址给了她。原来她之前也遇到相同的情况，好不容易从班里的一位同学的母亲那要来了地址，却一直忙得没机会去，这次正好把这个艰巨的任务转交给梁陈。不管怎么样，明天一定少不了要跑一趟了，再不好好管管这位小朋友，估计会有更多的家长找到学校里来。

喜欢今日事今日毕的她，饭后洗涮完毕便一直坐在书桌前批阅试卷。她一共带了三个班的数学，而且又兼任二年级一班的班主任，下周过去一定会有更多的事情。当晚的记忆只停在凌晨十二点二十分，困乏难当的她就这么趴在书桌上睡着了。早上醒来时，自己正躺在舒适的大床上，而郑嘉航早已经把衣服洗出来晾好了。这是他婚后第一次主动洗衣服，让梁陈很感动，当时真觉得自己是全世界最幸福的人了。

想到自己昨天批卷子到很晚，她特意抓住这次难得的机会，赖在床上不愿起来，迷迷糊糊又睡了一圈觉。直到觉得自己的颈间发痒这才醒来，一睁眼就看见嘉航的脸部特写，还未开口脖子上就被他狠狠亲了一口。

“宝宝，快起吧！我连午饭都做好了，烧了你最爱吃的香棒排骨。”不知为什么，嘉航一直喜欢叫她宝宝，她更喜欢听最亲近的人叫她的小名陈陈。

“不想起，再睡会儿！”梁陈故意缩进被中撒娇似的说道。

难得见她一副小女孩儿模样，这让嘉航觉得很有趣。他搓了搓微凉的手，以迅雷不及掩耳之势伸进被窝抱住她的腰笑着说：“是不是等我把你抱到卫生间才肯刷牙洗脸啊？”说完另一只手将被子一掀，一把将她抱了起来。

梁陈低呼一声还来不及挣扎就已经被他抱到了卫生间的坐便器上，很快脚上又多了一双柔软舒适的棉拖。尚未来得说声“谢谢”，手里就多了一把挤好了牙膏的牙刷。

“快点洗吧，我先去把菜端上桌！”嘉航体贴地在面盆里放好温水，伸手拍了拍她的脸颊说，看起来，他今天的心情不错。

饭桌上嘉航自顾自地说着今天下午的安排，母亲那边打了电话来让他们过去吃顿饭，已经三周没去那边的他自然不好拒绝。而且好久没有去岳父岳母那边了，他打算跟梁陈明天再去那边看看。

“嗯，我们是该过去看看了，可是我下午要到一个学生家家访，估计要晚一点，要不你就先过去吧。”

“家访？你才刚做班主任不久就要家访，真够尽职的！”嘉航听后轻挑了挑眉，有些失望地说，“上次都被我妈说了，今天又要我一个人先过去？”

想起上次的事情，梁陈的嘴角微微上翘：“哎呀，这次不是有特殊情况嘛，要不我先打个电话解释一下？”

“不用了，你尽量早点回来，我在家等你。四点前你一定要赶回来。”工作上的事情，嘉航也不能不表示支持。

梁陈歪着脑袋想了一下，颇为为难地说：“我尽量吧，要不是真来不及你就先过去。”

“嗯，就先这么定下吧，先吃饭吧！”嘉航拿她没办法，只得向她妥协。

饭后，梁陈简单地收拾了一番就拿着包出门了。她是个标准的路痴，为了能早些完成家访只得早些出门，估计找到姚坤颖家还要花上不少的时间呢！她拿出地址来仔细看了好几遍也没弄清这个丹桂小区到底在哪里，无奈之下只好决定打车，这样快些。

她这边刚要伸手拦出租就听见包里的手机响了起来，听声音就知道是王丽娜打过来的。考虑到人家现在是孕妇，不宜让她多等，她只能眼睁睁地看着一辆出租车从眼前飞驰而过。

“陈陈，快到你老公的医院来！”一接电话就听见王丽娜一本正经地说。

“现在不行啊，我现在还有事呢！”不明情况的梁陈一心要去家访，来不及跟她多作解释。

“求求你快来吧，十万火急！”王丽娜近乎哀求地说道。

梁陈一听觉得不太对劲，连忙问：“怎么啦？出什么事了吗？”

“反正你快点来就对啦，快点，一定要快！”王丽娜说完就挂了电话，这让梁陈越发地觉得事态严重，于是不管三七二十一立即打车前往嘉航所在的市人民医院。

（9）

医院里处处涌动着消毒剂的味道，据嘉航说，这是一种新型的消毒剂，比以前对人体有害的来苏水要好，可是仍让梁陈觉得难受。她是在医院的挂号处找到王丽娜的，当时她手捏着病历一个人坐在走廊的蓝色塑料椅上，低着头对着手机发呆。栗色的卷发遮住脸颊，让人看不清她的表情。身旁坐着一个衣着朴实的妇人，正哄着怀里哭闹不止的小女孩，那个孩子伸着脏兮兮的小手乱抓乱挠，突然间一把拽住王丽娜的头发不松手，吓得她惊叫起来。

“怎么回事？麻烦您稍微管管你家小孩好吗？”梁陈快步地走上前去，板着脸对那个妇人说道。

“不好意思啊，我们家囡囡身体不舒服，这会儿肚子正疼得厉害。”那妇人抬起头向她歉意一笑，用浓重的乡音解释道。

“好了，好了，来医院的哪个是身体健康的！”梁陈轻轻拍开小女孩伸过来的手，拉起座位上惊魂未定的王丽娜就走。

“怎么啦？身体不舒服了？就你一个人到医院的？朱敬轩没陪你？”梁陈将她拽到一处清静的地方坐下，连珠炮似的问道。

王丽娜紧紧攥着手中的病历肃然道：“陈陈，这个孩子，我不想要！”

“为什么啊？你脑子到底想些什么东西啊？你们结婚也快两年了，家里条件更不用说，也该要个孩子了！”梁陈紧皱着眉头不解地问。

“你不明白，我跟朱敬轩是走不到头的。现在的他天天忙得不沾家，连电话都很少打回来。这不，从这周一出差一直没回来，谁知道他去哪里鬼混了。要知道我一个人夜守着一百多平方的房子有多害怕，我们的日子恐怕也过到头了。”王丽娜蹙眉轻声解释道，眼神里藏不住无尽的落寞与凄楚，与平常那个神采飞扬的她判若两人。

“以前他对你不是挺好的吗？会不会是工作太忙的原因啊，现在做生意真的是很不容易，竞争激烈啊！”今天若不是听她亲口说出来，梁陈还真以为她是个幸福的阔太太。

王丽娜听后苦笑道：“陈陈，你太单纯了，当初的新鲜感一过，激情就会慢慢退去，所谓的婚姻就只剩那张薄纸了！所以，我不能要这个孩子，因为我自己都没有未来，更别提给他一个美好的未来了！”

“朱敬轩知道吗？你们二人的父母都知道吗？”梁陈担心她是瞒着家里人自作主张，这样的话她以后的日子更不好过。

“父母们都不知道，他是知道的。我骗他说前不久感冒吃了些药，所以他也同意我把孩子拿掉。”

“那他知道你今天手术吗？”

“知道的，不过他说他赶不回来，让我自己照顾好自己。”王丽娜下意识地抚摸自己的小腹，眼神越发地坚定起来。

“真是个没良心的东西！”梁陈一听在心里狠狠地咒骂了一句，这让她越发地觉得王丽娜的欺骗行为是对的。她顿了一下又小声地问：“这个，赵筠应该不知情吧？”

见她摇了摇头，梁陈伸手紧紧握住了她冰凉的手说：“去做吧，我会守在这里的！”

“早上已经检查好了，要等一下才能排到我，手术室那边人多，我现在不想过去！”

“现在还是过去吧，免得到时候医生叫不到人！”梁陈拿过她手里的病历瞟了一眼说。

两个人散步一般来到妇科的手术室，坐在等候区安静地等着，相比之下，排在前面的孕妇都显得比较轻松，甚至有两个还不停地说说笑笑，一副无所谓的样子。看她们的样子，好像还很年轻，却故意表现出与外表不符的成熟。这让从小到大一直是乖乖女的梁陈感到很惊讶。虽说时常从网上看到现代的年轻人有多开放，成熟得过早，可是事实上她却无法接受面前的这两个学生模样的女孩满不在乎、谈笑风生的样子。不知不觉中，这个社会竟然变得这么可怕，还是她一直把自己封闭在单纯的世界太久了的缘故？

因为做的是无痛人流，要打麻药，虽说手术过程只需三五分钟，但需要等到药效过后才能出院，所以从前到后梁陈一直等到四点多钟才扶着面色惨白的王丽娜出院。为了让她能够好好地休息，梁陈决定这两天去她家里照顾一下。

打的将王丽娜送回家，梁陈从网上搜了好多补身子的食谱，她要给身子虚弱的王丽娜好好地补一下。从网上抄了一大堆东西，提起包包就要去附近的超市采购，忽然听见包中的手机尖锐地叫了起来。拿出来一看，是嘉航打过来的，这才想起来晚上要到公婆家吃饭的事情。

“怎么还没回来，家访不顺利吗？都已经五点钟了，什么时候能到？”嘉航生硬的语气充分地表示着他的不满。

“哎呀，不好意思，我朋友身体不舒服，她现在一个人在家呢，我得留下来陪陪她！”梁陈躲到卫生间小声地说。

“那晚饭怎么办？你不去了？”嘉航的声音瞬间抬高了一度。

梁陈明显地感觉到他隐忍的怒意，但总不能让手术后的王丽娜孤零零地躺在家里没人照顾，所以只是小心翼翼地回答说：“要不你一个人去吧，等下周我们再一起去，要么我给爸妈打个电话说一声？”

“不用了，就先这样吧，你准备什么时候回来？”嘉航重重地叹了口气问道。

“不会待太久的，我明天下午就回去。”梁陈刚刚说完，就听他“哦”了一声挂断了电话。对着嘟嘟叫的手机，她甩了甩头低低地骂了一句“小气鬼”。一切等明天回家再向他解释吧，现在还是躺在床上的那位最要紧。

（10）

第二天，梁陈围着王丽娜忙了一整天，除了给她做饭、煲汤，还要帮她洗衣服。医生说术后不宜受冷，也不能做重的体力活儿，于是这些就落到了她的肩上。后来朱敬轩打电话说要周三才能到家，于是明后两天的事情就只好请家里的钟点工代劳了。听到钟点工愿意过来做一周的全天，她才放下心来。为王丽娜准备了丰盛的晚餐后，梁陈才拖着疲惫不堪的身子赶回家去。

昨天夜里嘉航打了通电话过来，语气非常不好，莫名其妙地对着她发了一通火后就挂断了电话，后来她打过去竟然是关机状态。晚上怀着忐忑不安的心情走进门，她就立即感觉到气氛不对。室内的空调温度打得较高，嘉航正坐在客厅，手持遥控器不停地换着频道，见她回来瞧也不瞧一眼。

见他这个样子，梁陈难免心虚起来，装作若无其事地问了句："晚饭吃了没？"

嘉航听后这才抬头瞟了她一眼，冷冰冰地哼了一声便不再理她，继续看他的电视。

累得腰酸背痛、头发晕的梁陈没力气再跟他多作解释，将外套一脱、包一挂，走到卧室拿了睡袍、衬衣便进了卫生间。明天还有好多工作等着她做呢，得赶紧洗洗早些睡觉！洗完后吹干头发来不及理会坐在沙发上看电视的嘉航，她就爬到柔软的大床上与周公约会去了。第二天一早醒来时，却见身旁空空如也，仔细一看，旁边的床单十分齐整，起身推开卧室门一看，见嘉航裹着被子缩在沙发上睡得正熟。

她站在沙发前气鼓鼓地瞪了他半天，并且用力地咳嗽了几声，谁知他却一点反应都没有。梁陈拿起茶几上的遥控器将空调关上，然后用脚踢了踢沙发底座懒洋洋地叫道："郑嘉航，起床了，还要上班呢！"说完就不再理他，一个人冲到卫生间洗漱去了。

等她将自己收拾好，嘉航仍是缩在沙发上动也不动。她本想做顿丰盛的早餐向他赔罪，可是时间太赶，她只得放弃这个念头，抱着试卷，提了包冲出了家门，她必须赶在七点半前到学校带着学生早读。

因为嘉航的原因，她一整天都显得魂不守舍，好在现在是复习阶段，而且今天只是让剩下的一个班进行模拟测试，她只用来回转转监考便可。中午给嘉航发了个短信，一直没收到回复，这让她感到很郁闷、很委屈。只不过两天没回家，只不过去照顾一下朋友，这也不算过分啊，他怎么就这么小气呢？平常他不是这个样子的啊！无论如何今天回去一定要开门见山地问问他，否则像这样下去，她会闷死的。一个大男人，有什么不满就直说好了，竟然像个小女人似的跟她赌气，真是让人又好气又好笑！

晚上回到家，嘉航还没回来。这样也好，她今天买了不少菜回来，都是嘉航爱吃的。她一个人费尽心思花了近两个小时才将这些菜做好，摆上了桌。客厅上方的钟已经指向了七点半，而嘉航还未回来，连个电话也没有打。梁陈心里又气又急，立即抓起电话打了过去，过了好半天才听见他冷冷地应了一声。

“嘉航，你怎么还没回来！”梁陈压抑着满心怒气用和缓的语气问。

“哦，今天临时要加班，忘记跟你说了。”嘉航的声音听起来阴阳怪气的。

梁陈实在受不了，又不愿主动挑衅只好顺着他问：“那你晚上什么时候回来啊？”

“估计今天要值夜班，所以有可能不回去了。”依旧是冷冷的回答。

“郑嘉航，你是不是故意的？早不加班晚不加班，非要今天加班，这还不算，还要值夜班！医院少了你就不转了？肿瘤科少你一个值夜班的就不行了？你成心躲着我是吧？”忍无可忍，憋闷了一整天的梁陈终于爆发了。

“别乱想了，我们科的王医生临时有事，所以由我代她值夜班。好了，我现在要工作了，有什么事回家再说，好吗？”嘉航淡淡地回道。

听他的口气好像是自己无理取闹一般，梁陈想了一会儿，只得嗯了一声挂断了电话。事情也只能等彼此面对面的时候再说了，这个怪脾气的郑嘉航！

吃完饭，洗漱完毕，梁陈将今天考试的那个班的卷子批完就上床睡觉了。她躺在床上翻来覆去半天也没睡着，伸手轻拍着嘉航的位置，现在空荡荡的，让她觉得很没安全感。一想到自己越来越依赖这个讨厌的家伙了，她就开始极力地鄙视自己。何必将自己弄得像个怨妇一般，他不在也照样过，睡不着就数绵羊。不知自己数了多少只绵羊，浓浓的睡意突然间席卷而来，眼睛一闭，一觉到天明。

第二天一睁开眼，就看见嘉航的脸部特写，他正搂着她仔细地端详着，表情里充满了困惑。梁陈使劲地眨了眨眼睛，直到确定不是幻觉这才推开他瓮声瓮气地说：“你不是说值夜班吗？怎么又回来了？”

“哦，王医生的事情取消了，于是就放我回来了。”嘉航伸手摸了摸她的额头关切地说，“宝宝，你脸色怎么这么差？”说着另一只手又抚上她的小腹，小心翼翼地摩挲着。

“有吗？”梁陈摸了摸自己的脸疑惑地问，这两天除了累一些没感觉有什么不对啊。

“没有那你为什么去医院？”嘉航紧紧盯着她的双眼，唯恐错过她任何一个表情。

梁陈丈二和尚摸不着头脑地说：“医院，没有啊。没事我去医院干吗？”

嘉航听后脸色一冷，重重地叹了口气不着痕迹地推开她说：“你不想说就算了，快起床吧，上班来不及了！”

梁陈一看床头的钟，已经六点半了，她来不及多想，起身冲到卫生间刷牙洗脸。当刷得满嘴泡沫的时候突然想起来这周六陪王丽娜一起去过他们医院，难道是那天有人看见她了？然后八卦地跟嘉航说了？完了，她去的可是妇科啊，而且还在手术室的候诊区等了好久，难道是被他误会了？

“郑嘉航，我有事要跟你说！”三下五除二漱完口，顾不得抹掉嘴边的泡沫，冲回卧室对着窝在床上的嘉航大叫道。

“什么事？怎么冒冒失失的？”嘉航受不了她如此高的分贝，立即从床上坐起来不满地问道。

梁陈垂下眼帘瓮声说道：“其实、其实吧，我确实去过医院……不过我是陪朋友去的，那个……那个不是我……”

被她弄得一头雾水的郑嘉航挠了挠头粗声粗气地说：“梁陈，你结结巴巴地在说些什么？既然身体不舒服那就不要去上班了！”

“那个……那个，我没有身体不舒服，哎呀……上班迟到了，晚上回来再说吧，今天你一定要准时回来啊！”听见自己设的手机闹铃响了起来，梁陈顾不得跟他解释，转身冲进卫生间忙碌起来。

（11）

人若是倒霉起来，喝凉水都能塞牙。早上挤公交车时，梁陈不知带没带手机，下意识地伸手往包一摸，竟然摸到一个暖暖的东西。低头向包里一看，竟然是一只粗糙的大手，手里还捏着她红色的皮夹。她心中一惊，转头望向身后那个一脸猥琐的中年男人，他嘴唇微微抽动了几下，将手从包里缩了出去。

“你干什么？大白天的竟然偷东西？有没有道德啊？”梁陈气得满脸通红，旁若无人地对着那人大叫。

众人一听梁陈大叫，眼睛皆落在了那位中年男人的身上。那人见势不妙，灰溜溜地离开公交车门，顷刻间消失得无影无踪。有几位年长的人摇了摇，嘀咕了几句，而那些上班族打扮的人却不满地嚷道：“好啦，好啦，又没有被偷，快点上车吧！真是小题大做！”梁陈听后气不打一处来，回头狠狠地瞪了那个穿着入时的女子一眼，这才刷卡上车。

到了学校后，棘手的问题又来了。班里的小个头杨杨的妈妈带着孩子找过来了，一大早就堵在教室门口专门等着梁陈的到来。当时梁陈正跟隔壁班的班主任李老师走在一起，到底是李老师眼尖，远远地就认出了杨杨的妈妈。她像见到瘟神一样捣了捣身边的梁陈说：“你看，大麻烦来了，要小心啊！以前赵老师都拿这位家长没办法，芝麻大的小事都能被她闹得超大了！”

“真的吗？”梁陈心中顿时涌起一丝怯意，李老师对她撇撇嘴悄声说了句：“唉，祝你好运！”说完便拐入了自己的班级。

“唉，今天怎么这么倒霉啊！”梁陈心里哀叹了一声，只得硬着头皮迎了上去。

“您就是现在新班主任梁老师吧。”那位面容姣好的妈妈走上前来很客气地问。

梁陈见她表面上还算客气，紧绷的心弦稍稍松了下来，立即满面堆笑地说：“您好，您就是杨杨的妈妈吧？欢迎您到学校来，不知您今天来有什么事情？”

“唉，梁老师，你过来看看，你看看，我们家儿子在学校被欺负成这样，你们这些做老师的每天都干什么去了？你看看！”此话一出，那位妈妈立即变了脸色，抓起站在一旁紧张兮兮的杨杨的胳膊伸到她面前说道。

梁陈俯下身看了看，见身着一件黑黄相间羽绒服的小杨杨手背上除了有一点脱皮外，并没有别的伤痕。但面对这位小题大做的妈妈，她不得不歉意地说："不好意思，都是我们工作没有做到位，以后我们一定会改进的。"

那位妈妈并没有因她的道歉而有所收敛，而是更加气焰嚣张地说："哼，你们这些做老师的都是说的比唱的好听，别以为说这些软话就能哄住我。以前那位赵老师比你还会说呢，可是一点实际问题都没有解决，是不是非要我找到校长那你们才满意啊？如果校长都解决不了问题的话，那我看真该考虑换个学校了！"说完她趾高气扬地瞟了她一眼，低头看了看身旁的儿子。

"对不起啊，您先消消气。现在期末考试就要到了，发生这样的事情确实是我们工作的疏忽。我向您保证一定会尽快处理好这个问题，以后再也不会发生这样的事情了！"梁陈心里又气又恼，从来没见过这么牛气的人，今天可算是领教了。可是气归气，她还得装模作样地跟她道歉，现在当老师的，家长孩子都不能得罪，难啊！

"妈妈，这个就是姚坤颖！"贴在妈妈身边的小杨杨突然指着抱着书包匆匆赶过来的瘦瘦高高的姚坤颖叫道。

果真是敌人相见，分外眼红啊，那位妈妈立即拽住满不在乎，准备冲向教室的小家伙劈头盖脸地吼道："你这孩子，真是没教养，你怎么总是欺负我们家杨杨，你爸爸妈妈不管你吗？你这个孩子怎么这样啊？下次再敢欺负我们家杨杨，我们就打110报警把你抓进警察局！"

平常飞扬跋扈的姚坤颖被她这么一恐吓，顿时愣在了当场，他瞟了瞟一脸得意的杨杨，又看了看走上前来劝说的梁陈，不禁撇了撇小嘴哭了起来。

梁陈见状无奈地说道："杨杨妈妈，姚同学的事情我们会处理好的，您先消消气，小孩子嘛，总会有些淘气！"

"淘气归淘气，可谁见过他这么野蛮的学生啊？简直是没家教，也不知家里是怎么教的！"杨杨妈妈一把甩掉梁陈的手，气愤地说。

姚坤颖人小鬼大，他怎么会听不懂她话里的意思，顿时扯起嗓子哭得更大声了。引得隔壁班的老师纷纷伸头张望，就连楼上班级的老师也不时向下看过来。

"这样吧，杨杨妈妈，您放心地将这件事交给我处理怎么样？我虽然刚带这个班，但我一定会认真负责地将这件事情解决好的，如果不能让您满意，我就引咎辞职，您觉得怎么样？"憋了一肚子气的梁陈极力保持着自己良好的仪态，但口中说出来的话微微带着赌气的意思。

杨杨妈妈见姚坤颖那小家伙张个嘴巴哭个没完没了，又听梁陈开始说狠话，也只得找个台阶下了：“那好，既然梁老师发话了，那我暂且相信您一次，如果以后再出现这样的情况，那就别怪我们找校长了！”说完轻轻拍了拍自己儿子的肩，用恨铁不成钢的口吻说：“儿子，你自己也争点气，别成天老实得总让人欺负！”

好不容易送走了这位厉害的家长，梁陈觉得自己一个头两个大。在这个学校教了三年的书，她还真没遇见过这样的家长，难怪连别的班老师都称她为“瘟神”。不过她也理解，哪位家长不爱自己的孩子呢？

（12）

今天早上的事情让梁陈认识到去姚坤颖家家访的迫切性与重要性，这个孩子其实很聪明的，只是不知道为什么会这个样子。平常调皮捣蛋也就罢了，无论班里个头大或个头小的孩子都被他欺负了个遍，而且就算打不过人家也要故意去挑衅，还时常用文具盒夹前面女生的辫子。

正好早晨的第一节课是她带的数学课，带着学生复习完后，她拿出早就打印好的习题让学生们做，然后将姚坤颖叫到教室外谈心。这个小家伙吃软不吃硬，梁陈见他大冷天只穿着一件单薄的棉外套，很自然地握住他冰凉的小手问：“还没吃早饭吧？走，老师带你吃饭去！”说完便央隔壁班做模拟考的赵老师帮她照看一下班里，接着便拉着他往食堂去了。

请他吃了碗黑米粥外加两个肉包子，小家伙开始不像刚才那么拘谨了。梁陈耐心地和他谈了半天，才知道他父母已经离婚了。他母亲一直在外面打工，随了父亲的他得不到细心的照料，通常都是身体不太好的奶奶在照顾他。缺乏母爱的他性格开始变得怪异起来，难怪会这么不服管教。

谈完话后，梁陈开始同情这个孩子起来，她决定以后尽自己的一份力去帮助他。后来想起那天王丽娜在医院里说过的一句说：“我自己都没有未来，更别提给他一个美好的未来了！”看来她的选择确实是很明智的，真是弄不明白，姚坤颖的父母怎么就忍心让孩子变成这样，难道他远在他乡打工的母亲就不思念、关心自己的儿子吗？虽然今天杨杨妈妈有些小题大做、无理取闹，可是人家也是出自对自己孩子的关心啊！真是想不通，这人跟人的差距怎么就这么大呢？

“梁老师，你到底跟她说什么了，她就这么走了？没看出来啊，你现在真厉害！”下午没课，梁陈伏在办公桌上写教案，突然见李老师捧着一堆卷子走了进来。

梁陈抬起头不好意思地笑了笑说：“那时你不是都听见了吗？明知故问！”

“断断续续听到了点儿，最后你说的我是没听见，比起赵老师你算是很不错的了。要知道，她以前不纠缠个半个小时的不肯走人呢！”李老师边说边将手套放到暖气片上，快下班了，开电动车的时候戴上很暖和。

“那有什么办法呢？她再这么闹下去，估计非得全校皆知不可，当时你又不是没听见，姚坤颖那小家伙哭的声音，那叫惊天地、泣鬼神啊！再这么下去，全教学楼的老师都得对我行注目礼！”梁陈无奈地对她耸了耸肩苦笑道。

“那孩子挺聪明的，就是不懂事，家里面也没人管，说起来也怪可怜的！”李老师叹了口气惋惜地说道，话音刚落就听见自己的手机响了起来。

“梁老师啊，家里有急事我得先回去，反正没几分钟就下班了，你帮我遮掩一下！”一接完电话，李老师面色焦急地说，“我女儿发高烧，现在正在医院呢！”

“嗯，那你赶紧去吧！”梁陈听后赶紧催促她回去，抬头看了看壁钟还有一刻钟就下班了。唉，倒霉的一天总算是过去了，收拾收拾走人！

铃声一响她立即收拾好东西准备到操场监督学生排队放学回家，这时却见教导李主任推门走了进来：“哎呀，梁老师啊，听说你们班的那个谁的家长又找过来了？”

“呵，是啊，不过没什么大事情！您先忙着，我得去操场看看学生整队情况！”梁陈说着拉开门就要走。

“哦，没事就好！梁老师啊，能不能麻烦你一件事，等下能不能回来帮我搬资料？”李主任指着门外不远处一个大纸箱笑眯眯地说，“现在放学了，一时找不到人。你看我一个人也搬不动，就只能麻烦你了！”

梁陈心中暗暗叫苦，不答应肯定是不行的。没想到都下班了还来了一件麻烦事，今天真是够衰的！

送完学生后，梁陈又哼哧哼哧地跑回来搬东西，箱子里装的全是书，她跟教导主任两个女人抬得很吃力。真搞不懂这李主任，明明楼上有两个男老师还没走，她怎么就偏偏挑中自己了。答案很快在后面揭晓，将东西搬到她的办公室后，就见她笑眯眯地端了杯水过来，竟然聊起梁陈的老公来。她有一搭没一搭地绕了半天的圈子，见梁陈急着要走这才说出真正的目的。原来她家有个亲戚到城里来看病，就想找熟人图个方便，住院的话也能帮忙安排解决床位的问题。梁陈向来不喜欢揽这些事情，不过她这人耳根子软，两三句好话一说，便应了下来。毕竟是同事，抬头不见低头见的！

（13）

梁陈挤上公交车拽着顶部的吊环的时候，发现自己的手臂不由自主地发抖，还有些酸痛感。都怪那个李主任，没见过套近乎用这种方式的，抬那么重的东西，简直是折磨死人了。回到家里时，她连解大衣扣子的力气也没有了，一拿东西手就开始颤抖。

“怎么这么晚才回来？菜都要凉了！”嘉航见她回来，连忙把菜拿到微波炉里去热。

梁陈洗完手哭丧着脸往餐桌旁一坐，有气无力地说：“别提了，今天倒霉死了！”

“菜热好了，快吃饭吧！昨天你做了太多的菜了，今天只好吃剩的。”嘉航体贴地将装好了饭的碗摆到她面前。

饿得前胸贴后背的梁陈一闻到饭菜的香味就什么也顾不上了，可是一抓起筷子手就开始抖了起来。

“你怎么啦？哪儿不舒服？”嘉航见状关切地抚上她的额头问。

梁陈拍下他的手说：“也没什么事，就是下班前帮人搬东西，太重了，手发抖！”

“那就用勺子吧！”嘉航迅速递过来一把勺子放到她碗里。

用勺子就用勺子吧，只要不饿肚子就行。客气地说了声谢谢，梁陈拿起勺子大快朵颐起来，其实自己的手艺还是不错的，要不怎么见嘉航吃得狼吞虎咽的！饭罢，嘉航非常主动地收拾碗筷，一改前两天冷冰冰的态度。

累了一天的梁陈抱着睡衣准备冲个澡上床休息，听见厨房哗哗的水声不禁好奇起来。郑嘉航这两天怎么这么怪，对她忽冷忽热的。带着这个疑惑她走到厨房门边定定地望着忙碌着的嘉航说："喂，郑嘉航，这两天你怎么比女人还善变啊？"

嘉航一听忍俊不禁，转头看着她笑着说："怎么突然问这个问题？哦，你早上要跟我说什么啊？"

梁陈见他避而不答，不由对他撇了撇嘴板着面孔说："本来早上想说的，现在没话说了！"说完一转身冲进卧室洗澡去了。嘉航望着她的背影呵呵一笑，继续着他手里的活儿，反正事情都搞清楚了，没必要再问她了。

梁陈洗完澡就半躺在床上翻着一本心理学的书，看了半天也没看进去半个字。现在的她极为后悔，当时怎么就大脑发热答应李主任帮忙的事情了？现在要她怎么开口跟嘉航说这事？唉，自己耳根子怎么就这么软啊？

"一个人坐在这儿发什么呆呢？"嘉航收拾完毕，洗完澡穿着厚厚的棉睡衣挤到她身边轻声问。

"没想什么。"她就势倚到他怀里，将手中的《心理学》扬了扬问，"其实我在想啊，这两天某人到底是怎么了，一会儿冷冰冰的，一会儿又体贴亲切得不得了？到底是怎么回事？"

嘉航听后面色微红，伸手揽过她的肩，讪讪地说道："没什么，你别乱想。"

"真的没有吗？"梁陈仰起脸审视了他一遍，明显觉得他闪烁其词，于是沉下脸来逼问说，"给我老实交代！你肯定知道我周六去了医院对吧？而且还知道我去了医院的某个科室，然后就开始胡思乱想是不是？"

自己的心事一下就被老婆大人猜中，这让嘉航感觉很不好意思。他伸手拿起床头柜上的遥控器打开了电视："怪无聊的，看电视吧，看看有什么新闻。"

"不行！"梁陈一把夺过他手中的遥控器关掉了电源气呼呼地望着他说："你得给我说清楚，你当时是怎么想的？你问都不问一声就给我脸色看，就说明我们之间一点信任感都没有！”

嘉航不说话，只是俯头望着她呵呵傻笑，他可不敢把前两天心中所想告诉她。梁陈见他一副心虚的样子，眯着眼睛咬牙切齿地说：“你不会怀疑我去那个什么了吧？我是那种人吗我？就算我们目前不打算要孩子，可就是有了我也不会不声不响地去……”说到这里她气得再也说不下去，将书往床尾一扔，一翻身缩到被窝里不再理会他。

自从婚后，梁陈在嘉航的印象中一直是个温和柔顺的老婆，以前从没有见她发脾气使性子。今日突然见她这个样子，倒有些不知所措了。他俯下身，用手摇了摇她的胳膊，她却没有任何反应，看来她是真的生气了。没办法，只好开口道歉了，谁让他有错在先呢？

嘉航坐直了身子，清了清嗓子严肃地说：“老婆大人，我承认我错了，行了吧？您就大人不记小人过，饶了我这次吧！”说一遍不行，那就说第二遍、第三遍，反正今天已经是脸面全无了。

“德行！”梁陈缩在被窝里再也憋不住笑了，腾地坐了起来，狠狠地捶了他一记，笑得满脸通红。笑完又正色道：“那你是承认误会我了？那天竟然还赌气跑去睡沙发，还要加班、值夜班！你一个大男人有话不会直说啊？真是的！那今天怎么又变好了呢？你到底是怎么回事啊？真是气死我了！”

“老婆大人息怒，以后我再也不敢了！对于前两天犯下的错误我一定进行深刻反省！”一向不苟言笑的嘉航见她喋喋不休地翻出旧账，只得连连告饶。不过他变好的真相是不能告诉她的，总不能告诉他为了这件事跑去做“无间道”了吧？

梁陈见他诚心悔过的样子，也不打算深究，反正误会都已经解开了。不过呢，她突然想到了一个利用他的好办法，于是忍住笑说道：“想让我原谅你也行，你得先答应我一件事！”

“行，什么事都答应你，行了吧？”嘉航哪里知道她小算盘打得啪啪响，只要原谅他什么都好说。

梁陈一听喜不自禁，连忙把今天李主任亲戚的事情给他说了。果然不出所料，他听后面色微变，沉着个脸看也不看她一眼说：“唉，这种事情你怎么能随便答应人家呢？你明明知道我不喜欢这样，就连自己家的人我都没有……”

“你要是觉得为难就算了吧。这次是我的错，我不该随便答应人家的。”梁陈虽说有心理准备，可是当面被自己的老公拒绝，心里还是极不舒坦，脸色当然也好不到哪里去。

“好了，你也累了一天了，快睡吧！这件事情我会想办法的。”听她说了这些话，嘉航竟然出奇地平静，伸手拍了拍她的面颊柔声说道。

没过几天，这个极有原则性的嘉航还是帮了李主任的忙。看来她在他心目中还是挺重要的，再怎么说也打破了他做医生以来一直固守的原则，是个好现象！

（14）

考完期末考试后，梁陈忙着批卷子、统计分数，做好相关工作后，她终于松了一口气。她所带的班这次还算争气，平均成绩竟然冲到了全年级第二名，用三班赵老师的话来说，算是一次历史性的突破了。大家都惊讶于姚坤颖的进步，以前大红灯笼高高挂的他，这一次基本上都通过了，只能用突飞猛进来形容了！自从上次梁陈跟他谈话后，小家伙就变得老实多了，也用功努力学习了。特别是在上梁陈的数学课时，一整节课他总是聚精会神地听着，而且也能主动举手发言了。不过梁陈私底下也没少关心他，而且她也跟各科老师打了招呼，让他们多多照顾这孩子。就像众多老师一样，她希望班级里所有的学生都能够快快乐乐成长。其实改变一个孩子的顽劣行为并没有想象中的那么难，重要的是要用心。

寒假没放多久，就迎来她婚后的第一个春节。两家老人为了热闹，年前就在饭店订了年夜饭，大家边吃边说别提有多融洽了。当然，四位家长的谈话内容总会涉及到未来的孙子或孙女问题，早就做好心理准备的夫妻俩在饭桌上一直是以沉默与微笑来应对。这一招非常有效果，既没有破坏喜庆的气氛，也让四位家长放宽了心，没拒绝就代表不反对嘛！

春节期间，一直在外漂泊的苏格放了七天年假，约梁陈见了几次面。自从做了业务后，她明显地瘦了好多，从外表上看也变得亲和了些。不过难得的几次聚会，王丽娜却一直没露面，打手机也一直不通，就像凭空消失了一般。自从上次做过手术后，她一直没怎么跟梁陈她们联系。苏格回A市的那天也没见着她，气得她牙痒痒，扬言下次回来见到她，一定要好好地教训教训她。当然，她是不知道王丽娜现在的处境。虽然三个人一直是很要好的朋友，可是王丽娜对严肃认真的苏格有些惧怕。苏格不在的时候，王丽娜一直开玩笑说她对苏格的感觉就是“崇拜并敬畏着”。她那样的女人确实是三个人中最独立、最有能力的一位，师范毕业后放着一年两个大假的老师不做，只身一人到A市去打拼。这样的胆量与魄力确实是梁陈她们两人不能比的。

开学前一天，消失好久的王丽娜终于有了消息，她打电话给梁陈说，决定要跟朱敬轩离婚！这个决定犹如平地一声惊雷，把梁陈劈得外焦里嫩，半天缓不过神来。对着手机劝了她半天也不为所动，而且还拒绝见面。梁陈被她气得不行，当着郑嘉航的面不顾形象地吼了起来：“说吧，你在哪里？大新年的你竟出幺蛾子！”

“反正我不在家里，这事改天再说吧，合适的时候我会把现在的住址告诉你的。”王丽娜用平静的声音说完后便挂了电话，气得梁陈在一边吹胡子瞪眼。

这边正坐在沙发上看晚间新闻的郑嘉航好奇地问：“你这是跟谁说话呢？连某地的方言都出来了。”

“一个朋友，我们结婚时你应该见过，就是长得有点像韩星蔡琳的那位。”梁陈一屁股坐到沙发上，与他隔了老远的距离说道。

郑嘉航嗯了一声不再说话，眼光落在电视上那位长相特别的光头主持人身上不再挪开。梁陈的朋友们，他确实没什么印象，而且他对明星也不感兴趣。

“嘉航，我有个问题要问你。”不知为什么，梁陈觉得那个叫赵筠的人就是王丽娜与朱敬轩婚姻走向终点的催化剂。如果不是他的出现，或许她也不会拿掉孩子，也不会走到现在这一步。

“嗯，问吧。”嘉航心不在焉地应了一声。

“听说你读医大时认识一个叫赵筠的人。你们现在应该有联系吧？”顿了一下，梁陈小心翼翼地问。

嘉航一听到赵筠这个名字，心中不由得发毛，连忙转头盯着她问：“赵筠？你也认识他？什么时候的事？”

“结婚那天有见过啊，他跟我一个朋友较熟，听说他现在在郊区的疗养院工作吧。那可是个肥差呢！”梁陈没注意到他的不对劲，仍自顾自地说。

“嗯，是啊！那家伙确实混得不错，不过你怎么突然提起他来了？”嘉航的感觉越来越不妙了，索性关掉电视与她攀谈起来。

“那你们现在一直有联系吗？最近有没有见面啊？”见他颇有兴致的样子，梁陈立即紧追不舍地问。

嘉航越发觉得自己的老婆有问题，眉头拧成了疙瘩问：“怎么你突然关心起他来了？如果闲着无聊的话你可以去看看书、上上网什么的。”

“哦，也没什么。最近我有朋友的父亲身体不好，想去疗养院养一段时间，所以想找个熟人，这样方便些不是吗？”梁陈怕嘉航误会，只好随口撒了个小谎。

“梁陈，你脑子里怎么就想这些？到处拉关系啊？”嘉航不悦地说道，说完又觉得自己反应有些过火，于是缓和语气说，“最近一直没跟他见面，也不知他忙什么呢。你不是有朋友跟他熟吗？就让你朋友介绍吧！”

“嗯，知道了。明天要上班，我睡了。”莫名其妙被他说了一通，梁陈心里闷闷的不想再理他，转身走到卧室睡觉去了。这个郑嘉航，没过几天又故态复萌了，怪里怪气的！

（15）

其实王丽娜在年前就跟朱敬轩闹翻了，只不过看到家里父母的面子上才在一起过了个相对平和的新年。大年初五刚过，她就跟朱敬轩拉开了冷战。当你讨厌一个人的时候，无论对方做什么事情总会让你觉得不满。况且朱敬轩这个人酒肉朋友居多，没事就以谈生意为借口出去混到半夜才回家，到后来索性就是彻夜不归了。

当初与赵筠在一起的时候，王丽娜还觉得有愧疚之心，可是看到自己老公这个样子，心也就渐渐凉了下来。就在大年初五朱敬轩外出的那个冰冷的晚上，一段时间没有联系的赵筠打来了电话。接通电话听到他关切的问候时，顷刻间她的泪水决堤而出。在她最寂寞无助的时候，是赵筠带给她满心的温暖。没想到这样一个优秀的男人，多年来对她一直念念不忘。即使得知她已经结婚也没有丝毫的嫌弃之意，还一如既往地关爱她。只是两人之间必须要隔着一段距离，他不想让她为难。

过完正月十五，王丽娜向朱敬轩提出离婚，她这个要求确实出乎他意料。在他心目中，王丽娜就是个温室里的花朵，而且以为她会像她家里人一样，看中的是他的钱。首先他的自尊心被深深地打击了，不过他很快就在那帮朋友中找到了N多挽回面子的理由，因为还有一堆美女等着攀上他呢！王丽娜瞒着父母搬离家的那天，他还用满不在乎的口吻说："天涯何处无芳草，走你一个我再找！"

"素质啊，这就是素质差异！"听到他这句话，苏格曾经说的话一直回荡在她脑海挥之不去，格格还真是有先见之明。

正月十八她正式住到了赵筠帮她找到的一室一厅里，比起以前的房子虽然小了不知多少，但她内心却是安定无比。很庆幸自己当初没有听从家人的意见辞掉那份文员的工作，否则她连维持基本生活的资金都没有。

"这个小区管理比较好，你一个人住也安全，就是房子小了些！"帮她整理好东西，赵筠不好意思地挠挠头说。

"已经很不错啦，这次真要多谢你呢！"王丽娜大方地拍了拍他的后背笑着说，谁知她话音刚落就听到"咚咚咚"的敲门声。

"一定是陈陈来了！"见赵筠向她投来疑惑的目光，王丽娜立即反应过来，飞快地冲向门边，是她今天一早打电话让她过来的。

当她打开门见到面前似笑非笑的朱敬轩时，笑容立即僵在了脸上："你怎么来了？你是怎么找过来的？"

"家里床边柜子上贴着这个地址，我正要把这个东西拿给你，十万火急啊，所以就赶过来了！"朱敬轩边说边不客气地挤进屋里，顺手扬了扬手中的一个文件袋，那是他们的离婚协议书。当他看见眉清目朗的赵筠时，他面色陡然一变，目光凌厉地望着王丽娜问："他是谁？"

没等愣在当场的王丽娜说话，儒雅的赵筠走上前向他伸出手微笑道："哦，朱先生你好！我是赵筠，王丽娜的朋友！"

朱敬轩本不愿答理他，偷偷瞄了他一眼后立即换成一副热情的样子，伸手握了上去说："呀，您是赵总的弟弟吧，幸会幸会啊！"

王丽娜冷眼看着自己的丈夫做作的表演，心头涌上浓浓的厌恶，他真像一只鼻子灵敏的癞皮狗。

赵筠见他浑身充满了市侩气息，心中不禁为王丽娜叫屈。没想到她千挑万选竟然嫁给了这么个势利的人。他口中的赵总就是他的孪生哥哥赵霆，工科毕业后与朋友一起创业，开了一家销售工控产品的公司。几年来，生意蒸蒸日上，确实小有名气。

“娜娜你可真有眼光，难怪要急着跟我离婚！”朱敬轩看着一旁的王丽娜，笑得有些玩世不恭。然后他坦然地看着赵筠微微一笑，重新向他伸出手说：“看在娜娜的面子上，还请赵先生以后在赵总面前美言几句了！”

“啊！”他这话刚说完就听王丽娜惊叫一声，原来是忍无可忍的赵筠挥着拳头砸向了朱敬轩的脸上。这朱敬轩也不是好惹的，愣了一下立即对他进行反击，顷刻间就见两个大男人纠缠在一起你一拳我一脚地打了起来。吓得王丽娜站在旁边捂着嘴巴哭个不停，她根本插不上手去拉架。正不知所措时，转头见梁陈提着一大袋水果目瞪口呆地站在门前。

“这……这是怎么回事？拍……拍电视剧吗？”见王丽娜红着眼睛走了过来，梁陈指着扭打在一起的两个男人结结巴巴地问。这场面真是太刺激了，两个男人为一个女人打架，貌似只有书上和电视才有的戏码，没想到让她给碰上了。

“陈陈，这，这个怎么办才好呢？”王丽娜见两人打得不可开交，拽着梁陈的胳膊焦急地说。

“你，你先等一下啊！”听见包里的手机响了起来，梁陈急忙将手中的水果递到她手里，独自到走廊上接电话去了。

“格格啊，有什么事吗？”听铃音就知道是苏格打过来的。

“嗯，前几天到浙江那边出差，顺便带了点特产回来。有什么杭州的龙须糖、安吉白茶，还有些干果之类的，我寄了点过去，正好你们分分，顺便帮我拿到我家里去。”听她的声音心情好像很好。

梁陈一听她又寄东西过来了，倒有些不好意思：“你怎么老寄东西过来啊？”

“没事，反正我一个人也吃不完，总不能浪费了吧？”苏格朗笑道，“这不是让你帮我跑腿往我家送东西了吗？分开寄浪费运费嘛！”

"陈陈，他们还在打着呢，该怎么办啊？"两人正聊着，没了主张的王丽娜也跟了出来焦急地问。

"什么声音？娜娜也跟你在一起吗？"到底是苏格耳尖，王丽娜一说话就被她听出来了。

"没有，我正家里看电视呢！"见王丽娜对她连连摆手，梁陈突然想到一个好点子，只见她狡黠一笑问道，"格格啊，问你个问题哦！现在我正看到电视里有两个男人在打架，站在一边的女孩子想去拉架，却插不进去，你说这该怎么办啊？"

"切，现在的电视剧真够幼稚的！我今天就告诉你一个新鲜的法子，他们是不是打得要死要活的吗，索性你一人发一个武器，例如菜刀、斧头还有木棍、铁棒之类的。你就跟他们说，打吧，狠狠地打吧！我敢保证他们立马歇菜！"苏格还没说完就大笑起来。

听了这一损招，梁陈被她给雷懵了，这简直就是火上浇油嘛！她对着话筒支支吾吾地问："这个，这个能管用吗？别到时候真的拼个你死我活的！"

"相信我，没错的！好了，不说了，我要挂了！"苏格说完就利落地挂了电话。

"怎么办，格格有没有好的办法？"见她挂了电话，王丽娜立即凑上前来焦急地问。

既然目前找不到更好的法子，那也就只能按苏格说的去做了，死马当活马医啰！

（16）

梁陈与王丽娜进屋的时候，那两个大男人已从地上打到了沙发上，粗略地算一下，大概连续打了有三分钟了。这些男人真是奇怪，真是精力过剩了，没事干吗这么冲动啊？梁陈无奈地看了他们一眼，冲到厨房里把一套厨具抱出来往他们面前一扔，大声地说："你们先别忙打，看看有没有顺手的工具，一人挑一个，都给我出去打！"

这一招果然有效，两个男人见此情景都停下了手，看了看梁陈，又相互瞟了一眼，便不再做声。这时王丽娜早就准备了两条湿毛巾一人递上一条用嘶哑的声音说："都擦擦吧！"说完又向着赵筠说："怎么像个孩子似的，这件事是你的不对了，是你不该主动打他！"

赵筠闻言心中有些得意，虽然王丽娜是在批评他，可实际上是偏向着他。看来在她眼里，已经把朱敬轩当做外人了。

"朱敬轩，你们公司还有事儿吧？赶紧整理整理回去吧，可别耽误了你的生意，"梁陈指了指贴在门边墙上大大的穿衣镜佯装关切地说，"这事儿你也别在意，他这是在给他们疗养院拉生意呢！他把你给打伤了，你得花钱进疗养院吧？他有提成的！你大人有大量，别跟他一般见识啊！"

朱敬轩也不想过多地纠缠，于是顺坡就往下说："老子想起来还要跟一个大客户谈生意呢，现在可没空跟你们玩儿！"说完他走到穿衣镜前掸了掸身上的灰尘，又用毛巾仔细地擦了擦淤青的脸后，将毛巾往地下一摔大摇大摆地走了。

"陈陈，你真是越来越厉害了，跟格格有得一拼！"王丽娜一边踮起脚尖为赵筠擦拭嘴角的伤口，一边夸赞梁陈说。但是她这个重色轻友的人立马把目标转向了赵筠："你看看你，也不是三岁小孩子了，怎么突然跟人家打起来了？"

"你没听出来他在侮辱你啊？这种人就是欠揍！"赵筠的怒意一点也没消，说起话来还是那么生硬，与他平常儒雅有礼的样子大相径庭。

"我当然听出来了，他这人就是这个样子，什么事都要占上风！只不过嘴上说说呗，别跟他一般见识！"看着他脸上青一块紫一块的，王丽娜是又气又心疼。

梁陈见他们俩旁若无人地卿卿我我，立即受不了了，将地上的厨具收回原处冲着他们俩叫道："啧啧啧，这刚演完激战格斗片，现在又转播言情剧了！算了，我可不想在这里当电灯泡，这些水果就当是孝敬你们两个的，排戏排得累了可以拿来解渴！"

"别啊，今天说好了我们聚聚的，你可不能走啊！"她这番话说得王丽娜满面通红，急忙把毛巾往赵筠手里一塞，上前拉住梁陈。

赵筠见王丽娜为难的样子，也连忙劝说道："没想到梁陈竟然会为这种小事吃醋，真是小肚鸡肠，郑嘉航怎么娶了你这种人回去当老婆？”他这不是劝，是激将法！

梁陈再好的脾气，一听这话也不乐意了，转过身抱肩白了他一眼说：“我就小肚鸡肠了怎么样？我真是纳闷了，娜娜怎么会看上你这种幼稚的人？这么大了还跟人打架，真是太好笑了！”

“好啦，你们两个别吵啦！赵筠，你先去卫生间洗洗，等下我帮你处理伤口！”今天到底是怎么了？刚刚结束一场战斗，这两个人又开始吵起嘴来。王丽娜实在忍受不了，把赵筠推到卫生间，然后走回来安慰梁陈说：“陈陈，你也别跟他一般见识，过完年咱们难得聚一次，你就多多包容吧！”

“切，年前我跟格格拼命联络你也没见你露面，她可是一年回来那么一两次，你竟然躲起来不见她！”梁陈终于等到了给苏格打抱不平的机会了。

王丽娜向紧闭着门的卫生间看了看，拉住她小声地说：“不是跟你说了吗？这事情我不想让苏格知道，你也知道她那种人，眼里容不得一粒沙子。再说了，这也不是什么光彩的事情，她工作又忙，就给她省点心吧！”

梁陈见她说的也不无道理，便无话可说，抬手指着卫生间悄声问：“是不是你以后就准备跟他在一起了？”

“我也不知道，走一步算一步吧，也不知道以后会怎么样。我离婚的事情家里都还不知道呢，若是被我妈知道了，估计要闹得鸡飞狗跳了！”一提起这件事，王丽娜就开始唉声叹气。

“好啦，不说了，算我多嘴！这事也急不得，总会有解决的法子的！”梁陈见她一副哀怨的样子连忙住了口。

处理完伤口的赵筠，样子非常滑稽，梁陈看了有点幸灾乐祸的感觉。他的嘴角已经擦破了皮，还微微有些发肿；额头处不知磕到了哪里，已经出血了，现在被王丽娜用创可贴贴了一张，一直伸到眉间；他的右脸颊青了一大块，恰巧在眼皮底下，就像刷了一层暗色眼影。王丽娜考虑到他的形象问题，就在附近的饭馆订了一锅老鸭煲、几个热炒加特色菜送到家里来吃。三个人围成一桌，津津有味地吃了起来。

梁陈之前吃了个苹果也不是很饿，就坐在赵筠的对面饶有兴趣地观察他。王丽娜见她紧盯着赵筠看就奇怪地问：“陈陈，你干吗呢？”

“没干吗，我就觉得奇怪了，这只熊猫怎么只有一个黑眼圈？”对赵筠刚才的那番话一直耿耿于怀的梁陈，可是抓住一切机会打击报复。

“喂，你这家伙怎么说话呢？郑嘉航平常怎么管教你的？”见王丽娜捂着嘴笑个不停，赵筠的面子有些挂不住了，用筷子指着梁陈气呼呼地说。

与沉默寡言的郑嘉航相比较，赵筠显得开朗亲和许多，梁陈在他面前并不觉拘束。她也拿起筷子学着他的样子指着他说：“我说话哪里不对了？我夸你是国宝你还不满意啊？就没见过你这么不识抬举的人！”

“你……”

“好啦，都别吵啦！我突然想到一件很重要的事情！”王丽娜厉声打断他们，神情紧张地看向赵筠问，“朱敬轩拿来的文件袋呢？你们打架的时候他放哪里了？”

“没……没，我没注意啊。”赵筠见她脸色不对，四下环顾了一圈无辜地回答。

不知事理的梁陈喝了一口汤慢条斯理地说：“文件袋？我看他走的时候手里好像拿了个东西，不知道是不是那个东西。”

“朱敬轩这个浑蛋！”王丽娜欲哭无泪地咒骂一声，旁边两个人差点惊落了手中的筷子。

（17）

令众人没有想到的是，朱敬轩走的时候竟然将他特意送过来的离婚协议书又带走了。王丽娜打他手机一直是忙音，打到公司里，助理说他不在公司，打家里的电话也没人接，就像凭空消失了一样。到底是梁陈心细，当时小声地说了一句：“他，他不会拿着这个去你父母家了吧？”

她这话刚说完不到半小时，王丽娜就接到家里的电话，气急败坏地让她赶回去说明情况。赵筠一听有些紧张，傻乎乎地提议要送她过去，最终被梁陈阻止了。本来这事就够乱的了，再加上他一个，估计闹得更不可开交。本来说好一起吃晚饭的三个人就只能这么散了，赵筠送不了王丽娜就改送梁陈，算是谢谢她帮忙解围。

梁陈上了他的车，这里摸摸那里摸摸，觉得车内的空间还宽敞，就象征性地称赞了两句，之后两人就陷入了沉默。梁陈偷瞄了他一眼，见他紧抿着嘴巴，以为他还在担心王丽娜，于是开口安慰了他几句。谁知这家伙偏不领情，仍旧是板着个脸，目不斜视地开着车。

“那个……看起来郑嘉航对你不错啊。”过了半天，他终于开口说了句话，一句让人莫名其妙的话。

“还行吧，就那样！他的个性有些古怪啊，以前也是这样吗？”提起嘉航，梁陈撇了撇嘴瓮声说道。

赵筠觉得这话听起来很奇怪，于是反问说：“还行是什么意思？他哪里古怪了？”

“我也说不清楚，反正他这个人就是奇怪，一会儿冷一会儿热的，毛病兮兮的！”反正他们都是老同学，梁陈觉得没必要虚伪地夸奖他，实话实说比较好。

赵筠一听忍俊不禁，这话如果让嘉航听到了，一定会气得吐血的。自己的老婆竟当着别人的面说他“毛病兮兮”的，他们到底过的是什么样的日子啊？真是让人好奇呢。

打开了话匣子，两个就开始无拘无束地聊起天来。对于嘉航现在的新家，赵筠还是比较熟悉的，之前装修的时候嘉航他可没少让他当车夫。当时拿到房子，还没装修的时候，他们曾提了酒菜，坐在铺了报纸的地上天南海北地吹牛。当然，一般情况下嘉航是很少说话的，他是个很好的听众。那时的他对于婚姻并没有多大感觉，少了以往对爱情的执著，多了份对现实的无奈。家里面催得紧，结了婚的好处就是可以搬出来，免得听他们喋喋不休的唠叨。

赵筠看着身旁谈笑风生的女子，心中不禁涌出几许感叹。或许婚姻真能改变一个人，至少嘉航他现在过得很好，听说现在与父母相处得不错，关系不如以前那么僵了。

“你真是轻车熟路啊。”车子很快开到了小区，梁陈对他竖起了大拇指，夸赞说。

“那是，你们房子的装修也有我一半的功劳！”赵筠对她爽朗一笑，面上尽是得意之色。

“要不要上去坐坐，正好今天休息，嘉航也在家。”梁陈热情地招呼他说。

赵筠笑着摇摇头说：“谢谢，不用了，我这还有事要办呢，改天再来骚扰你们。”

梁陈明白他是担心王丽娜，也就不再挽留，打开车门一溜小跑奔到了家中。知道嘉航在家，她就懒得掏钥匙开门，抬手就对着门铃一阵猛按。

“怎么这么早就回来了？”过了好一会儿，才见嘉航趿拉着棉拖踢踢踏踏地过来开门。

“哦，没什么事就回来了呗！”梁陈甩掉脚上的皮鞋，将包往架子上一挂，像刚出笼的小鸟一般冲到了客厅柔软的沙发上。虽说今天打架的是赵筠与朱敬轩，可她这个拉架的人也不轻松。一想到那一堆刀具她就后怕，万一两个人失去理智了怎么办？一个女人引发的血案啊！可以上本市报纸的头条了。

“去哪里玩了，累成这样？”嘉航走过来坐到她身边，面露不悦地审视着她问。

梁陈还在对那天他的冷漠态度耿耿于怀，于是半闭着眼睛瓮声答道：“还能去哪啊？去做你最瞧不起的事情了呗，拉关系去了！”

难怪刚刚在书房看到楼下的车子觉得眼熟，原来她是去跟赵筠见面了。嘉航眉头突突地跳了几下，心中立即涌上一股惧意，却极力压抑着内心的不安说：“你跟赵筠见面了？你朋友介绍的？哪个朋友？”

“王丽娜啊，他们是很好的朋友！”梁陈故意要刺激他，装出欣喜的样子说，“赵筠这个人真不错，爽朗健谈，而且待人又随和，我朋友一跟他提帮忙的事情，他就毫不犹豫地答应了！”

郑嘉航听到“王丽娜”这个熟悉的名字，面上冷冷一笑。如果是王丽娜这个女人的话，别说让他帮个小忙了，就算她是要天上的月亮，估计他都能给她弄下来。

梁陈见他面无表情，不满地撇撇嘴说：“其实这也不算拉关系，现在的社会嘛，做什么事不靠点关系？”自从上次帮了人家李主任的忙，现在一见面，人家就很热情地打招呼，同事关系搞好了，工作起来也顺心。

“算了，算了，你爱怎么说怎么说吧！赵筠人是不错，但喜欢跟人家开玩笑、吹牛什么的，以后你还是少跟他见面为好。”嘉航唯恐赵筠无意中把他以前的事情抖搂出去，只得捏造一两个不伤大雅的缺点防止他们见面。

梁陈不可置信地盯了他半晌，颇为气愤地说：“郑嘉航，你这个人真是，真是太……太那个什么了，人家可是把你当最要好的朋友，而你却在背后说坏话，有你这么做朋友的吗？”

“朋友不朋友那是我们之间的事情，反正我说不能见就不能见！”梁陈义愤填膺的样子深深地刺激了嘉航，他突地站了起来恶狠狠地说。

结婚几个月来，梁陈从来没见他发过这么大的脾气，当即吓得半天不敢出声。后来想想自己根本就没错，明明就是他在无理取闹。她越想越郁闷、越想越委屈，从沙发爬起来连拖鞋都没顾得穿就奔到卧室去了。

（18）

后来嘉航也觉得自己反应太大，一个人坐在沙发上想了半天也没鼓起勇气进屋向她道歉。赵筠是他的好哥们儿、好朋友，他们在同一所大学读书，甚至一直是同一宿舍。他们之间关系那叫一个铁，几乎没有秘密可言。也正因为如此，他才不敢让梁陈与他有太多交集，如果他一不小心说出当年的事情，估计就再也没有平和的日子可以过了。而且过了两年了，他也不想旧事重提，那是他心中永远都不能愈合的一个伤口。那样一位甜美可人的女子，他永生不能忘记！

梁陈一个人趴在床上，任由憋屈的泪水在眼眶里蔓延，无论怎么努力克制，最终眼泪还是决堤而出。只不过见了他的朋友，夸奖了人家几句，也不至于凶成那个样子。而且从他的眼神看，好像没有吃醋的妒意。从他幽深的眼眸里射出来的目光隐含了某种惧意，就像打碎了花瓶的孩子面对着大人的质问而不敢承认错误时的闪躲；又像是秘密即将被人揭晓时那种恐惧与不安。郑嘉航，她怎么稀里糊涂地嫁给了这个古怪的男人？

“梁陈……宝宝……”迷迷糊糊时突然听见有人叫唤，声音缥缈仿佛由天际传来。下意识地要回应却发不出任何声音，眼皮发沉怎么也撑不开。

“该吃晚饭了，还不快点起床？”嘉航拿着饭勺站在卧室门边高声唤着，为了表示歉意他特意做了些她爱吃的菜，又去超市买了些她爱吃的榴莲。真搞不懂，这么臭的东西她怎么就吃得下去？光闻味就让他头昏脑涨了。

“嗯……一会儿就去。”梁陈终于回魂，将头埋在被中应了一声。难怪刚刚梦见下雪了，原来自己睡着时连被子都没盖，浑身由里向外透着浓浓的寒意，喉咙也隐隐作痛。

到卫生间用温水冲了冲脸，用力地拍打着自己的脸颊，这才让浑浑噩噩的她清醒了一些。听见嘉航在外面叫她，赶紧挤起一抹还算动人的笑容走了出去。结婚前，妈妈曾教过她，凡事要懂得忍让，有什么事情要及时沟通，千万不要闷在心里，否则时间久了，小矛盾也会变大矛盾。现在网上也时常有这样的消息说，现在的八零后离婚率日益增加，大多是因为生活中的琐事。既然有这么多前车之鉴，那自己也该吸取教训。

“快点吃吧，天冷饭菜容易凉！”嘉航见她并没有想象中那样怒容满脸，也没有对他发脾气使性子，心里的愧疚感越发地浓厚了。见她坐了下来，连忙夹了块红烧鱼放进她碗里。

梁陈抬起头皮笑肉不笑，夹起鱼肉送到嘴里，还没嚼几下又吐了出来：“鱼胆破了吗？怎么这么苦？”

“没有啊？”嘉航疑惑地看了她一眼，连忙夹起一块放入口中，味道还不错。

见他吃得香喷喷的，梁陈不置可否地点了点头，然后埋头吃饭。今天真是奇怪，什么吃到嘴里都是苦的，而且也没什么胃口。胡乱地扒了几口饭，梁陈便推开饭碗起身回屋了，现在的她急需睡眠，因为头很重，喉咙很痛，感冒的征兆。

“怎么不吃了？饭菜不合胃口吗？”见碗里的饭基本上没动，以为她还在赌气的嘉航紧张地问。

“不是，今天中午吃得太多了，所以还不饿。我先洗洗睡了，困死我了！”梁陈觉得自己上下眼皮子在打架，头脑昏沉沉的，恨不得立即扑到床上。拿好睡衣冲到浴室洗了个囫囵澡，打开电热毯迫不及待地与周公约会去了。

她又梦见下雪了，穿得极为单薄的她走到冰天雪地里冻得直打哆嗦。她觉得自己像童话中卖火柴的小女孩一般，又冷又饿，更可怜的是她连取暖的火柴都没有。没有任何办法，她只能站在雪地里不停地跳来蹦去让自己暖和起来。可是一点效果都没有，她累得直喘气，连呼吸都不顺畅了，头也疼得厉害，像要裂开一样。四周连个人影都没有，只有冷风夹杂着雪花冰粒呼啸着吹过来，打在脸上生疼。

正躺在床上拿着遥控器不停地变换频道的郑嘉航觉得身边的梁陈有些不对劲，将手探进被窝抚上她的额头，不由得慌乱起来。她紧裹着被子，冻得瑟瑟发抖的样子，一定是在发低烧。他赶紧找来家里的常备的退烧药，倒了杯温水让她服下，接着又给她添上一层被子，等汗发出来，烧差不多就退了。

正因为这样，早上天还没亮的时候，退了烧的梁陈就被热醒了。这一觉睡过来，真是冰火两重天哪，梦完下雪开始梦失火，这一夜真是折腾的！她坐起身一把掀掉上面的一层被子，再将盖在身上的被子弄得松垮垮的，四处漏风的那种，感受到充分的凉意后她才重新缩回被窝里继续睡。这才刚感觉睡意袭来，嘉航又起身将她扔掉的被子重新盖到了她身上，而且还细心地帮她掖好被角。梁陈感动归感动，可她天生就怕热，还没等嘉航躺好她又一伸手将被子掀了下去。

“烧才刚退又开始不安分了？昨天晚上也不知是谁烧得说胡话？”嘉航边唠叨边起身将被子盖在她身上。

“没事，再盖我就要得热感冒了！”梁陈不听话地又将被子掀了下去。

嘉航拿她没办法，只好打开空调让房间保持适当的温度，现在是病人最大！看梁陈这个样子，显然是在跟他赌气呢。总不能让她老这么气下去，昨天本来就是他的不对，所以得先酝酿好情绪向她道歉。

“昨……昨天的事情，我不该对你发脾气的，你别再生气了。”一大堆道歉用语在脑子里转悠了半天也没用上，最终还是采用了实话实说的方式。

难得见他说软话，梁陈听了心里自然是美滋滋的，昨天的怨气瞬间就被抛到了九霄云外。不过她仍是将头缩在被子里哼都不哼一声，接下来看他要怎么说。

“对不起，我确实太过分了！”嘉航无奈又抬高了声音对着她说。“别生气了，今天给你当一天小工可以了吧？”道歉真是种别扭的事情，下次一定尽量少惹她生气。

“可以啊，是不是我提什么要求都行？”梁陈最听不得人说软话，两句话听完就开始缴械投降。以前王丽娜经常利用她这一弱点轻松地达到个人目的，所以她经常被苏格鄙视，说她立场不坚定。

见她笑容满面地提问，嘉航总算放松下来，用手轻捏着她的脸颊宠溺地说：“嗯，什么要求都答应！”

“那就好！”梁陈听后狡黠一笑说，“我对你只有一个要求，那就是你把昨天买回来的榴莲给吃光，否则的话，这辈子都不原谅你！”

闻到那东西气味就犯晕的嘉航一听，差点没背过气去。这个要求真是太强人所难了，他宁愿飞到天上给她摘星星去！

第二章 平地风波

(1)

梁陈从小就是个听话的乖乖女，既然嘉航不愿让她跟赵筠多联系，那她就老老实实地接受这个无理的要求。家和万事兴嘛，这点小事根本不值得跟他斤斤计较。再加上最近嘉航表现很不错，再也不像前段时间那般怪里怪气的，两个人相处得很融洽。

前几天刚为她庆祝了27周岁的生日，两家人聚在一起吃了顿饭。席间两家母亲很有默契地没提到孩子的事，但心有灵犀地提到了买车的事情。其实买车这事本不该是她们操心的事，而她们却异常积极地撺掇着小两口买，并且愿意提供赞助。其实谁都看得出来，她们是采用迂回战术呢。到时候车一买好，她们肯定会唠叨开了，现在房子也有了，车也买了，条件也算是不错了，是时候要孩子了吧?

这次嘉航却意外地表示同意，上次站在窗边看见赵筠用车载她回来时，他便萌生了买车的念头。想想家里虽不算富裕，但养辆普通的小车还是可以的，而且他三年前就拿到了驾照。当时他每两周就开着赵筠的车子前往邻市去找他心爱的那个女子。也是赵筠这个铁哥们儿为他提供了无私的帮助，才让他一解相思之苦。

对于买不买车，梁陈抱着无所谓的态度。她就是这种淡定、随和的女子，并不像现在大多女子那样热衷于物质享受。既然嘉航一心想买，她也不表示反对，反正她也不懂车子的事情。回到家后，嘉航就开始张罗着买车的事情，每天下班回家第一件事就是到网上看报价，然后做对比。晚上临睡前还抱着几本汽车杂志对着她侃侃而谈，从汽车的品牌、性能、价格一直谈到当前的汽车市场，听得她晕晕乎乎的，唯一的好处就是起到了很好的催眠作用。

最近一直享受安宁平淡生活的梁陈心情格外地好，昨天苏格打电话来说，两周后她作为厂商代表要与公司的代理商一起过来谈一桩工程案。这样她就可以忙里偷闲过来看望她们了，过年时候没见着王丽娜，这次点了名要见她。这个要求有些让梁陈为难，王丽娜现在的处境非常困难，朱敬轩咬定了她有外遇，离婚的责任在她，并且不愿意在离婚协议上签字。现在她承受着来自双方父母及朱敬轩两方的压力，精神几乎接近崩溃状态。这些事情还是赵筠私底下向她透漏的，自那天从她家回来，王丽娜一直没有跟梁陈联系，更别提见面了。看来她伤心归伤心，见色忘友的毛病一直没变，困难时候能想到的只是赵筠了，真让她这个做朋友的感到心寒。

“赵筠吗？娜娜最近怎么样啊？”梁陈想了半天，决定还是让王丽娜跟苏格见见面。虽然说出来苏格一定会毫不客气地鄙视她，但以她的头脑，估计能想出好的解决办法来。现在王丽娜每天闭关在家，连手机也不开，她只好背着嘉航给赵筠打电话。

“还能怎么样？最近连班都不能上了，家里人也不理解她。现在还背上个外遇的恶名，连饭都吃不下了，话也不想说，整天魂不守舍的！”赵筠说完重重地叹了口气说：“再这样下去的话，我真要带她看心理医生了。”

梁陈一听身为医生的赵筠说出这话，立即感到事态的严重性，她小心翼翼地问：“真的有那么严重吗？要看心理医生？”

“没办法，她总这样不吃不喝的话，人非垮了不可！真是让人担心哪！”这边的赵筠唉声叹气地说，说话的声音有些哽咽。

“晕死！这完全是琼瑶阿姨书里的苦情女上演的戏码啊！”梁陈一听，心中暗叹。以前翻看琼瑶的小说时，总觉得里面的人物太可怜了，太不理智了，没想到现实中还真被她给碰到了。她独自想了半天，心里也没了主意：“那怎么办啊？她家里也太绝情了吧？她可是他们的亲闺女，有这样逼自己女儿的家长吗？太过分了吧？”

“现在她父母那边也软了下来，对于离婚虽不表示支持，但也不反对。特别是她的父亲，对这次朱敬轩的无赖行为也特别反感，私底下对她离婚的事情还是表示支持的。主要是朱敬轩那边，一直不愿配合，不知他到底想做什么？”这些情况，赵筠也是从王丽娜口中套出来的，若是被她父母知道王丽娜的“外遇”对象是他，不知会有什么反应呢！

“我想见见娜娜，可以吗？”听他这么说，梁陈越来越担心王丽娜，恨不得立即飞过去三拳两脚将她打醒。离不成婚也不能把自己弄得半死不活的啊，这家伙真是让人操心！

“恐怕不行吧，她现在精神状态不是很好，刚刚她母亲过来看望她，都被她拒之门外了。更何况，她自尊心向来很强，肯定不愿意被你们看到她这样。我看还是算了吧，我这边先观察观察，实在不行也只能去看心理医生了。”这几天赵筠所叹出的气息汇集起来足以引来一场飓风，每说一句话他都要叹好几口气。

梁陈听后有些失望，有些愤慨，不仅是因为朱敬轩的可恶行为，更是为王丽娜无谓的自尊。对于自己的好朋友，她还紧紧地守护着最后的尊严，而对多年未见的赵筠她却给予深深的信赖。难道这个世界上，爱情真的重过于友情吗？她真的弄不明白事情怎么会变成这个样子，本来她最担心的是远在外地打拼的苏格，现在最让人放心的反倒是她了。

（2）

嘉航最近一直把心思都用在买车上，晚上除了上网比较价格，翻阅杂志外，还每天拿着计算器盘算着目前家中的“流动资产”。本来他想找赵筠讨论一下买什么车好的，只可惜最近连他影子都见不到。自从他再次遇到那个叫王丽娜的女人，他的心就完全落她那儿了，也不知他怎么这么痴情，多少年了，还对人家念念不忘，即使人家已经结婚了。其实说起来自己也是五十步笑百步，以前的自己跟他比起来可真是有过之而无不及呢，到最后连父母都给得罪了。如果要不是她先自己一步放弃，那么不知今天会是什么样的局面！

而梁陈这几天正在为学校组织春游的事情忙得不亦乐乎呢！自从寒假期末考试全班成绩有了明显的提高，她在几位老师眼中的地位得到了大幅提升。谁也没有想到这个平常亲切随和，看起来胸无大志的小女子竟然有那么大能耐，就连让很多老师最为头痛的姚坤颖都被她搞定了。有时候最简单的道理却最容易被人忽视，其实小孩子是很单纯的，只要你对他好，他就会乖乖地听话，同时也会加倍向你示好。不过，后来发生的一件事情让她改变了这样的想法，有些孩子的思想远远比她想象的要复杂得多。

春游那日，天气并不算太好。虽说太阳很给面子地挂在天空，可是时常偷懒躲到云层里。考虑到学生安全问题，学校只是安排了学生到郊区的春山公园踏青。出发前一个年长的老师无奈地说了句：“放在以前，我们和校长吵，为什么不让我们带学生春游？现在，谁叫我们带学生春游？”

她这句话立即得到了大家的响应，现在安全与收费成为学生春游的“硬伤”，特别是学校带队的领导与老师责任异常重大。因为一二年级的孩子年龄较小、动手能力差，事前就安排大家各自带水和食物，这样收费的问题就得到了妥善的解决，除了包车费用与门票费用，其他的基本没什么了。而安全问题却不容忽视，现在是两位老师负责自己班的三十几位学生，小孩子天性活泼爱闹，玩兴上来了管也管不住，确实让人伤脑筋！

好在梁陈之前与今年刚来的教语文的庄老师事先作足了准备，当学生们坐到车上的时候，为了防止他们趴在窗口东张西望，就用玩游戏的方式吸引他们注意力。一路上学生们倒是玩得很开心，可把他们这些做老师的给累坏了。好不容易到了目的地，又组织学生们下车排队进园，然后挑了块风景不错，有树荫的地方休息。下午还有一大堆的活动等着他们呢，以各班级为组的拔河与跳绳运动，还有接力赛，就连年轻老师们小时候常玩的丢手绢游戏都在安排之中。

梁陈与学生们玩得满头是汗，不过真的很开心，好久都没有这么痛快地笑了。跟学生在一起，真让她有一种回到童年的感觉。午餐时间到了，她们给学生们规定好活动范围就让他们开始吃、喝、自由活动，终于到老师们松一口气的时间了。梁陈刚坐到树下喝了半瓶水，就听背包里的手机响了起来。

“娜娜！”见是王丽娜打过来的，梁陈惊喜地叫道。

“陈陈，好想你啊！”王丽娜的声音听起来跟以前没什么区别，看来最近心情还算不错。

“怎么样了？事情都解决了吧？”梁陈转身示意在后面玩闹的孩子们小点声，然后压低声问道。

王丽娜沉默了一会儿，爽朗地说：“朱敬轩那边还没妥协，不过家里这边都好了，就这样耗着吧，看谁能耗得过谁？”

“我估计他就是一时心理不平衡，就让他闹着，过段时间觉得没意思他就老实了。不过我还真没看出来他是这样一个人，以前觉得他这个人还行，谁知怎么这样不上道。”一提起那个朱敬轩，梁陈气就不打一处来。

“算了，不提他，什么时候有空来我家，做好吃的给你！”好久没见她的王丽娜声音里充满了期待。

“格格过几天也要来，到时候我们三个一起聚聚吧！”想到三个能聚到一起，梁陈就抑制不住内心的兴奋。大学毕业后，苏格义无反顾地离开家前往A市工作，她们三个就很少能聚到一起了。

“那好啊，现在我真想念我们以前的那些日子，多开心啊！还特别想念格格一本正经教训人的样子。她毕业后如果留在家安安心心地工作，现在一定是位严格的老师。学生见了她应该像老鼠见猫一样吧？”王丽娜说完捂着嘴咯咯直笑。

梁陈见她终于恢复过来了，心中的石头终于放了下来。跟她闲聊了几句，便挂了电话，心里异常期待三个人聚在一起的那一天。等王丽娜的事情一解决，她要以朋友的身份劝劝格格，让她不要再这么辛苦了。老大不小了，早些找个人嫁了得了！这个想法刚冒出来，她又开始鄙视自己了，这还没到三十岁，就开始像个老太婆似的了？

“梁老师，班里的三个孩子打起来了！”挂完电话，她还没来得及喘口气，忽然见一脸稚气的庄老师跑过来指着不远处的学生叫道。

梁陈眯起眼睛一看，其中有一个高高、瘦瘦的身影，应该是姚坤颖。这小家伙，刚老实一段时间又开始捣蛋了。她气呼呼地走过去扯开打成一团的学生们，厉声质问道：“怎么回事，到底是怎么回事？大家都是出来玩的，怎么打起架来了？老师平常是怎么教育你们的？要团结友爱，都忘了吗？”

其他两名学生都低下了头不吭声，只有姚坤颖那个小家伙倔强地仰起头说：“梁老师，他们两个在背后说你坏话！”

梁陈见四周渐渐围上来一群学生，无奈地叹了口气，向一旁的庄老师招了招手说：“庄老师，麻烦你组织下活动，我带这三个学生到那边去。”说完苦笑着拍了拍她的肩膀，带着三个学生往那边的树底下去了。

“到底是怎么回事，现在你们一个个地说，不准插嘴！”梁陈一屁股坐在树底下，指着离她最近的姚坤颖说：“就从姚同学开始吧！”

（3）

梁陈回到家里时，嘉航已经去医院值班了。正好饭锅里有剩饭，冰箱里还有些菜，她用微波炉热了一下凑合着吃了。带学生出游真是太累了，而今天又碰到学生闹矛盾的事情。她万万没有料到的是，现在有些学生的思想真是复杂得很。原来姚坤颖与那两个学生打架的理由是那两人在说自己偏心、脑子有病。

原因很简单，他们是不满自己对姚坤颖这样的差生太好。在他们思想中，老师应该偏向于成绩好、遵守纪律的学生，对于差生应该嫌恶才对。一个老师对差生这么好，那她肯定是脑子有问题，否则怎么会做出这种奇怪的举动呢？对于这些孩子的心理，她真是觉得素质教育还有待加强。就如同她一样，从小一直在父母面前扮演乖乖女的角色；在老师面前努力做个好学生；现在她又尽力做一个好妻子。她的人生一直是循规蹈矩的，从没有想过要突破什么，追求什么，甚至是反抗什么。她一直是顺应别人的要求，很少说个“不”字。就连恋爱结婚，也是因为顺从父母的意思前去相亲、订婚再结婚，在此之前她的感情世界是一片空白。像她这个中规中矩的人最大的好处就是可以拥有安宁平淡的生活，而坏处就是没有上进心，或许一生都是碌碌无为。但是无所谓，她本来就不是苏格那种懂得自己要什么，并为之努力奋斗的人。她也过不了她那种忙碌紧张的生活，就像现在这样生活已经足够了。

“苏格？”正坐在书房对着面前的电脑发呆，突然手机响了起来，苏格打过来的。

“陈陈，我下周二就过来，因为这几年有很多纺织企业入驻那里，所以那边的市场不错。这次要随经销商走访几家客户，应该能待到周日再回去！”苏格的声音听起来很兴奋。

“是吗？太好了！今天还在跟娜娜谈这件事情呢，你能回来真是太好了！”梁陈听后显然比苏格还要开心。

苏格兴奋归兴奋，但还是理智地提醒她说：“可是我不能保证有充分的时间陪你们哦，到时候请你们多多包涵啦！”

“当然是工作重要啊，只要你能抽空过来跟我们聚一下就可以了。”梁陈当然对她表示理解，前不久才知道她刚升为华东区业务组长，现在的工作肯定更忙。

“好啦，那我挂了啊！”苏格仍像以前那样，十分干脆地挂断了电话。

梁陈握着手机轻叹了一声，将身子向椅背一靠，默默地注视着散发着幽幽冷光的电脑。当年若不是心中憋了口气，苏格也不会刻意跑到孙浩现在工作、生活的A市去。虽然当年分手时她很潇洒地挥手转身走人，而她内心却受到了极大的伤害。她这么一个凡事都要做到最好又极为优秀的女子，最后竟然是因为太过优秀而被甩，这换做谁都不可能坦然接受。

分手归分手，可是连一个月都没到，孙浩就跟别的班一位女生好上，而且这位女生除了看上去娇柔些，哪一样都不及苏格的一半。或许孙浩看上的就是人家的娇小可人吧。男人嘛，总是喜欢在女人面前表现自己的无所不能，而在苏格面前，他总觉得自己抬不起头来。当时孙浩学的是机电专业，毕业后被A市一家企业相中前去那里做了技术服务，听说混得还算不错，一年多后就结婚成家。现在又在那里买了房，把老婆也接了过去。

苏格前去那里多半是因孙浩的原因，也不知她到底怎么想的。如果她真的放不下，也不会一个人跑过去一待就是四五年，这期间她一次也没跟他联系过。前年若不是同学聚会王丽娜说漏了嘴，孙浩还不知道她也在A市。若她真的放下了，那为什么又孤零零一个人在那边打拼？还选择与他相近领域的工作？现在又放着轻松的文员工作不干，非要跑去做销售，这不是自讨苦吃吗？等她有时间，一定要好好问问她！

一个人在家觉得无聊，梁陈脑中不停地想着各种事情，工作上的、生活中的、朋友的、家人的，累了一天的梁陈竟然一点睡意也没有。她挂上QQ漫无目的地在好友中寻找一个可以聊天打发时光的人，除了那个名字叫“里程碑”的好友处于在线状态外，其他人就像消失了一般。

梁陈点开他的头像，见他的QQ签名显示的是“桃花劫”三个字。她暗自笑了笑，给他发了消息过去：“娜娜最近好些了吧？难道真的是心理医生的功劳？”这个叫“里程碑”的人正是赵筠，据他说，这个QQ是自己的法宝，一般人很少知道他的真实身份，甚至连嘉航与王丽娜都不清楚。

对方先是发过来一个笑脸，接着跳出来一串文字："非常幸运，这次心理医生没有上场了麻烦就已经解决了。这两天她看上去不错，基本已经恢复了！"

"这段时间真是多亏你了，不过真是想不通，为什么当年你们没有走到一起？如果那时候你们在一起的话，估计你们现在是另一番生活了！"梁陈突然间生出好多感慨来，将平时想问而问不出口的话全说了出来。网络就是有这样的好处，为很多像她这样的人提供一很好的交流平台。

赵筠过了好久才发了一条消息过来："或许是当时双方太过羞涩吧，那个时候觉得自己很年轻。越是在乎的人越无法坦然相对，最后只能找各种理由自欺欺人，现在想想，真是太幼稚了！"

"我就说嘛，那个时候你看她的眼神就不一样，可是你们偏要兄妹相称！确实没想到你真够长情的，这么多年了，还喜欢着她。估计连她本人都没有想到吧。"梁陈噼里啪啦打了一堆发过去，然后支着胳膊等待他的回复。自从王丽娜心情不稳定后，梁陈私底下一直与赵筠保持联系。起初是关心王丽娜的状况，现在倒觉得与他聊天是一件很有意思的事情。他这个人比郑嘉航要亲和、有趣多了。

"其实这个连我自己都没有想到，也许这就是所谓的缘分吧，迟到的缘分！"赵筠立即发过来这一句。

"难道这么多年，你连一个女朋友都没有交过？"梁陈突然对他以前的生活产生了好奇。

"当一个人将你的心都填满的时候，你根本没有多余的空间来容纳别人！"

"简直搞得他像'情圣'一样！"收到这个消息，梁陈暗暗嘲讽他，现在的男人哪有这么痴情的？不过她不能将话说得太直白，就随手发了这样一句："真是精神可嘉啊！那么嘉航呢？你们可是最好的朋友了，而且又是大学同学，不会不知道吧？"

那边又是一阵沉默，梁陈可以从对方的输入状态看出他有些犹豫。她也是突然间才想到要问这个问题，问完之后又特别后悔。现在这个年代，中学生都已经开始恋爱了，像嘉航这么大，怎么可能没有过去呢？有些事情并不是不在意，而是装傻来得简单、安心一些，根本没必要给自己找烦恼。

“算了，就当我没问！”她略一思忖，飞快地把消息发了过去，不是不想听，而是不敢听。

“你放心，嘉航这人不错，可专情了！”得到了特赦令，赵筠立即发过来一条。

“好了，明天还要上班呢，我先下了。”对他这句话，梁陈是将信将疑。专情也好，花心也罢，反正他已经是她老公了，后悔也来不及。现在最重要的是，洗洗睡觉！

（4）

王丽娜之前讲好是让梁陈与苏格到她家聚会的，可后来怕苏格知道她目前的状况便约在了市中心的蕉叶餐厅。对于小资情结严重的王丽娜，这里的环境确实特别。暗木质地的桌椅、地板、泰式工艺品和装饰，往来穿梭的东南亚服务生，一切透着浓郁的东南亚风味。大厅的过道旁，小船上放满了各种各样的东南亚特色水果。这让不常到这种餐厅来的梁陈感觉很新奇，不过她本来就不适合到这种场所。她最爱那种格调淡雅，顾客很少的茶室，她可以一个人坐在那里喝喝茶、看看书打发半天的时光。

“陈陈，看我这样行吗？”最近一段时间备受精神折磨的王丽娜不愿让苏格看出什么端倪，一坐下来就拿出化妆包补妆。

一向素面朝天的梁陈眯着眼睛仔细打量着她，见她白皙的面容泛着可爱的粉色，精心描绘的眼线将眼睛修饰得更为有神。特别是涂了淡色唇蜜的嘴巴，在灯光的照射下泛着亮亮的光泽，像熟透了的樱桃般诱人。真不能小看这些化妆品，如果使用得当，果真可以化腐朽为神奇。当然了，王丽娜本来就天生丽质，用在她身上就叫做锦上添花！

“大美人一个，很好了！”梁陈用欣赏的眼神看着她，无比真诚地说，现在她最关心的是忙碌的苏格能否按时赴约。

听到她这番赞美的话，王丽娜淡淡一笑，麻利地收起了化妆包，四下扫视了一番说：“现在已经六点半了，格格怎么还没到？打个电话问问吧。”

“她现在挺忙的，不过她说能来就一定会来，等下再打吧。”对苏格现状极为了解的梁陈显得并不急躁。

“陈陈，待会儿等格格来了，千万不要提我的事情，我不想让她知道。”王丽娜又将刚刚在路上千叮咛、万嘱咐的事情交代了一遍。

梁陈一听眉头拧成了疙瘩：“知道啦，大家都是好朋友嘛，为什么就不能告诉她呢？说不定她还有好的解决办法呢！”

王丽娜一听连连摆手说：“不行，我不想让她知道我这个样子。到时候她一定会指着我的脑门恶狠狠地说你早干什么去了？结婚前怎么没想清楚？还有那个赵筠是怎么回事，明明早就喜欢为什么当年没把握好？这样的男人真是窝囊！”

梁陈听她捏着嗓子学着苏格的口气说话，捂着嘴笑个不停。这个王丽娜，真是太了解苏格了！

“两人笑什么呢？这么开心？”冷不丁，一身职业装的苏格已经站在两人面前笑吟吟地说。

“天哪，你是什么时候来的？眨眼的工夫就到眼前了？简直是从天而降啊！”见到苏格，王丽娜脸上立即露出灿烂的笑容。

苏格不客气地拉开椅子坐了下来，熟练伸手一招，立即有位服务员边唱着歌谣边走了过来。听从王丽娜的强力推荐，三个人点了这里颇有特色的咖喱皇炒蟹、木瓜炖雪蛤，还有梁陈最爱的榴莲酥。

“这顿饭应该我请客，算是庆祝我最近升职吧！”苏格颇为得意地拍了拍皮包说。

见王丽娜要开口反驳，梁陈连忙对她使了个眼色。苏格向来说一不二，跟她争无疑是自不量力，说不定又能将她气得喋喋不休，痛批不识时务的当事人一顿。

“事情进展得还算顺利吧？”对于工作狂苏格来说，跟她谈工作上的事情一定会得到强烈的回应。

“还行吧，跑了两天，发现了几家很有潜力的客户，算是小有收获！今天不讲这些了，好不容易聚到一起，讲点工作之外的事情。”业务上的事情，讲了她们也未必明白，而且她来的目的也不在于此，就是想看看大家过得好不好、开心不开心。

“就是嘛，陈陈总是一副领导视察工作的样子，估计是每天教训学生养成的不良习惯！”王丽娜笑着揶揄她，目光却在苏格的身上停停落落。现在的她跟以前并没有太大区别，乳白色的低领毛衣外面罩着深蓝色的修身职业装，下面穿一条同色系的西装裤，显得格外干练。特别是那一头乌黑的齐肩长发，并没有弄成最近流行的卷发，而是顺直地垂在肩头，更显得精神却不失女人味。

“三文鱼排来了，大家先别说，填肚子要紧！”见菜已经上齐，苏格连忙招呼她们说。

梁陈见她一副馋相，不由地笑道：“你不是经常在外面与客户吃饭吗？还没吃厌？”

“这你就不懂了，跟他们吃饭的目的是谈生意，哪有空去品菜肴的味道啊？说实话，在那种氛围下，再好的菜也味同嚼蜡！不过跟你们就不一样了，关键就在于吃饭的心情不同！”苏格说完夹了一块三文鱼排放入口中，细细地品了一番夸赞说：“肉质嫩滑、汁多味美，有海鲜独有的甜味！”

“我看她在外面好的吃多了，快要成精了！以后举办那些厨艺大赛之类的，你应该去当评委！”王丽娜见她一脸陶醉的样子，刻意挖苦她说。

“我倒是想去呢，可是没人请我啊！”苏格孩子气地笑了笑，毫不客气地又夹了一块鱼排。

“吃多了也不怕胖啊你？”平常很注意身材的王丽娜好心提醒她说。

苏格看了看自己适中的身材又是一脸得意，然后摇头晃脑地说：“吃喝玩乐乃人生四大乐事，我不可能为了美就放弃这么美好的东西，太不划算了！”

梁陈见她得瑟个没完没了，便忍不住插嘴说：“到底是做了业务，嘴皮子功夫越来越厉害了！铁齿铜牙式的女版苏格拉底！”

三个人就这样边吃边说，偶尔欣赏一下餐厅里极具特色的歌舞表演。分开时间长了，要说的话很多，却一直开不了口。表面上看起来很亲密，实际上却有些疏离，这让三个人都无比怀念起以前在一起亲密无间的时光。

（5）

一顿饭吃得差不多的时候，王丽娜接到了赵筠的电话，然后就匆匆告别了。自从上次的离婚风波后，他们之间的感情就突飞猛进了，这也就应了那句古话："塞翁失马，焉知非福！"有时候普通的友情升华为爱情的最好契机就是或大或小的困难。不过那个讨厌的朱敬轩一直拖着不肯离婚，确实让人头痛。看着一对相爱的人走不到一起，梁陈觉得很同情，却又很无奈。

吃完饭，两个人并肩走出了餐厅。苏格看了看街上流光四溢的景色问："不着急回家吧？我们一起走走吧，就当是饭后运动了。"

梁陈听后欣然同意，亲密地挽着她的胳膊散起步来。其实在王丽娜走后，她一直有股冲动，想把王丽娜的事情全盘托出。没走出多远她便下了决心，今天只好违背自己的诺言将事情说出来了。

"我看娜娜的脸色不太好，生病了吗？"还未等她开口，苏格便抢先了一步。

"你怎么看出来的？"单纯的梁陈很惊讶地脱口而出。

苏格冷冷一笑说："我是火眼金睛啊，她今天的粉底擦得有些厚。像她这么爱美的人，不会犯这种低级错吧？无非是想掩饰些什么！"本来她只是怀疑，见梁陈这个反应就更加确信了。

我的妈呀！这苏格真是厉害，什么事情都瞒不过她的眼睛！梁陈暗暗叹了一声，突然觉得苏格真是可怕，娜娜啊娜娜，这下可不能怪我了，是你自己先露馅的！她自我安慰了一下便将事情的始末向苏格和盘托出。当然，省了赵筠那一段，以免说出来连带着赵筠都被她鄙视。

苏格听完是出人意料地冷静，沉默了片刻说："朱敬轩这个人混久了，总有些痞气。从他的举动来看，不过是觉得面子上过不去了，才会一直这样，给他个台阶下不就成了？"

"台阶？我总觉得他的思想不是这么简单的。"梁陈疑惑地看着她，七彩霓虹灯下，她的眼里绽放着自信的光芒。

苏格微眯着眼睛瞄了她一眼解释说："做老师的不是学过心理学么？难道你学了就忘了？你想想，朱敬轩这个人他不缺钱，所以就不会缺有女人巴结，你说他执意不愿离婚为的是什么？像他这种大男人主义的人，一定是有什么事情让他觉得没面子，咽不下那口气才会这样。”她最擅长对人物的心理进行剖析了。

“如果是这样的话，那该怎么办啊？”梁陈又傻乎乎地问。

苏格面无表情地扫了她一眼，冷笑一声说：“这只是我的推断，应该具体情况具体对待了。总觉得你给我省略了些什么似的，我想他一个大男人总不至于为了谁先提出离婚的事情而耿耿于怀吧。不至于吧？”

梁陈见她的目光充满了不信任，立即明白一定是自己刻意漏了赵筠的那段让她有所怀疑了。这个苏格鬼精鬼精的，难怪做业务不久就被升为业务组长了。无奈之下，又把中间漏掉的那段给补了上去。

“我就说嘛，事情不会这么简单的。”果然不出所料，虽然现在夜色阑珊，但借着路灯，梁陈清楚地看到了苏格脸上的鄙薄之色。这个女人，在朋友与家人面前总是不会掩饰自己的表情，所以才让人感到畏惧。可是没办法，她又是那么出色，脑中的想法颇多，让你不得不向她寻求帮助。梁陈此刻很好奇，无所不能的苏格的弱点到底在哪里呢？

“原来是这样啊，难怪他会这样。不知为何，我怎么觉得有些同情他啊？”苏格听完就开始笑，一直笑得上气不接下气才停了下来。

“有这么好笑么？至于吗你？”梁陈使劲地摇了摇她的胳膊嗔怪说。

“不知为什么啊，我想到了当年的我！同样是被人给甩了，而且还是相同的原因——对方移情别恋了！”苏格笑完就势倚在了步行街长廊的柱子上说：“不过呢，那个朱敬轩不如我潇洒。像他这样，到最后会更加没面子！”

梁陈没想到对那件事讳莫如深的她会主动说起，心中有几分好奇，有几分感慨，她能这么平静地说出来，那就说明已经放开了。梁陈盯着她看了半天才开口说：“现在这样的情况要怎么办呢？”

“最简单的办法就是先冷着，等他觉得没意思了，自然就会乖乖签字离婚。根据婚姻法规定，双方因感情不和分居满两年的，调解无效的，应准予离婚。”苏格淡淡地说着，声音冷酷无情。

“这个要等太长时间了吧？那么有没有更快的解决办法呢？”梁陈一听急了起来，忙拽住她的胳膊问。

“有啊，那就让她找到朱敬轩的弱点让他妥协呗！至于他有什么弱点，我想王丽娜最清楚不过了。”苏格一直是一副事不关己、高高挂起的样子，这与以前的她大不相同。

“说了跟没说一样，她要是知道这事不早就解决了吗？”梁陈一把甩掉她胳膊瓮声说。

“姐姐们啊，谁让你们自己平常不动脑筋的啊？在一起生活了这么久连人家的弱点都找不出来，能怪谁啊？再说了，我又跟朱敬轩不熟，一时半会儿也想不出好办法，是不是？”苏格无辜地冲着她叫嚷起来，她又不是救世主，怎么可能无所不能呢？

梁陈也觉得自己有些过分，低着头嗫嚅了半天才低声说：“不好意思，估计是我太心急了。”

“算啦，我们好久没聚在一起了，走，我们做足疗去！”苏格亲昵地挽起她的胳膊，往对面的良子足浴去了。

“你，你现在很会享受嘛！”梁陈觉得她现在真的变了好多，以前对自己很苛刻的苏格已学会善待自己了，这是个好现象。

“那是当然，人生就这么长，好也是过，坏也是过，还不如让自己过得快乐些！人啊，就是要学会看开！”苏格仰起头对着夜空爽朗地说。

“就没想过要找个男朋友谈谈恋爱、结婚成家？”梁陈终于将憋在心中的那句话说了出来。

她满怀期待等着她的回答，换来的却是苏格清脆的两个字——没空！

（6）

为了让自己更加专注地工作，苏格并没有回到家中去住，而是在市里挑了家旅馆住了下来。第二日一早，她就起床收拾起来了，翻出自己带来的衣物放在身上试了半天，才挑了一件藏青色的风衣。她今天与本市先创科技有限公司的老板赵霆有约，准备就A市的工控市场谈一下合作问题。据说这位老板也算是年轻有为，而且为人亲和，因此她不愿穿着职业装一副严肃的样子过去，到时候可不能把人家吓跑了。

出门的时候她刻意对着镜子照了又照，直到找不出一点瑕疵这才放心地出门。今天的她穿得比较休闲，半长未及膝的藏青色修身风衣里面配了一件镶钻黑加白色上衣，演绎着低调的奢华。简约大方的整体风格与繁杂精细的细节设计珠联璧合，弥补了风衣的单调乏味，适用于多种场合。下身穿着一条紧松适中的小喇叭蓝色牛仔裤，配上黑白相间的不算太细的高跟皮鞋，整体看上去，时尚而不失干练，连她自已都觉得很满意。

虽然对于家乡的路比较熟悉，但为了保证充裕的时间，她还是打的赶了过去。被前台小姐热情地迎进了会客室后，她却被告诉要稍等片刻，因为赵霆正在与客户谈事情。做业务嘛，经常遇到这类的事情，反正她已经习惯了，正好可以趁此机会观察一下这个公司的硬件设施，还可以稍稍了解公司的软环境。说起来，她所在的厂家是欧美合资企业，所生产的工控产品在全国是数一数二的品牌。因此在各地都是挑有实力的公司作为代理商，而且前提条件是对方必须向客户主推公司的产品。在别人眼中，她一直在悠闲地品着杯中的咖啡，其实他们不知她正用犀利的眼光扫视着这里眼光所及的每个角落。在短短的十几分钟内，她已经对这家公司有了初步的评价，可以考虑作为本市的合作对象。

“不好意思，让您久等了！”正当她闲适地眯着眼睛欣赏着室里意境悠远的风景画时，身后突然传来一声沉稳的声音。

“没关系，看来赵总真是繁忙啊，一大早上就这么多事情！”苏格放下杯子，站起来微笑着说。说实话，见到赵霆她有些惊讶，这个人看起来真的很眼熟，有点像王丽娜的朋友赵筠。

赵霆见她脸上并无不悦之意，便将手中的资料往桌上一放，开门见山地说：“这是我们公司最新的资料，您先看一下，我们确实是非常有诚意做贵司的代理商。”

苏格向来喜欢这种谈判方式，她唇角不自觉地翘起，勾出一抹俏皮的笑容，利落地从包里拿出她早已准备好的范例式合作方案请他过目。之前她从网上对他们公司略有了解，这家公司现在一共做三种品牌的工控产品，其中一两个牌子处于中低档，现在他们准备往中高档发展。两个性格直爽的人谈起合作案来很是愉快，各自直抒胸臆、一点就通，很快便达成了初步合作条件。接下来就是要等双方考察完各自的公司再深谈下一步合作条件，并签订合同了。

赵霆领着她参观完公司便准备按常规请她到饭店吃饭，谁知他们与公司的两名经理刚走到门口准备上车，这时却见门前突然插过来一辆银色别克。

“赵总你好，突然造访真是不好意思啊！”这时只见车门一开，从里面走出一位身形中等、相貌还算周正的男子来。他一下车就大步向赵霆走了过去，大大方方地向他伸出了右手。

“朱先生，你好！”赵霆公式化地微笑着迎了上去解释道，“不好意思，我们的事情能不能改天再谈，我现在有个重要的客人。”

赵霆口中的朱先生正是一直想与先创公司合作的朱敬轩，苏格见过他几次，一眼便认出了他。不过她故意装作视而不见的样子转过头与旁边的两名经理说话。

一边的朱敬轩听说有重要客人，便好奇地向这边瞟了两眼。又见赵总口中所谓的重要客户是名女子，于是又多看了几眼，很眼熟！不过人家把话说到这个份上了，自己也不能打搅，便识趣地告辞离开了。

苏格理所当然地与赵霆坐在了同一辆车里，车子开过市中心的时候，他十分热心地向她介绍这里的建筑，并邀她下午到本市的最有特色的风景区游玩。

“其实我也是土生土长的本市人，只不过目前在A市工作而已。”苏格脸上挂着淡淡的笑容，很有礼貌地解释道。又见赵霆面露窘意忙补充了一句，“正巧近年来没有好好地看看这里了，多谢赵总提供这个难得的机会。听说现在城市规划，很多地方都大变样了！”

听她一番言语，赵霆觉得这个女人真不简单。说话、做事非常干练，丝毫不拖泥带水，而且一双炯炯有神的眼睛仿佛能够触探到人的内心，恰到好处地为他解了围，这让他不至于在自己的下属面前丢脸。看着面前充满自信、神采飞扬的苏格，他突然想到自己目前还是单身的弟弟赵筠来，平常自由散漫的他就需要找这样一个既能干又漂亮的老婆管管他。

而现在，苏格心里正想到朱敬轩，今天看他在赵霆面前满脸堆笑的样子就知道他一定有什么事有求于他。或者是说，他与先创公司有一定的业务往来，估计他们公司的生意需要依赖赵霆。这个世界，到处都是为五斗米折腰的人，特别是商人！没有实力的小公司，一般都会将自己所谓的赤诚之心捧到对方面前，借以从对方的碗中分一杯羹，这就是小公司在商场中立足的不二法门。

“刚刚的在门口遇到的那个人，觉得有些面熟，有点像我高中时的同学。”苏格突然想到一个为王丽娜解围的好办法，于是装作疑惑的样子说。

“哦，是吗？他是智达有限公司的老板，一直想做我们的分销商，目前我们正在谈合作。”赵霆浓眉一挑，显然有些惊讶。

“他是不是叫王正东啊？”为了避免工作上的不便，她刻意胡乱说了一个名字。她可不想把任何事情与公事混淆，朱敬轩与王丽娜的事情，她已经想好解决办法了。

赵霆的回答当然是否定的，他只是单纯地以为她认错人了。几个人一起吃完饭后，便开着车到本市的各大风景区逛了一圈，赵霆也算是尽了地主之谊。接下来就是找个机会，约定时间前去苏格所在的厂家考察。对于这个合作案，苏格非常有信心，以她所在公司的实力与对签约经销商的各种优厚待遇，她就不相信赵霆这个精明的商人不愿合作。 然而更让她开心的是，在她明天回A市之前估计就能把王丽娜的事情搞定。

（7）

谈好了一切事情，苏格周六晚上便匆匆赶回A市了，她在下周一还要参加公司在杭州举办的展会。作为华东区的销售组长，她不得不提前作好准备。这让梁陈有些不舍，明明说好可以一起过周日的，现在却搞成这个样子，真是让人扫兴。周六一下午她就在电话里跟王丽娜一直不停地抱怨这件事情，也不管人家爱听不爱听，喋喋不休地啰唆了近一个小时才挂了电话。可能是由于郁闷的原因，她一直没注意到平常爱说爱笑的王丽娜有些沉闷，聊了这么长时间竟然没说几句话。

晚上吃完饭，嘉航就拉着梁陈在电脑前给她看选了近半个月才选好的车型。他拉开网页，指着上面的一辆银色东风爱丽舍问：“这种车怎么样？据说不久后要出来新款，现在老款正在降价，估计办完手续拿到车后差不多要九万元，已经很划算了！”

“嗯，还行吧，我觉这个银色的不太好看。这车本来就显得老气，我喜欢蓝色的。”梁陈对着图片瞅了半天，终于发表了一句。

嘉航不满地瞪了她一眼解释说：“这你就不懂了，虽然这种车型看上去略显老气，但相比较而言，它是一款性价比很高的车。对普通的家庭来说，经济性和实用性都非常高。而且因为新款即将上市的原因，还赠送整车装饰。”

“我说的是车的颜色，又没说别的！”梁陈也非常不满地瞪了回去。

“除了颜色呢？其他的还满意吧？”现在的嘉航就像一个对着橱窗里心仪玩具的孩子一样，两眼放光地盯着电脑，用征询的口吻说。

“还行吧，你喜欢就买吧，反正我也不懂这些。但是我还是觉得蓝色的好看，现在大街上开的都是银色的车，我们能不能不随大流啊？”梁陈翻了翻眼皮，皱着眉头说：“我听那些有车的同事说，银色的车最容易落鸟粪了！”

“落鸟粪？这个，有科学根据么？”见她一本正经的样子，嘉航讶异地问。

梁陈伸手挠了挠头说：“科学依据嘛，倒是没有，不过这都是生活的实践经验。年前我们学校聚餐的时候，几位家里有车的老师讨论了这个问题，所以我劝你还是买蓝色的吧。”

“真的假的啊？还有这回事情？”嘉航一副难以置信的样子看着她问。

“我也不太清楚，反正他们都这么说。我想应该不会是机缘巧合吧。”其实梁陈自己也搞不清楚，反正人家就那样说的，她只不过是如实转告而已。

“先不管这么多，除了颜色的话你觉得这车如何？”嘉航一心想着车早点到，现在都有些迫不及待了。想当初，他娶梁陈的时候也没现在这么期待过，这事若是被她知道了，还不要伤心死？

“嗯，还行！”梁陈敷衍似的点点头，转身便要离开。与其待在这里看图片，不如回去研究一下床头的那本《心理学》，免得以后被苏格数落她做事不动脑筋。

嘉航见她这一副漠不关心的样子，便伸出胳膊一把将她拉到了怀里，指着屏幕上的图片强调说：“你要知道，这是我们两人的车，你必须好好看清楚了，要两个人都满意才行！明白吗？不要老用‘还行’来敷衍我！”

梁陈窝在他的怀里半天没回过神来，嘉航身上特有的男性气息让她心跳加速、呼吸紊乱。她努力克制着自己，眼睛紧盯着屏幕一动也不敢动。

“发什么呆？”嘉航一心都扑在车上，根本没注意到她的异样。伸手翻动着鼠标的滚轮，把汽车的各项优缺点拉出来给她参考。

梁陈真受不了这种暧昧的姿势，瞬间涨得满面通红，腾地一下从他身上跳了下来走到书架旁装作找书的样子：“你不是有汽车杂志吗？上面有没有，我拿去研究一下再说！”

“那上面的都是名车，我们买不起，这网上不是有现成的吗？”嘉航有些不耐烦地说。

“你这个人真是的，明明我不懂这些，你还偏让我看。我看了又有什么用，再说了我也不会开车，也不想开车。反正你满意就行了，到时候我只管舒舒服服地坐车就成！”梁陈最讨厌这些麻烦的事情，恨不能将所有事情都化繁为简。

“算了，我们明天一起去看车吧，到了现场的感觉就不一样了。”嘉航也觉得自己有些强人所难，走过去拍拍她的肩以示安慰。

“好吧，到时候看看吧，要不要赵筠也一起……”话刚说到一半又被她吞了回去，谁知道嘉航会不会把她的好心当驴肝肺呢？

嘉航觉得她欲言又止的样子很好笑，伸手捏了捏她的脸颊说：“嗯，这是个好提议，待会儿我打个电话给他。”

“哦，那你慢慢研究吧，我要去洗洗睡觉了。”梁陈瞥了一眼墙上的挂钟，已经快十一点了。

“好吧，明天早上还要去看车呢！等我一下，我先关个电脑。”嘉航边说边回到位子上，点着鼠标。

“你还是在后面排队吧，从现在起浴室是我的！”梁陈白了他一眼快步走向门边，她可不想等到最后关窗，关煤气阀门，太麻烦了。

“那可不行，这个家是我们两个人的，你可不能这么霸道啊！”见屏幕暗了下去，嘉航不怀好意地站起身来，坏笑道：“要不我们一起洗吧？这样公平些！”

“你……讨厌！”梁陈觉得自己的脸烫得厉害，娇嗔了一声，将门狠狠一带出去了，完全不理会身后嘉航奸猾的笑声。

（8）

不知什么时候，梁陈放在床边柜子上的手机突然尖锐地叫了起来，划破了凌晨的宁静。窝在嘉航怀中的梁陈略动了动又沉沉睡去，完全不理会手机发出的悲鸣。但是让人头疼的是对方一直打个不停，吵得两人睡不着觉，最后没办法，梁陈只得伸手抓起手机接通了电话。

“梁陈，是我，你快打打看娜娜的手机，怎么一直是关机状态？家里的电话也没人听！”刚把手机靠向耳边就听见赵筠焦急的声音。

梁陈一听这话气不打一处来，扯着嗓子对他叫道：“你，你脑子没烧坏吧？这才几点啊，说不定她在睡觉呢！等她醒了自然就开机接电话了！”说完后她立即按掉了电话，正欲钻进嘉航宽厚的胸膛，却听他沉声问：“谁啊，一大早打电话找你？”

完了，露馅了！梁陈一听暗叫不妙，只得装作没听见将头埋在被子里装死。

“是不是赵筠？你一直和他保持着联络吧？”嘉航突然加重了语气问道。

“是啊，是……”忍受不了他用质疑的口吻跟她说话，梁陈索性抬起头对上他幽深的眼眸理直气壮地说。只可惜话刚出口，她的手机又响了起来，气得她真想把它给扔了。

她瞄了瞄阴沉着脸的嘉航，将手机往他面前一递，小声地说：“要不，你来接？”

“他是打给你的，为什么要我接啊？”嘉航没好气地嘟囔了一句，直接转过身背对着她。

梁陈不满地白了他一眼，按下了通话键吼道：“到底什么事啊？”

“有没有打通娜娜的电话啊？我感觉有些不对劲啊，要么你赶紧去她家看一下，我这眼皮子直跳！”赵筠像个老太婆一样唠叨个不停。

梁陈听后哭笑不得：“大哥啊，你一个医生你还搞迷信？你若是担心自己不会去看看啊？我看你倒是得去看看心理医生！”

“不是的，你有没有收到娜娜的消息？很奇怪的消息啊！快看看你手机上有没有？”赵筠的语气凝重而急切，完全不像是在开玩笑。

梁陈心中咯噔一下，连忙翻开短信看了看，一条消息也没有，想来王丽娜应该没什么事。心里把赵筠咒骂了不知多少遍她才懒洋洋地回复说：“没有啊，什么消息也没有，你是不是神经过敏了？她这几天心情一直不错啊，完全恢复到以前的状态了！”

“不对，不对，她给我发了条短信，上面说谢谢我曾带给她这么多美好的时光，如果时间能倒流到高中时期就好了，并且祝我幸福。你说这些话多怪啊。她没事发这种信息干吗？”赵筠的声音里充满了疑惑与担忧。

“也许是一时感慨，对你表示感谢吧？！”平常爱玩爱闹的王丽娜偶尔也会表露她温柔小女人的一面，自认为很了解她的梁陈并没有像赵筠那样往坏处去想。况且这边嘉航还在生气，也由不得她去多想。只要他一闹别扭，没有个两三天时间是好不了的，真是让人头痛，都要怪这个可恶的赵筠。

“这根本不像她的风格啊！要知道她一向是有话就直说的，特别是……”赵筠那边恨不得插翅飞到王丽娜身边，但是他身在离她家有近两个小时车程的地方，而且他现在还在医院值班，不到七点钟不得离岗。

“嗯，知道了，我挂了电话就给她打过去。”梁陈见他啰唆个没完，不耐烦地说道。这家伙完全是在小题大做，依王丽娜的个性，她不是那种会做傻事的人。而且昨天下午她还好好地跟她通过电话呢，也没见她有什么异常啊。

赵筠见她松了口，这才稍稍放了心，但不忘补充一句说：“打不通的话一定要到她家去看看情况，一定，一定啊！我现在上班，暂时不方便过去，你可是她最好的朋友啊！”

“知道啦，知道啦！”梁陈不想再听他啰唆，狠狠地按掉了手机。

“什么事？他怎么急成这个样子？”在旁边听了半天的嘉航心生好奇，转过身问道。在他印象中，赵筠从来没这么聒噪过，也从来没这么惊慌过，隔了这么远他都能听出他焦急的声音。

“不知道，你那个好朋友神经过敏，正担心他心上人出事呢！”见他主动发话，梁陈终于松了口气，这个怪脾气的嘉航真是难伺候。

“真不会出什么事吧？赵筠以前从来没这样过。”嘉航紧皱着眉头若有所思地说。

梁陈被他这么一说，也觉得有些不对劲，腾地坐了起来说：“不行，我得过去看看，要是真出事那就遭了！”

“算了，我陪你一起去吧，若是没什么事情的话我们就一起去看车。”嘉航突然大发善心地说，而且很快地行动起来，连他自己也搞不懂今天为什么会这样。

其实他们家离王丽娜所在的小区也不近，两人打车过去也需要二十分钟左右。两人到了那里，见她家的防盗门紧闭，按了半天的门铃也没反应。后来梁陈还往她家打了电话，只听见里面铃响却无人接听，看来王丽娜是没在家。

“请问你们找这家的住户吗？”两人在门口站了半天，这时见一位和蔼的中年妇女提着早餐走上楼来问道。

“是啊，我们是她朋友，今天约好了来看她，但她好像不在家里。”梁陈接口说。

那位妇女叹了口气，面带神秘地说：“你们不知道，昨天一两点钟来了一个中年女人和一个年轻男人，敲了半天的门没人应。可能那中年人是她母亲，掏出钥匙开了门进去不久，那位小姐就被送到医院去了，听说可能是想不开……”她话没说完就对他们歉意一笑，开门进屋了。

“娜娜这个家伙……还真被赵筠给猜中了！”梁陈闻言气得顿足。

“你先别急，问问是哪家医院，我们过去看看。”嘉航见她又气又惊，忙伸手拍了拍她肩柔声安慰说。

“年轻男人，年轻男人会不会是朱敬轩啊？能和她妈一起来也只能是他了。”梁陈甩开他的手在走廊里边来回地走着，边自言自语说。不等嘉航走过来，她又迅速地掏出手机给朱敬轩打了过去。

“喂，你哪位？”过了好半天才见他接通了电话，一开口就是不耐烦的语气。

“我是王丽娜的好朋友梁陈，你知道她现在在哪里吗？”梁陈也不跟他一般见识，开门见山地问。

“哦，你是梁陈啊。娜娜她，她现在在医院呢，病了。”一听是梁陈，朱敬轩再也横不起来，语气缓和了不少。

“在哪家医院？”事情一经证实，梁陈的心突然间被揪得紧紧的，生疼。她恨不得能立即冲到王丽娜面前，狠狠地揍她几拳，为这点事就想不开，太让人心寒了！

（9）

梁陈坐在出租车里脑中一片空白，王丽娜竟然吞药自杀，这件事严重地打击到她了。三个人中最为活泼开朗的就是她了，通常遇事都往好处想，过得没心没肺的人为了离婚这件破事就想不开了，真是太让人觉得不可思议了。明明前几天她还很开心地跟大家聚在一起谈天说地，明明昨天还跟她通了那么长时间的电话，那时没有觉得她有哪些不对劲啊，怎么就突然间想不开了？一定是朱敬轩搞的鬼！

“梁陈，你慢些走！”一下车，嘉航就见她打开车门，风一般地向医院冲去，连忙跟上拉住了她：“别太冲动。”

“我知道。”梁陈挤出一抹艰涩的笑容，甩开他的手转身就走。嘉航无奈地看着她匆匆的背影，苦笑了一下赶紧跟了上去，从来没见过她这么紧张愤怒的样子。作为夫妻，他们相互了解的实在是太少了。

人民医院的住院部在另一幢大楼里，梁陈对此当然不熟悉，她气势汹汹地冲到普通门诊部，辨不出方向而立马歇菜了。嘉航从远处看着她瘦小的身影在服务台与急诊处穿梭时，心里没来由地涌上一阵酸涩。平常生活里，她是一个谦虚、柔顺的小女人，懂得孝敬父母，对他细心体贴，不使性子，不爱慕虚荣，在当今这样纷繁扰攘的社会中，她算是难得贤惠的女子。凡事总是多为别人着想，很少考虑到自己，难怪父母亲都那么地喜欢她。忽然间，他又生出一丝幸运的感觉，这样讨人喜爱的女子成了他的老婆，看来上天待他真是不薄呢！想到这里，他快步向她走了过去，一把拽住她的胳膊领着她往住院部去了。

医院里消毒药水的味道让梁陈感到很不适，连续打了几个喷嚏后她才觉得好一些。走过长长的走廊来到王丽娜的病房前，一眼就看到朱敬轩垂头丧气地立在门前，王丽娜的母亲坐在门前的椅子上低声抽泣，旁边红着眼睛安慰她的中年男人想必是王丽娜的父亲。

“朱敬轩，到底是怎么回事？”一见着朱敬轩，梁陈气得牙痒痒，走上前扬起头质问道。那个样子，活像是一只斗志昂扬的小公鸡。

“这个……我也不知道是怎么回事……”头发微乱、衣衫不整的朱敬轩边说边心虚地瞟了一下旁边坐在椅上的两个人低声说，“我昨天应酬后回家，就接到妈的电话，等我赶到那里时就……就……我也没想到娜娜她会这样……”

“反正你难辞其咎，若不是你死拖着她不放，事情也不会发展到这个样子！”梁陈情绪激动起来，声音变得尖锐而刺耳，恨不能上前扇他几个耳光。

嘉航见她这个样子，感觉不能再袖手旁观了。于是连忙走上前去拉住她劝道：“陈陈，这里是医院，不能高声喧哗。”

梁陈只好忍住气，再也不肯看朱敬轩一眼，低着头，似是自言自语地说：“现在她怎么样了？醒了没有？”

“医生给她洗了胃，现在脱离危险了，只不过人还没醒。”朱敬轩自知理亏，内心异常愧疚，最后又鼓起勇气补充了一句，“其实我本来就打算今天把字给签了，可谁知……”他自白还未进行到一半，就被一阵音乐声给打断了。

“梁……梁陈，娜娜现在在哪里？没出什么事吧？”电话是赵筠打过来的，听上去气喘吁吁的。

“哦，你现在在哪里？”梁陈不敢直接把事情告诉他，否则他一定会发狂开车冲过来。

“我现在就在她家啊，家里没人，你知道她去哪了？”

果然不出她所料，他一定是刚下班就开车过来了，现在就是想瞒也瞒不住了。但她不知如何表达才能让他不太过于激动，转过头求助似的看了看嘉航，见他向她点点头，便鼓起勇气说：“你现在到市人民医院来吧，娜娜现在在这里，平安无事！”

对方听后一句话也没说就挂了，肯定是心急火燎地往这里赶过来了。

“我们先到别处转转吧，过会儿再来看她。”嘉航瞥了守在病房门前的几个人，走上前附在她耳边悄声说，“不能让赵筠跟那个朱先生见面，想个办法支开他。”

经他这么一提醒，梁陈觉得太有必要了。上次他们也是一见面就打了起来，这一次事情更严重，估计非得拼个你死我活不可。她略一思忖，走上前低声对朱敬轩说："朱敬轩，你刚才要说什么来着的？签字？你说你同意那个了吗？"

朱敬轩一听，用力地点了点头，一本正经地说："我昨晚上就在协议书上签字了，本打算今天一早拿给她，谁知道她……唉……"

"你看啊，她一定是伤心欲绝才会选择这一步的，你们这样一直拖下去根本没有任何意义。我想她如果醒了，见到你在这里，情绪多少会有些激动是吧？"梁陈绞尽脑汁想办法把他给支走，可能是做老师时间长了，说话的语气有种循循善诱的感觉。

遇到这样的情况确实让朱敬轩感到意外与愧疚，他低着头沉默了一会儿，叹了口气说："那我就先回去吧，等她情绪稳定下来再过来。"

"嗯，这是最好不过的了，你们需要心平气和地谈谈，但现在却不是时候。"见他还算通情达理，梁陈心满意足地点点头。

见朱敬轩与娜娜的父母道了别匆匆走后，嘉航偷偷地向她竖了竖大拇指，然后揽着她往外面去了。

"王丽娜的父母知不知道赵筠这个人？"刚走出门边，嘉航便皱起眉头问。

"应该知道的吧，前段时间娜娜精神不好，一直是他请假在身边照顾的。"想起赵筠这些个举动，梁陈心中又涌上一阵感慨，他真是堪比小说中痴情的男主角啊！

"那就好，也免得他到时候过来见到他们尴尬。"嘉航闻言松了口气，再一抬头，正见不远处有个人影向这边跑来，不用看，那人正是赵筠。

(10)

看着躺在床上面色惨白、没有生气的王丽娜，梁陈的泪水在眼眶里打转转，但见王母已经是泣不成声，也只好强忍着。赵筠早就扑到床前，紧抓着王丽娜的手，死死地盯着她半天说不出话来。他噙满泪水的双眼里饱含了疼惜、深情、自责与痛苦，那样子活像琼瑶奶奶笔下苦情戏的男主角。梁陈突然想，如果自己躺在这里的话，想必又是另一番景象了。她完全可以想象出少言寡语、脾气淡漠又古怪的嘉航充其量是坐在床边低头不语，说不定还会狠狠地批她一顿。人跟人之间的差距，真是太大了。

“阿姨，别再伤心了，娜娜已经没事儿了。”见王母哭得伤心，梁陈心生不忍，连忙递过去一张面纸，并把她带到外面坐了下来。

“你说这孩子怎么会这样？我们辛辛苦苦把她养这么大，她就是这么对我们的？这孩子，太没良心了啊！”王母边抹着眼泪边呜咽着数落着，“昨天下午她打了个电话回来，我们娘俩还聊了半天……后来到了晚上啊，我这心里突突地跳个不停，抓心挠肝地，我就找过来了，怎么敲门也没人应。还好之前从她那拿了备用钥匙，我就打电话让小朱到家里拿过来……要是再晚点……”

“好了阿姨，你也别想那么多了。现在娜娜没事儿了，等她好了，您好好教训她一通。她这个人就是这样，别看她平常爱玩爱闹，要是固执起来没人能拗得过她！”见她哭得伤心，梁陈也觉得心酸，只得笨嘴笨舌地安慰她，这时却见嘉航拿着个手机快步走了出去。

“怎么了？有什么事吗？”梁陈见他示意，连忙走过去问道。

“也没什么事，今天是周日，爸妈打电话过来让我们中午回去吃顿饭。”嘉航扫了王母一眼，附在她耳边轻声说道。

梁陈伸头向病房看了一下，见赵筠仍蹲在床边嘴里不知说些什么，满面柔情四溢。她淡淡一笑说：“算了，我们在这边也碍事，还是先走吧。”说完，就拉着嘉航向各位道别走了。

两人走出医院后，嘉航看了看表，也不过十点半钟，如果赶到汽车城看车的话也还来得及，不过他现在已没有心情了。他也是第一次看到赵筠这个样子，以前大学时期就从来没见他追女生，也不接受女生的表白，因为他说他心中有喜欢的人了。后来禁不住宿舍里的同学怂恿，就与附近一个大学的女生谈了一阵子，但不出两个月就分了，原因就不得而知了。最后毕业典礼大家一起聚餐的时候，几位同学见他喝得微醺，便打趣他为什么对女生不感兴趣，他摇头晃脑地指着左胸说：“这里面已经有人了！”此话一出，就惹来满堂哄笑，大家都说他是打火星来的，因为只有火星上才有他这么纯洁痴情的人。

“是打车去车城，还是直接去家里？”梁陈见他低着头走了半天也不说话，只好主动开口发问。

“买车的事也不急，咱们就先回去吧。”嘉航这才回过神来，走到路边伸手拦下一辆出租。

“现在像赵筠这样的男人几乎已经绝迹了，其实王丽娜就是他的初恋啊，虽然只能算是暗恋！”梁陈见他胡乱地翻着手机上的名单，便凑过头去别有用心地说。

“哦，原来是初恋啊。”嘉航若有所思地应了一句，心绪便不知飞到哪儿去了。初恋确实是令人难以忘怀，酸酸甜甜的感觉，小小的幸福，深深的怀念。不知邻市的那个小姐脾气的女子是否幸福，是否已为人母了？

梁陈见他沉默不语，心中隐隐有些担忧，嘉航一定有他的过去，有他的初恋情人。她从来不问的原因并不是自己大度、不在乎，而是她从苏格与赵筠身上看到了初恋的强大性。多少年了，赵筠对王丽娜念念不忘，苏格因为孙浩的事情而前往A市工作。而自己，除了嘉航，再没与别的男人有过交集，说起来，真的有些委屈。如果有一天，嘉航像赵筠一样不顾一切地回到那个人身边，她该怎么办？

“怎么了？不舒服吗？”嘉航转头见梁陈脸色发白，额头也冒出了冷汗，担心地问道。

“哦，没什么。”梁陈心虚地将手从他掌中抽了回来，抹了一把汗说。

嘉航以为她是在担心王丽娜，便开口安慰道：“有赵筠在那里，她会没事的，以后都会好的。”

梁陈就势往他怀中一倚，叹了口气幽幽说道：“是啊，一切都会好的。他们的事情，已经解决啦。”只是自己这没来由的忧虑却不知该怎么办了，是自己太过杞人忧天了吗？应该是吧。

“手怎么这么冰，这都快五月了。你真的没事吧？”嘉航握住她微微发凉的手，往手心里一探，竟然还出了一手心的汗。

“可能是没睡好的缘故，有些犯困，吃完饭我们就回家吧，回去好好补个觉。”梁陈恨不能立即躺在床上，缩在被子里什么都不想，就这样睡个一天。等早上起来，什么烦恼也没有了。

“那你现在睡会儿吧，还有一会儿才要到家呢。”嘉航摸了摸她的额头，见并没有发烧的迹象，便将她揽在怀里柔声说。

梁陈乖乖地将头枕在他温厚的胸膛上，闭上眼睛的一刹那，她突然想："如果就这样过一辈子就好了，人生真的是很漫长啊，漫长得让人看不清前面的路。"

第三章 裂 痕

(1)

后来所有的事情都朝着好的方向在发展。朱敬轩与王丽娜办理好了离婚手续，她与赵筠名正言顺地谈起了恋爱，一起走过这么多风雨的两个人更加珍惜这得来不易的幸福。还有梁陈，前段时间一直忧心忡忡的她也放下了心结，这种杞人忧天的事情她再也不干了，现在想想都觉得无聊。这些天她心情一直不错，嘉航如愿以偿地买了车，是她喜欢的蓝色。每天上下班都是他接送，除非他值班、加班。学校里有些好事的老师每次见到他们都用无比羡慕和夸张的眼光盯着她，口中还不忘打趣她。

买了车后，每个周六、周日，两人通常是在双方的父母家吃饭。父母年纪大了，闲下来就开始想孩子。现在一般都是独生子女，又都有各自的工作，而且是搬出去单独过日子，家里的父母一到周末就开始催着回家。他们这些老人都是这样想的，两个人也老大不小了，二十几，转眼就奔三十了，有房有车了，现在最重要的事就是要个孩子。可他们偏偏一点儿也不急，说多了又嫌唠叨，赌气不来，可不说吧，又不当一回事，真是急坏了四位老人。每次回家，父母们只能旁敲侧击地提醒两句，可他们这些孩子怎么能理解做老人的心理呢？这事都成了两家父母的心病了，特别是一对亲家母，时常对着电话一起绞尽脑汁想办法，但至今没有想出什么有效的法子，电话费倒是浪费了不少。

那天楼上的一家得了个孙女儿，他们的儿子、儿媳连二十五周岁都还没到。周日正赶上孩子满月，那家父母喜滋滋地楼上楼下发喜糖、喜蛋，发到他们家时还顺口问了句："你们家也快了吧，算算结婚也大半年了！"

就是因为人家无意的一句话，嘉航的妈妈郁闷了老半天，那小两口坚持要再等两年才要孩子，她现在催也不能催，说也不好说，只能干着急。今天小两口来时，她特意将喜糖、喜蛋摆在客厅最显眼的位置，那样就可以自然而然地将话题转到孩子的身上了。

嘉航他们一进门，确实一眼就看见沙发旁茶几上摆着的东西，可他故意装作没看见，问也不问一声。老妈的心思他做儿子的还能不清楚？视而不见是最明智的办法。

“你看看，我们今天去菜场忘记买水果了，正好这儿有人送来喜糖，将就着吃吧。”姜还是老的辣，视而不见是吧，那我送到你们眼前来。

梁陈不好意思驳了她老人家的面子，随手拿起一颗糖，剥掉包装放入嘴里：“嗯，蛮甜的！”然后用胳膊捅了捅旁边的嘉航，示意他也吃一颗。

“嗯，当然不错啦，楼上汪家孙女儿满月的喜糖呢！”婆婆见梁陈上钩，顿时心花怒放，连忙接过话茬说，“他们家儿子比我们嘉航还小四岁呢，如今连女儿都满月了！”

“妈，什么时候开饭啊？今天晚上我要到医院值班，得早点走。”嘉航见妈妈打开了话匣子，连忙开口说。

“这才四点钟，你这孩子急什么？热菜正烧着呢，凉菜炒炒拌拌就行了，很快的，不会耽误你上班！”妈妈见儿子打断她，显然很不开心，每次提到这事他总是避而不谈，真不知他是怎么想的。

梁陈见势不妙，只能陪在一旁干笑，她随手抓过沙发靠垫下面的一份晚报，假装津津有味地看了起来。她一边看一边偷偷观察着旁边母子俩的战况，这种时候，保持沉默是最佳选择。

“妈，我先接个电话。”正在嘉航渐渐招架不住母亲的唠叨之时，口袋里的手机恰好响了起来，算是帮他解了围。

梁陈听他今天的铃音有些特别，跟往常慵懒的英文歌不同，是一首女生版的轻轻柔柔的韩文歌。正要开口问，却见他眉头一皱往门外去了。

“谁啊？接个电话还神神秘秘的！”见他接完电话面色如常地走了进来，妈妈不满地抱怨。

“一个朋友。”嘉航淡淡答道，眉宇间少了几分清朗，多了几分阴郁。

梁陈心底里也有几分好奇，眼光从报纸上移到嘉航的脸上偷偷地观察，见他与平常无异这才松了口气。也不知从什么时候起，她开始关注嘉航的一举一动，好像随时会有人把他从身边抢走一般。

“水要开了，快点过来帮忙，我这边还要拌冷菜呢。”嘉航爸爸在厨房里忙得一头汗，见老伴出去这么久，有些招架不住了。

“知道了，知道了，马上就来。”嘉航妈妈眉头一皱不耐烦地说，却丝毫没有离开的迹象。

“还是我去吧，每次都让你们二老忙活！”梁陈将报纸往茶几上一摊，立即起身往厨房去了。

“瞧这孩子多懂事啊，家务活儿也做得不错，比起以前那个宝怡，强了不知多少倍，模样也不错。”见她走进了厨房，嘉航妈妈往他身旁一坐，悄声说道。

嘉航一听，忙伸头向厨房那边望了望，对着母亲不悦地说：“妈，事情都过去了，能不能不要再提了。”

“不提了？我能不提吗？那你说为什么到现在还不要孩子？ 我怎么生出你这么个傻儿子，别以为你的心思我看不出来！”低头见身上还围着围裙，她一把扯下来往茶几上一摔，充分地表达了她的不满。

“妈，事情不是你想的那样。反正以前的事情我不想再提了，都过去了，真的都过去了！”嘉航几乎是咬牙切齿地低吼道。

“希望真的是那样吧，只要你们好好地过日子，我们做老的也就满足了。”母亲见他几欲发狂，也不愿再说下去，只是心内的那份担忧却未减分毫。

（2）

今年的天气真是有些反常，这才到五月中旬天气就热了起来。这天上午明明是艳阳高照，可到了下午太阳就躲进云层里不肯露脸了。刚开始还能见它在云层里若隐若现，到了后来渐渐地就被一堆灰色所掩盖，转眼间天空就化为一片阴霾。

“这个鬼天气，变得比川剧中的变脸还快，估计要下大雨了。”下午刚结束两节课的王老师抱着一堆试卷走了进来，说话的语气极度地不满。

“是啊，上午还是大晴天呢，我雨衣都没带，到时候还不知怎么回去呢。下大雨连出租车都打不到，真是麻烦！”这边的李老师一边收拾着东西，一边抱怨着。

结束了与苏格的网聊，梁陈终于从电脑屏幕后探出头来傻傻地问："怎么变天了？早上还好好的啊！"

"对啊，梁老师你是不用发愁了，每天有专车接送，哪还用担心这些啊！"年轻的王老师拿着手杯，靠在饮水机旁酸溜溜地说。

梁陈听后有些不好意思，端起旁边的水杯猛灌了几口说道："王老师以后有的是机会，面包牛奶会有的，房子和车也会有的。听说你男朋友是公务员，家里的父母也在政府工作吧？说起来条件真不错！"她边说边向她翘起拇指。

现在轮到王老师大口喝水了，这一办公室的老师都有个共同点——紧张的时候拼命地喝水！她将杯中的水一饮而尽才开口说："好什么呀，这样的家庭最难相处，规矩可多呢！一去他们家就见二位家长正襟危坐、满脸严肃，真有些小恐怖，我还是喜欢亲切一些的长辈。"

"这也没办法啊，鱼与熊掌不可兼得。反正你又不跟他们在一起过日子，稍微忍忍就过去了，你的未来还是很美好的。我家有个亲戚，找了个老公啥都没有，结婚后跟她一起住在娘家，真是要多别扭有多别扭！"李老师见她不知足，忍不住插上一嘴。

"呀，你们瞧瞧这天，说下就下了！"突然听见外面传来沙沙的雨声，王老师连忙走到窗前向外看了看，"还好，我放了把伞在抽屉里备用。"

赵老师将批好的测试题往旁边一摊，悻悻地说："看你们多好，一个有伞，一个有车，可怜的我今天要淋雨回家了！"

"要不下班的时候你跟我一起走，我们可以先把你送回家，这样你就不用淋雨了。"好心的梁陈想了个折中的办法。

"那敢情好啊，梁老师这人就是心好！"李老师一听也不客气，笑眯眯地说，说完看了看表，连忙向梁陈招了招手，"这课外活动也该结束了，我们俩得去班里交代下准备放学了。"

到了放学的时候，雨竟然越下越大，地面上渐渐地聚起了一层积水。一些没带伞的学生都陆续由家长接走了，梁陈帮助几名值日生打扫好教室便约上李老师一起回去。刚到办公室便见王老师迎了上来，指着桌上的手机说："梁老师，有你的电话，打了好几遍。"

梁陈抓起手机一看，上面显示是嘉航打来的，她连忙给他拨了过去。

“陈陈，今天……今天医院里有事情，我就不过去接你了，你自己打车回家吧。”电话那头嘉航略带歉意地说。

梁陈看了看外面下个不停的雨，心中开始郁闷起来，但仍装作无所谓的样子说：“没事，还是工作要紧，那我打的回去吧。”

“嗯，外面下着雨呢，路上要小心啊！”挂电话之前，嘉航破天荒地叮嘱了她一句。

梁陈挂了电话，望着窗外的雨帘失望地说：“李老师，这下没车可坐了，估计我也要挨淋了！”

“看，好不容易有机会坐你们的新车，这下子没戏了。”李老师两手一摊苦笑道。

那边的王老师也接了个电话，笑嘻嘻地说：“二位慢慢等雨停，我先走了，今天他开车来接我。”说完同情地看了她们一眼，撑起伞匆匆地走了。

梁陈与李老师两个顶着个包，在密集的雨帘中飞快地跑着，一直到了学校附近的站台才停了下来。两人也不管站台上挤满了人，奋力地将自己塞进檐下。有轻微洁癖的梁陈站在充满了汗味、烟味的人群中非常地不适应，她下意识地抬手捂着鼻子，伸头望着驶过来的公交车。一连来了两辆全是爆满，司机干脆连车门都不开就扬长而去，换来众人的咒骂声。那些出租车更是不用说了，里面早已坐了乘客，飞快地从街上开过，溅起一串串水花。

李老师则是在旁边抱着手机打个不停，现在公交车等不到，车也打不到，她只能另想办法。过了大概六七分钟，梁陈的手突然被人一拽，吓得她惊叫起来。

“走吧，我老公打车过来了，正好你也一起走，免得站在这里傻等！”原来是李老师死死地拉住她，边说边往不远处开过来的一辆出租车跑去。

李老师和她老公下了车，就只剩梁陈一人坐在车上。现在的她头发湿漉漉地披在肩上，半湿不干的衣服让她觉得浑身不舒服，还有脚下的鞋子，里面都是水，袜子紧紧地粘在脚上，别提有多难受了。好不容易到了小区楼下，她拉开皮包一看，靠底部的地方竟被人划开了一道不大的口子，吓得她头皮发麻。她连忙把包里的东西一股脑儿地倒在车里的座位上，还好她的皮包是分好多层的，钱包与证件都在，就是手机和零钱包找不到了。她又气又恼，在心里将那个趁火打劫的小偷骂了几遍才想起来要付车钱。看着那位中年司机面色古怪地找完钱，她立即推开车门冲了出去，今天真是倒霉透顶了！

（3）

梁陈回到家冲了个热水澡，喝了杯板蓝根，又将衣服洗好挂在了阳台上，这才想起来还没吃晚饭。好在家里还有泡面，泡一碗凑合着填饱了肚子。解决了这些后，她开始为手机被偷的事情懊恼起来。虽说现在手机不值钱，但她的手机也是花了两千多块买的智能机啊，上面存了同事、家人、朋友的号码，这下全没有了。她从来不记号码的，手机一丢就完全跟他们失去了联系，就连嘉航的手机号码她也没记住。

现在第一件事是要打电话给家里，告诉他们自己手机丢了，免得打电话联络不到她而担心。家里的号码她倒是烂熟于心，很快从父母那里得到了安慰，舒缓了她的郁闷心情。接下来就是联系嘉航，想了半天也没想起他的号码，便只好放弃。王丽娜那边的手机压根就打不通，估计是在和赵筠煲电话粥，这两个人，整天沉醉在自己的小世界里，已经很久没理会她了。

苏格的手机她倒是记得，自己正一腔怨气没处发泄，便不管不顾地给她打了过去，没想到只响了两声便通了。听到她亲切而慵懒的声音，梁陈激动得差点掉下了眼泪，就像是饿了许久的人见到了大米饭那种喜极而泣的感觉。

她啰啰唆唆地将自己今天的狼狈遭遇讲给她听，并且不停地抱怨着手机被偷后的麻烦。

苏格就是苏格啊，立马就给了她一个很好的解决办法。那就是带好证件到移动公司把以前的卡复制一张，这样以前存在卡里的信息一点也不会丢，换了手机照样用，真是方便。

“那个郑嘉航真是过分，下这么大雨竟然让你一个人回家，换成我肯定饶不了他。新手机应该他买给你才对。”苏格挂电话前说了这么一句话，让梁陈回味了好久。她也觉得他该负一定的责任，明明事先讲好的不加班，突然又变卦了。不管是什么原因，这新手机是一定要让他买的。

梁陈脑中灵光一闪，想起包里的笔记本上好像记着嘉航科室的电话，现在正好打过去向他倾诉一下今天的遭遇。反正平常他值班也没什么事，偶尔接个电话还是可以的。

电话一接通却是个女人的声音，顿了一下，梁陈客气地问："请问郑嘉航郑医生在吗？"

"哦，他早就下班了，您是哪位？"对方同样客气地回答。

梁陈愣了半天，直到对方挂了电话才回过神来。这个郑嘉航，不是说他要值班吗？人根本不在医院，到底去了哪里？她实在想不通平常不太出门的他能去哪里，也有可能是朋友聚会吧。那么赵筠也应该和他在一块儿吧？

她努力让自己平静下来，尽量不往坏的地方去想。现在经常放一些电视剧，有些婚姻的结束主要是因为女主角多疑、胡乱猜忌而造成的。她才不要做这种心胸狭窄的人，夫妻之间也是需要一定的空间的。关了灯，躺在床上听着窗外哗哗的雨声，一股寂寞感排山倒海地袭来，瞬间漫过她的心房涌上喉间，刺激得鼻腔内酸涩难忍，眼泪便止不住落了下来。梁陈嘴里数着绵羊一直数到几千只也没有睡着，翻出手表一看，已经是夜里十二点了，嘉航还没有回来。

在床上翻来覆去半天，她还是忍不住要给王丽娜打个电话，她想问问赵筠在哪里，嘉航是不是跟他在一块儿。打过去的结果就是换来她一通抱怨，还没等她开口发问电话就被她无情地挂上了。这个王丽娜，她早该看清楚了，标准的重色轻友！

得不到嘉航的下落，梁陈心情烦躁极了，不一会儿便出了一身汗。后来实在受不了便翻出风扇打开来吹，顺便试图让自己平静下来。刚躺下不久，便听见外面有动静，像是用钥匙开锁的声音，一定是嘉航回来了。不想被他看穿自己的心情，她立即拉起薄被盖得严严实实的，将头缩在被子里面装睡，却竖起耳朵听着外面的动静。

不一会儿，卧室的门就被推开了，嘉航开了灯，一眼就望见床边的落地扇吹得神气活现的，再看看躺在床上的梁陈，正裹着个被子蜷在床上睡得正香。

"盖着被子吹风扇？梁陈你可真有创意啊！"嘉航咕哝了一句关掉了开关，拿了睡衣关了灯，便往浴室去了。

躲在被子里的梁陈渐渐地热了起来，只好将被子横盖在身上，面朝墙壁睡了。可她正被嘉航撒谎晚归的行为折磨得头痛，哪里还睡得着觉。她低着头咬着被角想，要不要等他进来后开门见山地质问他为什么撒谎，逼问他到底去了哪里？如果这样的话，又显得她像心胸狭窄；若是不问的话，她今夜肯定睡不着觉。前退两难的时候，嘉航带着沐浴后的清香走了进来，灯也没有开便一下躺倒在床上。

梁陈背对着他，弓着身子一边装睡一边想到要怎么开口，她快要被自己的懦弱与犹豫给逼疯了。事情明明就是他的不对，为什么自己还要当作什么事都没发生一般忍着不问？下定决心后，她假装翻了个身，一只手臂很自然地搭在他身上，并就势向他怀里拱了拱。嘉航也很给面子地将她往怀里揽了一下，微凉的嘴唇带着一股清凉的薄荷气息轻轻滑过她的额头落在了鼻尖。

“你今天去哪儿了？”她突然抬手搂住他的脖子，将下巴搁在他的肩膀上语气慵懒地问，声音里却不乏凌厉质问的意味。

“对不起，今天遇到老同学了，几个人一起吃了饭。估计会晚点回来，所以才跟你说是加班。”嘉航见她发问，索性将事情的真相说了出来。后来见她半天不吭声又补充了一句，“赵筠也在，要不你打个电话问问他？”

“嗯，知道了。明天给我买个手机吧。”本来一肚子怨气的梁陈听完他的解释后，心中的石头终于落了下来，她甚至觉得有些羞愧，在心里狠狠地驳斥了自己不久前小肚鸡肠的想法。

“买手机？为什么？你手机不刚买了一年多吗？”嘉航闻言疑惑地问。

“困了，明天再说吧。”担心的事情已经解决，她感到浓浓的倦意席卷而来，只哼了两声便迫不及待地与周公约会去了。

（4）

周五那天，梁陈心满意足地从嘉航那拿到了一款新出的智能手机，算做是对她失约的补偿。这周六轮到他值班，她便一个人待在家里。早晨还没睡到自然醒，就被妈妈打过来的电话给吵醒了。说是姨妈家的姐姐带着孩子从外地回来了，现在正在家里呢，让她赶紧收拾一下赶过去。

梁陈在妈妈多次的催逼下，终于挣扎着从床上爬了起来，迅速收拾了一番准备出门。说实话，她跟那位姨姐真的是不投缘，瞧她那副自命清高的样子就不顺眼。她与苏格不同，人家那是浑然天成的高贵，而她却有些做作、自以为是。不就是嫁了个有钱的人家嘛，至于得瑟成那样吗？

一回到家，梁陈就见客厅里多了一个三四岁的粉嫩嫩的小女娃，一双大眼睛扑闪扑闪地瞪着她，随即咧开嘴对着她直乐，那样子真是可爱极了。

“你这孩子，催了这么多遍才过来，嘉航呢？他怎么没来？”这时只见妈妈端着一盘水果走了出来，后面还跟着打扮入时的姨姐。

“嘉航今天要加班，所以不能来了。”梁陈走上前摸摸那个小姑娘白胖胖的脸蛋答道，以前很不喜欢孩子的她见到这小家伙竟然生出满心的喜爱。

旁边的姨姐见状，忙上前拉过小家伙指着梁陈说：“楠楠，快叫小姨！”

那孩子真是听话，扬起小脸奶声奶气地叫了声“小姨”，然后一闪身躲到她妈妈身后去了，继而探出头用葡萄一般的大眼盯着她看。

“你瞧瞧，她还不好意思呢，这孩子真是聪明可爱！”妈妈走上前将洗好的草莓捧到她面前，然后回过头来看着梁陈说，“你也老大不小了，也该要个孩子了，别整天还把自己当个孩子一样。”

“是啊，女人的最佳生育年龄在22到28岁，你今年也27了吧，应该可以考虑要一个孩子了。”姨姐也在一旁附和着说，浅笑吟吟的脸上露出难得的真诚。

梁陈对这两个一唱一和实在是无语可说，最好的办法就是闭嘴。她往沙发上一坐，端起一盘草莓招呼起小家伙来：“楠楠过来，我们一起吃草莓好不好？要不我们剪刀石头布，谁赢了谁吃。”

小家伙本来就不怕生，一听说要跟她玩游戏便乐了起来，用力地点了点头，连忙跑到她身边坐了下来。

妈妈见这一大一小玩得正开心，无奈地摇了摇头，看向身旁的姨姐说：“这孩子，总也长不大似的，到现在也没个正形！”

“以后等她有了孩子就好了，她这小孩子脾气就是被你们宠出来的。”姨姐瞟了她一眼，笑着安慰她说。

不一会儿，一整盘草莓被她们吃了个精光，小家伙也是乐不可支地要跟她继续玩游戏。梁陈也不想在家里听妈妈的唠叨，便借带孩子出去玩的机会溜出去透透气。妈妈见楠楠正在兴头上便同意了，梁陈像得了特赦令一般拉着孩子跑了出去。

自从上周下了一场大雨后，天气便不再像前段时间那般炎热了，天上的太阳并不算强烈，透过薄薄的云层洒下几许光辉，不一会儿又偷懒似的隐到云层里去了。梁陈带着楠楠在小区的健身区玩了一会儿，见小家伙忙得满头大汗，便准备带她回去，正巧遇见赵筠大步流星地向她走了过来。

“呀，你怎么在这里？这是谁的孩子？”一见面他就开始好奇地打量着她与楠楠。

梁陈有心要跟他开玩笑，便拉过楠楠笑着说：“当然是我的孩子了！”说完摸了摸小家伙的脑袋吩咐道，“楠楠，快叫叔叔！”

小家伙非常配合地用清脆的童音叫了声“叔叔”，并且亲昵地拉着她的衣角说肚子饿了，要回家吃饭。梁陈得意地望着一脸讶异的赵筠说：“没想到吧，我女儿都这么大了！”

“真的假的啊？你跟郑嘉航结婚也没……你骗我的吧？”赵筠将信将疑地指着她说。

楠楠这个鬼灵精，像是听懂了他们的谈话似的，躲在梁陈的身后捂着嘴巴咯咯直笑。梁陈见他这瞠目结舌的样子，忍不住笑了起来：“你还真好骗，这是我姨姐家的孩子。你怎么在这？家住这里？”

“我爸妈住在这里，今天休息便过来看看他们。”赵筠边说边指着前面一幢楼房说。

梁陈点了点头，没话找话地问：“你们现在怎么样了？什么时候请我们喝喜酒啊？看来娜娜是被你迷得神魂颠倒啊，现在也不待见我了，电话也不打一个！”

“哪有你说的那样，我们还是老样子，顺其自然吧！”赵筠听了呵呵一笑，一脸的云淡风轻。

“听嘉航说你们上周同学聚会？一直玩到好晚吧？那天我打电话给娜娜被她数落了一通，看来她对你独自行动颇有怨言哦！”梁陈有意无意地提起那天的事情，出于私心，她还是想亲自认证一下。

赵筠一听，愣了一下，随后粲然一笑道：“是啊，你是知道娜娜的脾气的，她对这些事情可在意了，为了这事她可是跟我闹了好几天的别扭呢！这一点啊，她可要向你好好学习！”

“切，你少给我戴高帽子了！”梁陈见楠楠不停地拽着她的衣服，便歉意对他一笑说，“不好意思，小家伙饿了，我们要先走了。”说完便拉着楠楠往南边的那幢楼去了。而赵筠仍立在原地，看着她远处的背影叹了口气，表情复杂难测。

“阿姨你看看现在这社会，简直是乱了套了！”梁陈一回到家，就听见表姐坐在沙发拿着报纸跟妈妈聊天。一见她进来连忙招呼她说道：“正好陈陈回来，也过来一起看看这则新闻。”

梁陈对这些社会上的不良新闻已经产生了免疫，因此并不是太在意。将楠楠交到妈妈手里便往沙发上一坐，拿起报纸漫不经心地看了起来。

“你看看，现在医院里的医生与女医药代表搞在一起，你说医院里卖的药我们还敢买吗？这女人竟然凭这种关系得到了那么多钱，真是白长了一副好面孔！”姨姐指着报纸义愤填膺地说。

梁陈看了见怪不怪地说：“反正这些事我们也管不了，过好自己的日子就行了。我还是相信善有善报、恶有恶报的，你看看，这个女人得了这么多钱有什么用？到最后还是得了不治之症！这就叫活该！”

“她是要死了，可是那么多与她有染的医生也得了这种病，临死之前还拉了这么多垫背的，这女人真是恶毒！”姨姐可不像她这么认为，气得满面通红地说。

“这就叫周瑜打黄盖，一个愿打，一个愿挨，他们也是活该，谁让他们品性这么差呢！姐啊，这些事情可多着呢，你天天要是为这种事生气，估计肺早气炸了！”梁陈轻描淡写地劝慰道。

姨姐斜睨了她一眼冷哼道：“看来你倒是想得开啊。你们家嘉航也是医生吧？你得多加小心了。”

梁陈就是受不了她这种凡事都往坏处想的心理，而且又莫名其妙地把她家嘉航也牵扯进来了。她不满地看了看她，扯着嗓子对着在厨房中的妈妈叫了起来：“妈，我和楠楠都饿了，饭什么时候好啊？爸爸去钓鱼怎么还没回来，是不是不回来了？”

（5）

梁陈周一到学校上班的时候，办公室里的几位老师也正热火朝天地讨论着那条新闻。那位王老师甚至还从网上找到了新闻主角的照片，招呼大家来看。梁陈也凑热闹似的去看了，撇去那个女人做的龌龊事不说，从照片上看她还真是个大美人，堪比那些当红的影视明星。

“说实在的，这女人是精明过头了。仗着自己的美貌来与别人做交易，到最后是害人又害己。”一向老成的李老师看后摇了摇头平静地说。

年轻的王老师却愤愤不平地说：“天啊，这是什么人哪？为了业绩与钱就能不知廉耻了？还有那些医院里的医生、主任们，这还白衣天使哪，怎么都跟个色狼似的？”

“林子大了，什么鸟都有。大家平常心对待啊，我们只看这社会好的一面就可以了，既然改变不了那就去适应它吧。”梁陈对此仍保持一副淡然的态度，生气也没用，努力工作，过好自己的日子就成了。

“啧啧，梁老师可真是想得开啊，瞧人家那态度，那觉悟，真是值得我们好好学习！”王老师瞟了她一眼，酸溜溜地说。

李老师一听便出来打圆场：“咱们做老师可不能想不开啊，若带着情绪教学可会误人子弟啊！再说了，这也是个别现象嘛，她老公就在医院工作，也没听说过他们医院有这回事嘛！”

王老师不服气地看了她一眼，又瞟了瞟梁陈张嘴要说了什么，见李老师向她使了个眼色，话到嘴边又吞了回去。毕竟梁陈的老公是做医生的，大家聚在一起声讨也要留点余地。

她们的这些小动作早就被梁陈悉数收入眼底，她大方一笑，说道：“你们畅所欲言，反正那不关我的事。”说完便回到座位开始备课。为了这则该死的新闻，她几乎成了众矢之的，大家也真是的，总不能一竿子打翻一船人吧！还有个别医生，平常看起来道貌岸然，可做的净是些见不得人的事情，败坏了风气不说，还害得别的医生也跟着背黑锅。

晚上回家的时候，梁陈特意将这两天的报纸都收了起来，眼不见心不烦。整日里听同事们唠叨这件事，还真让她心里觉得不安。虽然她觉得嘉航不是那种人，但总忍不住去想象。今天网上贴的那个医药代表长得多漂亮啊，别说是男人了，就连女人见了也要羡慕。

两个人吃完晚饭，收拾完毕，嘉航便钻到书房里半天没出来。梁陈借着送水的机会进去看了看，见他正在网上查阅有关病理的文章，好像是关于什么肿瘤的。关于他工作上的事情，梁陈向来不多问，将水杯放在桌上便离开了。

睡到半夜时分，一声异响将梁陈从梦中惊醒。她习惯性地伸手往旁边一摸，空荡荡的，嘉航竟然到现在还没有睡。他工作的时候向来讨厌人打扰，梁陈也不想去碰钉子，翻了个身继续睡觉。

早上天刚蒙蒙亮的时候，她听见卧室的阳台有人说话，起身一看原来是嘉航在打电话。她侧耳听了听，声音太小，什么也听不到。有着强烈好奇心的她便将耳朵贴到床框上静静地听着，虽然声音比刚才大了些，却听不清在讲些什么。嘉航的声音听起来真是难得的轻柔，就像父亲小时候哄着哭闹不止的自己一样。

“对方一定是个女的！”一个声音蓦地响在梁陈的心底，这让她不由自主地轻颤了一下，再抬头看时，嘉航已经挂了电话往屋里走来。她立即将被子往身上一裹，双眼一闭假装熟睡。心事重重的嘉航并未觉察她的异样，走到床边拿起手表看了看，已经六点二十几分了。他伸手拍了拍梁陈唤她起床，接着便慢条斯理地到厨房去做早餐。作为一名医生，他很少到外面的摊点买早饭。

“难道是病人？还是他的朋友？要么是他的初恋情人？”梁陈一边刷牙一边想，后来想到了这几天一直在谈论的医药代表事件。莫非真的是哪个医药公司的女业务？此刻她眼前立即呈现出网上那位有着天使面孔、魔鬼身材的美女来，哪个男人能禁受得住诱惑啊？完了，这下完了！

“怎么还没收拾好？还差十分钟到七点，再不快点来不及了！”嘉航已经做好了早饭摆上了桌，却见她还在卫生间里磨蹭。

“好了，马上好！”梁陈赶紧喝水漱口，再这么刷下去,牙龈都要破了。

两个人面对面坐在餐桌旁吃饭，嘉航埋着头喝着碗里的粥，总觉得有双眼睛一直死死地盯着他。抬起头时，却见梁陈若无其事地啃着面包，眼睛盯着墙上的挂钟。当他再低下头时，又感觉那双眼睛在注视着他。忍无可忍的他猛地一抬头，看着来不及收回目光的梁陈问：“有事吗？还是我脸上有花？”

还好梁陈反应比较快，指了指他咬了几口放在一边的面包，又指了指他的嘴角说：“这里有块很大的面包屑。”

嘉航将信将疑地抬手抹了一把，除了一点点汤汁外并没有什么。他放下筷子面带愠色地看着她说：“真的没有事吗？有什么话就直说！”

梁陈看着面前这个脾气古怪的男人，耳边又想起早上他与别人通话时的柔声细语，果真是区别对待。一种委屈感立即涌上心头，她将半块面包往桌上一扔，拿起包，头也不回地走了。

（6）

一直记得苏格与孙浩分手时，她桀骜的神情、飞扬的马尾、趾高气扬的背影，还有孙浩惊愕的神情。其实之前她们早就看出了端倪，只是一直不敢跟苏格说。后来苏格知道后冷冷地说了一句话：“难道这种事情真是当事人最后一个知道吗？”一般来说，是的！

梁陈觉得自己真是好笑，估计最近受那个医药代表的事情影响严重，她开始变得疑神疑鬼起来。嘉航在家里打电话时她会侧耳偷听；当他值夜班的时候她会给他打电话，聊些有的没的事情；洗他换下来的衣服时也是仔细地搜索一遍，看看有没有留下什么蛛丝马迹。她越来越觉得自己有做私家侦探的天赋了，到底是为了什么？捍卫他们的婚姻吗？挽救他们的爱情吗？直到今天她还不能确定她与嘉航之间到底有没有爱情。

她的人生就像乘公交车，早已设好了始点与终点，到哪里下站时总会有喇叭在提醒。她只用看着站牌的指示上车，听着喇叭的提示下车，无需多加思考，按照规定的路线走便是了。每天这么浑浑噩噩地过日子，没有目标，没有追求，甚至没有思想，这和旧社会的居家女性有什么区别？人家王丽娜还知道为自己的爱情而努力，苏格也懂得设计自己的人生，而她呢？

“发什么呆呢？水都要熬干了！”到厨房里拿东西的嘉航见她站在灶台边发呆，全然无视正嘟嘟地冒着热气的水壶。

梁陈一听连忙关煤气，恰巧碰上他伸过来的手，却下意识闪电般地弹了开来。然后站在原地盯着他看了半天才悻悻地说：“哦，刚在想事情，一时出神忘记锅上烧水了。”

“你没事吧？还是做班主任压力太大了？”嘉航关掉煤气，凑近身边抚上她额头关切地问。

梁陈不着痕迹地躲开他伸过来的手假笑着说：“是啊，班里有几个不听话的学生，正在想对付他们的办法呢。”

“小孩子嘛，调皮捣蛋是正常的。我像他们这么大的时候也是顽皮得让爸妈头痛，你看，现在还不是长大成人了？”嘉航完全没有觉察她有哪些不对劲，呵呵一笑说道。

梁陈真后悔刚才自己的反应不够激烈，至少那样能让他感觉到自己在生气。现在看着他挂着笑容的面孔，却找不到发脾气的契机了。她无奈地挤出一丝假笑有气无力地说：“我今天有些不舒服，不想吃晚饭了，麻烦你自行解决吧。”

“不舒服？哪里不舒服？要不要到附近的诊所去看一下？”见她快步地走出厨房，嘉航也慌忙跟出去问道。

“没事，就是有些累，想睡觉！”梁陈不耐烦地回了一句，拿了衣服冲进了浴室。

淋浴头下，梁陈低垂着头抱膝而蹲，任由温热的水从头浇下，酸涩的眼眶再也盛不住翻涌而出的泪水。最近一段时间，嘉航总是一个人钻到书房摆弄着电脑，半夜里时常能听着他很轻柔地跟别人通话。虽然不清楚对方的身份，凭直觉她认定了那是个女子。到底是什么事情，能让他半夜都不睡觉守在书房等她的电话？那人到底是何方神圣能够将他迷得神魂颠倒？果真是美艳的医药代表吗？还是另有其人？这些问题一直纠缠着她，让她日不能思，夜不能寐。平生第一次感觉自己是多么的渺小，做人是这么的失败，她连自己老公的心都抓不住，还能有什么幸福可言？

不知在里面待了多久，一直听见门外嘉航在敲门，她胡乱地冲了几下，擦干了身体穿上睡衣走了出来。一推门正见嘉航紧张地望着她问：“怎么洗了这么久，我还以为……还以为……”

“今天洗了头发，所以慢了些。”梁陈边拿毛巾擦着头发，边推开他说。

“饭烧好了，要吃些吗？再怎么困也要吃点饭啊。”嘉航边说边摆起了碗筷，这是他习惯性的体贴，对谁都能做得出来。

“下班前在学校吃了些零食，所以现在还不饿呢。你先吃吧，我去睡了。”梁陈向他摆了摆手，径自往卧室里去了。

有时候脑子里的事情多了，就成了一团糨糊。但这一点也不影响梁陈的睡眠，因为她最近一段时间都没有睡好，反正明后天休息，一定要把觉给补回来。还有，好久没有跟王丽娜见面了，明天一定要把她给挖出来倒苦水。还有，好想念最值得人信赖的苏格，她多想像她那般独立洒脱，永远都知道自己想要什么。

不吃晚饭的后果就是，睡到大半夜肚子饿得咕咕直叫，梁陈实在忍受不了，便爬起来找东西吃。打开灯看了看时间，已经快到凌晨一点了，嘉航还没有睡。她蹑手蹑脚地推开卧室的门，一眼就望见书房的灯还亮着，隐约能听到里面的说话声。

“一定会没事的，你自己也要注意身体，别累坏了。”梁陈故意不开灯，悄悄地走过去贴在门边听了起来。这句话说完后里面沉默了好久，当她觉得没有听下去的必要时，里面又响起了嘉航的声音。

前一句太过柔和她听得不太清楚，后面一句却很清晰地传入耳中：“宝宝，别哭了，一切都会好起来的……”听了这一句，梁陈的脑子嗡地一声炸开了锅，她当时真有种踹开门进去找他理论的冲动。只是她这个人，向来是有心没胆，没办法，只好忍着了。人家都叫“宝宝”了，充分说明了她的怀疑并没有错，有这就够了。不管这个宝宝是谁，都说明了她在他心中的重要性，他也时常叫她宝宝。在他对她身体进行疯狂地膜拜的时候，他会不由自主地轻吟而出；在他心情好的时候，他偶尔也会这么叫她。

（7）

周六的下午，她一身休闲装坐在翠园茶坊的窗边，颇为悠闲地品着香茗，眼睛却紧紧地盯着门边的动静。王丽娜这个家伙，到现在还不见人影。想起自己以前随传随到，她又抑制不住满心的怨愤，自己真是够倒霉的。遇人不淑，交友不慎，这等的坏事全被她给遇见了。她真不应该叫“良辰”，而应叫“背时”，最近发生的事情没有一件让她顺心的。

“陈陈，真是不好意思，刚刚路上堵车，所以来晚了点！”过了好一会儿，才见打扮得颇为运动休闲的王丽娜走了进来。这次她再不像以前那般卷发披肩，而将头发扎成一个马尾，头上还戴了一顶棒球帽，看上去青春有活力。

梁陈打量了她半天，好奇地说：“看你这副打扮，跟以前的风格完全不同啊！”

“前段时间身体不太好，最近办了健身卡去健身。”她边说边转动着身子炫耀似的说，“你看看，是不是比以前瘦了一些？生命在于运动，这句话说得太正确了。现在我感觉自己走路箭步如飞、身轻如燕啊！”

梁陈瞧她神采飞扬的样子，显然已从不久前的低谷走了出来，这就是爱情的力量吧？这时她脑中突然冒出一句话来：爱情，可以让人获得新生，也可让人毁灭！想出来后，她拍了拍自己的脑门偷笑：毁灭有些太夸张了，顶多是像失去水分的鲜花一样吧？或者像一件饰品，失去了最初灿烂的光泽！

“到底什么事啊，这么急找我来？”王丽娜不客气地往面前的杯中倒满了茶水。

“没什么事，好久没见了，有些想你了呗。”看到现在的王丽娜，梁陈觉得找她倾诉心事的确是个错误的决定。

王丽娜啜了口茶，瞪大眼睛打量了她半天，然后摇着头关切地问：“脸色看上去很不好嘛，是不是工作太忙的缘故？”

“是吧，还有不到一个月就要期末考试了，我真是有些招架不了呢！既然答应校领导暂代班主任，就得认真负责地做好，我可不想到最后弄得一塌糊涂灰溜溜地下台。”想起即将结束的班主任生活，梁陈心里有些轻松，有些不舍，毕竟在她的努力下，班里的成绩有了明显的进步。

“什么时候变得和苏格一样了，说起话来老气横秋的！”王丽娜瞟了她一眼嗔笑道。

“这做老师的可不是一般的职业，多少位学生的前途就握在你手中呢！反正我是希望我教过的学生都能成才，这样会很有成就感！”梁陈突然感慨地说。

王丽娜听后捂着嘴咯咯直笑："现在你说话像个老夫子一样，这段时间没见，发现你变了好多。"

"是吗？我觉得我突然变老了，老得像八十几岁的老太太。现在变得怀旧起来，时常能想起我们以前的日子。也不知道苏格最近怎么样了，她似乎好久没跟我们联络了。"梁陈支着胳膊望着木制窗上手描的窗纱，上面的竹子修长秀美、清逸脱俗，有种苏格的味道。

"完了，当一个人开始怀旧，就说明她确实在变老。"王丽娜浅笑吟吟地指着她说，"你看看你现在的样子，一脸的古板，反正你们也快放暑假了，有空跟你老公出去玩玩。上次我和赵筠就去了苏州三山岛，那里的风景还不错，农家菜很好吃，蔬菜啊，鱼啊，虾什么的都是新鲜的，鸡也是现杀的。当时就住在农家，条件虽比不上星级酒店，却也干净利索，给人一种返璞归真的感觉！"

瞧着王丽娜一脸享受的样子，梁陈也来了兴致："难怪最近找不到你人，原来跑出去玩啦。"

"也没有啦，就是上个月中旬出去玩了一次，玩得累死了，半夜你还打电话过来骚扰我。那天我的态度很不好，你别见怪啊！"王丽娜笑着说。

梁陈一听怔了半晌，不就是嘉航晚归的那天吗？那次见到赵筠他也承认和嘉航在一起了，莫非是王丽娜一个人去玩的？不太可能吧。她拿起杯子喝了个底朝天，然后嬉皮笑脸地问："是你和赵筠一起去的吧？两个人真够浪漫的啊。"

"浪漫？这个倒谈不上，我觉得要真想浪漫的话，去马尔代夫才叫浪漫呢，不过我们这些小市民消费不起哦。我在网上看了个帖子，说是一对上海夫妇到那里度蜜月，精打细算下来也花了五六万块，这可抵得我两年多的薪水呢！我们这些小市民哪里浪漫得起来？"王丽娜眼中有几许憧憬，几丝失落，活像寓言故事里那个吃不到葡萄的狐狸。

此时的梁陈关心的并不是该到哪里去浪漫，她整个人脑子想的就是郑嘉航与赵筠联合起来骗了她，把她当傻子一样耍！还好她从小就养成了良好的修养，在这种公共场合能够控制住自己的情绪。她将颤抖的手缩到桌下，努力挤出一丝笑容说："娜娜，真不好意思，我突然想起还有些事，要先走了。"

“怎么啦？是不是觉得我的提议好，有些迫不及待了？”王丽娜眯着眼睛望着她笑着说。

“哪有？我真的有急事，以后有空再和你聊。”再多等一刻，梁陈就怕不争气的泪水夺眶而出。

“你要去哪里啊？急的话我开车送你过去！”王丽娜见她慌慌张张的样子，也连忙起身跟了上去。

梁陈一听纳闷地问：“开车？你自己开车过来的？什么时候买的车？”

王丽娜不好意思地一笑：“是赵筠的车，我半年前拿了驾照一直没车开，有些生疏了，就借过来开几天。”

“那赵筠呢？他在郊区上班呢，坐公车不太方便吧。”这时梁陈的好奇心占了上风。

“他啊，借他哥的车开呗，反正他哥公司的车多，借一辆给他开开也没什么大不了的。”王丽娜脸上的笑意更浓了，语气里透着得意，真叫人心生嫉妒。

“那还是不用了，我这事可急呢，新手开的车还是免了吧！”梁陈说完拔腿就走，心内越暗暗叹道：原来，每个人都活得比我好！

（8）

晚饭后，梁陈对着面前的一堆芒果吃得不亦乐乎，而老妈却在屋里忙来忙去，弄得满头大汗。女儿难得回家住两天，所以就不让她插手做家务，好好地享受家的温暖。自打她那天回来，就见她脸色不好，估计是遇上不顺心的事了。本想等她主动说出来，可到现在也没见她开口，思来想去也只能主动出击了。

“陈陈啊，你明天要上班的吧？怎么还不快回去，待会儿晚了没车坐。”收拾完东西，妈妈边给鱼缸里的金鱼喂食边问道。

“妈啊，你女儿难得回来住一两天，就这么着急赶我走啊？”解决完最后一口芒果，梁陈抹着嘴巴嗔怪地说。

“你这孩子，怎么说话呢？你自己跑这边来舒舒服服地过日子，把嘉航一个人扔家里，这也说不过去吧？”话题终于被她扯到了重点。

梁陈冷哼一声，拿起手边的遥控器开始调台，湖南卫视的娱乐节目做得不错，最容易惹人开怀大笑了。OK，就是它了，管它三七二十一，自己开心就行了。

“我这跟你说话呢，怎么理都不理啊？都被你爸给宠坏了！”妈妈对她的态度非常地不满。

“哎呀妈，他又不是小孩子要人照顾。我这几天工作太忙了，累得腰酸背痛的，您就让我在这偷几天懒吧！”梁陈往沙发上一缩，不耐烦地说，顺便把声音开得老大。

妈妈见她这个样子，走上前啪的一声把电视给关了，拿起抹布擦了擦手，坐到她身边关切地问：“是不是两人吵架啦？”

“没有，就是觉得累了，回来享清福呗！”梁陈极力掩饰着内心的不安，摆出一副满不在乎的样子说，“你也知道嘛，我现在一回来就能吃现成的，要是在家还不得亲自动手做？”

妈妈是何许精明的人物，女儿是她从小拉扯大的。她的一举一动，一个细微的表情都骗不过她那双火眼金睛。她拉过梁陈的手语重心长地说：“陈陈啊，这夫妻过日子呢，总会有些磕磕绊绊的，一时气气也就算了，你总不能就这样躲在这里一辈子吧？其实最终能陪你走到老的那个人就是你的丈夫，我们做老的呢，不指望你们有多孝顺，多有钱，多风光，只要你们能好好地过日子我们也就满足啦！”

她这番话说得梁陈鼻子发酸，眼睛发涩，却仍装模作样地笑着说：“知道啦，真是年纪越大越能唠叨了。你放心吧，我跟嘉航没什么的，等明天下班我就回去。”

“嗯，没什么就好！既然累了就好好休息休息吧，待会儿别忘了给嘉航打个电话，告诉他你今天不回去了。”该说的话都说了，妈妈心中的石头也落下了一半，孩子们的事情就让他们自己去解决吧。

“妈，我想吃你煮的玉米糊糊了，还有你做的水晶锅贴。”梁陈直起身抱住妈妈撒起娇来，顺便不着痕迹地将眼泪擦在她棉制的T恤上。

“好，明天一早妈就给你做，顺便给嘉航带点回去。”妈妈拍着她的背像哄小孩一般说。

一提到那个没良心、大骗子嘉航，梁陈就一肚子气："这天这么热，等我晚上拿回去就坏了，等他过来的时候再做吧。你也知道，孩子是不能宠的嘛，反正你不能像对我一样对他好！"

"你个傻丫头，我对他好还不是因为他是我女婿？换成别人我可不理会他。"一听这话，妈妈忍不住敲了她一记，嗔怪地说。

"知道啦，好了不说了，我睡觉去！"为了不让眼泪再被老妈感动出来，她还是选择闪人吧。

躺在自己原来的小床上，梁陈感到无比地安宁自在。如果她现在还是单身的话，或许她每天正享受着老爸老妈的宠爱；如果她没有跟嘉航结婚的话，或许她现在正在跟一个男子谈一场浓情蜜意的恋爱。如果这些如果都成现实的话，或许她现在就不会这么痛苦了。可笑的是，她现在连自己的对手是谁都不知道，光凭一个"宝宝"的名字能查出人家姓甚名谁？也许这名字只不过是嘉航对她的爱称，不过可以确定的是，这个人一定不是所谓的医药代表，估计是旧情人吧。正想着，柜子上的手机就叫了起来，听音乐就知道是嘉航打过来的。

"今天不回来吗？要不要我开车去接你？"反应迟钝的嘉航完全没有察觉梁陈有哪点不对劲，还以为她只是恋家而已。

"不用了，我明天自己会回去的。"梁陈平静地回了他一句，内心却波涛汹涌。

"那下班我准时去接你，下周正好没排到我值班。"嘉航的声音一成不变，离开家两天，他连"我想你"三个字都吝于给她，即使是敷衍也好啊。

这样没有任何感情色彩的谈话真是让她受够了，他可以拿着手机对别人甜言蜜语，却吝于给她这个正牌夫人一点点关心，真太让人心寒了！

"郑嘉航！"她突然有种冲动，她想把那两个敏感的字眼说出来，可是话尚未出口就失去了勇气。

"怎么了？有事吗？"那边的他仍是淡淡地问道。

哼，果然就只会这两句话！梁陈觉得再没有跟他说下去的必要，对着话筒敷衍了事地说了两句便挂了电话。

（9）

下班的时候，嘉航准时将车开到学校门口，梁陈在几位老师的羡慕声中坐上了车。别人只看得到表象，其实她内心的痛苦谁能体会？而且是种难以言喻，无法向人诉说的痛苦。现在的她连找一个可以倾诉的人都找不到，每天为工作而忙碌奔波的苏格，还有沉浸在爱河的王丽娜，哪一个都不是合适的人选。

“今天想吃什么？我们去小区附近一家新开的饭馆吃小炒吧，听说那里的炒菜不错。”嘉航边开车边征询她的意见，看上去很愉快的样子。

梁陈瞟了他一眼懒洋洋地说：“随便吧，我无所谓。”

见她的反应并不是很热烈，嘉航的脸上露出一丝失望，接下来两个人就陷入了沉默。只两天不见，梁陈就像变了一个人一样，往常那个经常把笑容挂在脸上的她，现在却摆出一副别人欠她两百块钱的样子来。

吃完饭回来的路上，嘉航有些受不了这样的气氛，便主动开了口：“要不要去超市买点水果，你不是很喜欢吃吗？”

“不用了，没胃口。”梁陈仍是懒洋洋地回答，并且将头一扭，看着窗外不语。

“怎么了，哪里不舒服吗？”嘉航边说边将手伸向她的额头，却见她将头向后一靠躲了过去。

“车就先停这里吧，我就不和你一起停车了，车库里怪闷的。”梁陈实在不愿意和他待在一个空间里，车一开到小区她就准备下车。

嘉航见她今天的行为特别反常，不由得担心起来：“梁陈，你真的没事吗？我看你脸色不太好啊。”

“嗯，可能是这天太热了，也可能是工作太忙了，休息一下就好了。”见他把车停了，梁陈随便找了个借口敷衍一下便下了车。

六月的天气昼长夜短，已经六点多了太阳还没有完全落下。梁陈站在被夕阳拉得很长的树影中看着嘉航把车驶向车库，心中突然生出一个念头。只见她诡异地一笑，转身向小区外走去。

嘉航把车停好后便匆匆上了楼，他打算好好地跟梁陈谈谈，为什么她突然像变了个人一般？难道真的是因为工作压力太大才变成这个样子吗？走到家门口，习惯性地伸手按门铃，等了半天也未见她开门。他疑惑地掏出钥匙打开门一看，家里连个人影都没有，明明她说先回来的啊。他屋里屋外找了一遍，连阳台、卫生间也没落下，可就是没见到她人。

“到底去哪里了，也不先说一声。”他咕哝了一句，连忙掏出手机给她打电话，可听到的却是一个温柔的女声在提示他对方已关机。坐下来冷静地想了一会儿，他觉得她可能去哪里买东西了，或者是遇到熟人聊聊天也未尝不可。但事实并非他想的那么简单，他一直在家里等了近一个小时也没见她回来，真是太奇怪了！

当嘉航一个人在家着急上火的时候，梁陈正坐在附近超市下面的肯德基里吃着冰淇淋，看着最近的时装杂志。她觉得有必要改改自己的形象了，每天守着两点一线的单调生活真是没意思。想想人家苏格活得多充实，王丽娜活得多自在，而自己却过着千篇一律的无聊日子。从小到大，她的生活一直是波澜不惊，虽然平顺却单调乏味，就连恋爱结婚也是如此。现在想想真是后悔，为什么当初没有谈一场单纯、浪漫的恋爱呢？纵然是像苏格那样没有结果，可是人家毕竟尝过了那种美好的感觉。而自己，现在连个可以回忆、思念的人都没有。

最近几天唯一令她感到开心的事情就是狠狠地耍了嘉航一通，想必他现在正在四处寻她吧？想象着他急得满头大汗，拿着手机拨不通电话的样子，她就忍不住想笑，多滑稽啊。难怪小孩子们总爱搞恶作剧，那种恶搞后的快感真的是难以言喻，太爽了！

十点多钟，她才提着包慢悠悠地走回家。腹中装满了肯德基凉冰冰的圣代，进门前不经意打了个嗝，瞬间嘴里溢满了奶油的香甜。门是虚掩着的，轻轻一推便开了，梁陈先伸头往客厅看了看，灯是开着的，屋里却没人。

本来她是想象着家中一片漆黑，郑嘉航现在正在小区附近找她找得气喘吁吁、汗流浃背、心惊胆战。不过看现在的样子，她是太高估自己在他心目中的位置了。梁陈失望地把包往架子上一挂，随意地将鞋子一甩，狠命地关上了大门，然后没精打采地扑到客厅的沙发上。

“你去哪了？怎么现在才回来，手机还关机！”正要与周公会面，突然从上方传来嘉航低沉的声音。

梁陈恹恹地抬起头扫了他一眼，见他刚洗完澡正用毛巾擦着湿漉漉的头发，心中的怨气就更大了。天哪，这个郑嘉航，自己老婆都不知所踪了，他还能定定心心地在家里待着，真是个没心没肺的家伙！

“困了吗？还不赶紧洗洗睡觉。”嘉航在她身边坐了下来，轻轻地拍了拍她背说。

“嗯，知道了。”梁陈趴了一会儿也觉得无趣，便起身往卧室去了。走到门口突然停了下来转头解释道，“路上遇见个朋友就一起逛了逛，本来想跟你说一声，可是手机没电了。”

嘉航望着她淡淡一笑安慰道：“下次记得把手机的备用电板放在包里，就不会出现这样的状况了。”

(10)

梁陈洗完澡出来，嘉航已经躺在床上睡熟了。她无奈地看了看他，转身走到客厅去吹头发，顺便打开电视看了起来。城市频道正在放韩剧《搞笑一家人》，正好放到精明能干的朴海美因感冒住院，深爱她的老公李俊河在病房里想尽一切办法逗她开心。他在病房里扮丑，拿丝袜套在头上唱歌，深情地与她对诗，抱着她看窗外的月亮，甚至把同室的一个植物人也给刺激得能动了，原来两个人旁若无人的亲昵也能产生医学上的奇迹啊！

她边看边笑，边笑边感动，看完后心中装满了失落。这才叫相濡以沫的夫妻啊，而她与嘉航有时候就像两个陌生人一样。他们两人之间似乎隔着一道墙，他甚至连扇窗户都没留给她，就让她隔着墙伸着头张望。一个月前她一直以为她是幸福的，好过单身忙碌的苏格，赛过婚姻不顺的王丽娜，可现在她才发现，最可怜、最不幸的就是自己了。

算了，日子总要过下去的，好歹公公婆婆都还不错，不像很多人那样，婆媳之间总闹矛盾。就算不为自己，为了他们能够开开心心地过日子，暂且先忍忍吧。说不定以后有了孩子，嘉航的心就回来了。这个想法冒出之后，她越来越觉得自己像个旧社会的人，竟然想用孩子来拴住他的心，抽风了！

床头的小灯是开着的，嘉航平躺在床上睡得正熟，平和的面容要比平常那副不苟言笑的样子好看多了。梁陈侧身躺在他旁边，仔细地看着他的睡容。这样一个男人心里面到底装着什么样的女子？他那么轻柔小心地安慰，温情款款地劝说，那个被他深爱着的人一定很幸福吧。

“看什么呢？难道我脸上有花？”感觉到她投射过来的灼灼目光，嘉航就算想装睡也装不下去了，干脆转个身死死地盯着她问。

“我可没看你，我在看对面衣柜上的贴花呢！”见他突然发话，梁陈连忙将头转向一边自我解嘲地说。

嘉航见状伸过手去扳她的脸，却被她一把挥了回来，手指甲恰巧碰到他手上的伤口，令他忍不住低呼一声。

“只不过碰了你一下，就这么大惊小怪的！”梁陈对他的小题大做感到异常反感，回过头不满地抱怨说。

嘉航拧眉不语，赌气似的将手上的伤口伸到她面前。梁陈顺着他右手一处硬币大小的伤口往上看，一直到小臂处都有不同程度的擦伤。她伸手轻抚着伤处心疼地问：“回来的时候还好好的，现在怎么弄成这样？”

“还不是你闹的？找你的时候碰倒了辆自行车，于是这里就挂了彩！”嘉航边说边抽回他的右臂，转而搂上她的腰部，一翻身将她压在身下低声质问道，“告诉我，今晚你是不是故意的？”

梁陈像被人拆穿了把戏的小孩子，红着脸硬生硬气地辩驳道：“怎么会是故意的呢？我真的遇见朋友了，我手机真的没……”话还没说完，嘉航已将一只胳膊穿过她的颈下，俯下身将头靠在她耳边恶狠狠地说了句：“不管怎么样，你都要接受惩罚。”说完便懒得跟她再废话，专注地埋首于她的颈间，眷眷地厮磨着，深深的呼吸撩拨得她毫无反驳之力，只能顺从地沦陷在他热切的攻势下。

早上一睁开眼，就见一道曙光透过素色窗帘射了进来，散发着淡淡的光辉。窗外偶尔传来两声悦耳婉转的鸟鸣，打破了清晨的静谧。梁陈窝在嘉航的怀里，贪婪地嗅着他身上淡淡的薄荷气息。嘉航下意识地将她往怀里搂了搂，将下巴抵在她额上轻语道：“你最近是怎么了？看起来有些怪怪的。”

梁陈一肚子的怨气早已融化在昨晚的温情缱绻中，她使劲地往他怀里挤了挤，一句话未经大脑便说了出来：“嘉航，我们要个孩子吧。”话一出口，她幡然醒悟般地捂上嘴巴，将头埋得更低了。

嘉航怔了半晌，抬手轻拍了拍她的背疑惑地问：“我们不是说好了过两年再要孩子的吗？怎么突然……”

“我只是随口说说，前两天看到同事家孩子，觉得好玩而已，你别当真。”梁陈羞得恨不能找个地缝钻进去，原来自己一直在扮演如此卑微的角色，原来所有的事情一直都在由嘉航主宰着，原来冲动真的是魔鬼。

“再过一年吧，等我们条件再好一些的时候要。”他边说边在她额上落下一吻，然后宠溺一笑说，“放心吧，我一定不会让你成为高龄产妇的。”

“好了，这事以后再说吧，我还想再玩两年呢。”梁陈佯装无所谓的样子笑着说，心里却满满的都是失落。

嘉航坐起身看了看表，见时间还算充裕便又躺了下来，长臂一伸将她揽入怀中柔声说：“等过阵子，看看院里能不能给个长假，我们俩一起出去玩玩、放松下，你觉得怎么样？”

“好啊，那我们以后能不能每年都出趟远门痛痛快快地玩一下？”对于这个提议梁陈当然是举双手赞成，人家赵筠和王丽娜两个月不到就去了好几处地方。

嘉航想都不想就爽快地答应下来，虽然他近来很少关心她，但还是能感觉到她最近一段时间的变化。人家都说女人心，海底针，这句话可真是亘古不变的真理啊！以前梁陈在他的印象中就是那种温温和和、孝顺懂事的小女人，却没料到她也有这么多小脾气。就像昨天一样，也不知哪里得罪她了，莫名其妙地躲起来让他一通好找。看来这个小女人真是不容小觑，而且家里人又那么喜欢她，万一哪天真的发起了脾气，到时候他难免要吃苦头了。

（11）

嘉航许下的承诺还没来得及兑现，梁陈就已经为自己安排好了一次旅程。她本天真地以为一切都在向好的方面发展，可是事与愿违，嘉航最近还在跟那个叫宝宝的女人联络。电话倒是不在家里打了，加班的日子却越来越多了。有时候夜里往他那里打电话，往往都是忙音，这让她又不得不恢复前段时间的“无间道”生活。

嘉航的手机密码她是知道的，所以她前两天动了查他话单的念头。于是她就上网打开移动网页输入手机号与密码，但是网页总是跳出提示说她密码输入错误。当时她对着电脑一阵冷笑，吓得坐在前面的王老师不停地回头张望。估计是嘉航有所察觉，所以才会改掉密码吧。到底有什么秘密不能让她知道的呢？就算是旧情人要叙旧，也不必每天电话不离手吧？他到底将她这个明媒正娶的老婆摆在什么位置呢？如果事情再这样发展下去的话，或许她必须作好离婚的准备了！

一想起那天她那么卑微地缩在他怀中说想要一个孩子，她就忍不住鄙视自己。再也不要这样卑微地生活下去了，被人无情地抛到角落里自怜地舔舐着自己的伤口；再也不要这么担心、彷徨、迷茫下去了。她要离开一段时间，给自己找个安静的空间好好地梳理这段感情，作最后的决定。恰巧那天苏格破天荒地打电话过来跟她聊了好一会儿，让她突然想到一个好去处。就利用暑期长假到她那边住上一段时间，顺便了解一下女强人的生活。说不定以后，她可以尝试着过一下那种充实而忙碌的生活呢。

从六月中旬起，她就开始扳着手指头数日子，从下决心的那一天起，她的生活中除了工作就是盘算着去那里的生活。转眼就要进行期末考试了，这一次她感到了前所未有的压力。上次寒假，她带的班全年级排名冲到了第三，这次一定不能落后，也好给赵老师一个交代。所以她最近一段时间特别地卖力，认真地辅导学生们复习，频繁地与各科老师沟通，针对各个学生的情况制定辅导计划。充实而繁忙的生活让她暂时忘了伤痛，忘了嘉航，忘了那个叫宝宝的女人。

考试前的一个周日，她硬着头皮与嘉航例行每周一次的家庭聚会。一进门，眼尖的婆婆就心疼地拉过她的手唠叨起来：“怎么才两周没见就瘦成这个样子了？脸色看起来也不好嘛。是不是太忙了的缘故？”

一直没觉得有哪里不妥的梁陈摸了摸自己的脸，无辜地说：“不会吧？也就是最近准备期末考才忙了一阵子。再说了，现在是夏天，瘦也是正常的。”

“哎呀，你不要太忙了，可要注意休息啊！你看你，上周那么大个太阳还要去学生家里家访，真是太辛苦了。”

一提起上周家访的事情，梁陈就感到羞愧。其实她是不愿与嘉航一起过来而找的借口，那天下午她可是在茶楼里自在地翻了一下午的书。最近嘉航一直忙着所谓工作上的事情，也无暇顾及她，自然也不用她绞尽脑汁地去圆谎。

婆婆见她面色发红，还以为是天气太热的缘故，于是连忙将她拉进房内又将空调调低了几度。面对着婆婆的细心体贴，梁陈有说不出的感动，如果一切能回到以前该有多好？她宁愿自己什么都不知道，就这么稀里糊涂地过下去。

饭桌上，婆婆主动夹了好多菜在她碗里，笑容满面地嘱咐她说："平常工作忙，也要注意饮食，要多吃些才行啊。"

看着碗里的菜堆如小山，梁陈心里暗暗叫苦。最近她都没什么胃口，特别是心理压力过大时就开始厌食。婆婆的一片好意她也不好意思拒绝，故作开心地夹起菜放入口中大嚼特嚼。谁知还没吃两口，胸腔内就泛起一阵恶心，强忍不住的她顾不得众人讶异的眼神，连忙捂着嘴巴冲进了卫生间。

将口中的食物吐了出来后，她用冷水冲了冲脸，望着镜中面色苍白的自己又开始自怜自艾起来。仅仅一个月没到，她就把自己折磨成这副样子，宛如一朵干枯凋零的花。厌食，她又开始像高考前一样厌食了！

"你没事吧？哪里不舒服吗？"她拿起毛巾擦了擦脸，正对着镜子练习微笑的时候，嘉航一脸担心地走了进来。

"没事，一到夏天我就这样，我从小就怕热。"梁陈向他摆了摆手，跟着他走了出去。

回到饭桌一坐下，婆婆看她的眼神就不一样了。关切的神情中流露出欣喜与顾盼之色，捧着饭碗与嘉航交换了眼色之后，她试探地问道："陈陈啊，最近有没有哪里不舒服啊？我看你脸色不太好，要不要去医院看看？反正嘉航在医院工作，检查起来也方便。"

"嗯，觉得不舒服就要早点看医生，身体是革命的本钱啊！"平常话不太多的公公也在一旁附和道。

梁陈就是再笨也不会听不出他们话里的意思，他们肯定是误会了。没办法，看到公公婆婆殷切的目光，她也不好意思直说，只得赔笑道："没事，最近天太热了，工作压力也大，肠胃有些不舒服。"

"胃不舒服？那就更得去医院看看了。现在年轻人饮食不正常，把胃都弄坏了。等下还是让嘉航带你去看看吧。"婆婆以过来人的经验，坚持认为是有喜事了，于是拐弯抹角地表达了她的想法。

“那吃完饭歇一会儿我们就去医院吧。”见妈妈眼神里装满了笃定，嘉航心里百味杂陈，伸过一只手紧紧地握住她胳膊。

梁陈忍住甩掉他手的冲动，挤出一丝笑容点了点头，反正她不想在这里待下去了，正好可以早点回家。

(12)

下午两点多钟，灼人的太阳挂在天空肆虐地放射着万丈光芒。嘉航停在下面的汽车已被烤得满厢热气，他体贴地让梁陈等他发动好车子，打开了空调才让她上车。最近他也发现梁陈整个人懒懒的，难得说上几句话，面色也憔悴了不少。今天被妈妈这么一提示，倒真让他怀疑起来，就算他们平时防御措施做得再好，可万中总有个一嘛！

“我们还是直接回家吧。”见嘉航准备掉转车头，梁陈忙提醒他说。

嘉航并不理会她，将车头一掉往去人民医院的路上飞驰而去。梁陈十分讨厌他的自作主张，顿时抬高了声音重复了一遍：“我们回家吧，不去医院！”

“不去怎么行？你脸色这么差，还是去看看吧。”嘉航眉头深锁，眼睛直视着前方说。

梁陈冷笑道：“看什么呢？应该看急诊、儿科，还是妇科？”

嘉航轻叹一声，伸出右手紧紧地握着她说：“陈陈，你别紧张，虽然我说过我们现在不要孩子，但如果真的有了的话，我……”

“你放心吧，真的没有！就算有了，我也不要！”梁陈厌恶地甩掉他微凉的大手，将头转向窗外斩钉截铁地说。

“真的没有？”嘉航疑惑地看着她问，“那为什么你今天会……你最近的确不太正常啊。”

“我感觉有压力就会这样，以前高考的时候我一口饭也吃不下，一连好几天都是喝牛奶，吃水果和维生素的。最近正赶上期末考试，我第一次做班主任，压力肯定是有的。”为了消除他的疑惑，梁陈淡淡地解释说。

嘉航听后仍是不放心，坚持要带她去医院。梁陈懒得跟他争执便冷笑着说：“好吧，我这个是由压力引起的厌食，你带我去看心理医生吧。”

“这倒是个好建议，我看你最近这么忙，是要放松一下。”嘉航应了一声，脚踩油门将车子开得飞快。

估计是心理因素，梁陈一到医院就感觉全身汗毛直竖，浓浓的消毒水气息让她反胃。她对着走廊边的垃圾桶掐着脖子呕了一堆酸水，这才感觉好了一些。嘉航见她这副样子，二话不说拉着她就往妇科去了。

周日看病的人也不算少，到底嘉航是这里的医生，打了声招呼后就有护士带着她去做检查了。那位娇俏可人的小护士边走边打量着她，表情有些古怪。梁陈不以为然地笑了笑，想是人家认为自己这副模样配不上嘉航吧？最近她感到前所未有的自卑。

例行公事般检查完毕，梁陈拿着一堆化验单递到嘉航面前：“这下总该放心了吧！”

嘉航拿起单子看了看，轻舒了一口气拍了拍她的肩说：“看来是肠胃问题，我们去消化科看看吧。”

“不用了吧？都说是压力引起的了，要去你自己去吧。我累了，要回家休息了。”梁陈一刻也不想待在这里，扯着他的手就往外拉。嘉航见她执意回家，也不好反对，只得开车载她回去。

车里的空调打得很低，两人之间的气氛也随之降到了冰点，谁也不愿主动开口。此刻的嘉航更是满腹不解，最近梁陈这个小女人怎么变得怪怪的，越来越让他困惑难懂了。难道是她看出什么来了？应该不会吧，他一直很小心地与宝怡保持联络，况且见她最近忙着学校的事情，估计也没精力注意这些。他自认为自己与宝怡之间坦坦荡荡，而且不想引起不必要的麻烦，所以不想把这件事告诉她。

梁陈坐在车上几乎要睡着了，突然车子一颠，又将她从周公那边拉了回来。她看了看旁边的嘉航，盘算了半天终于开了口：“等放了暑假，我想去A市，苏格邀我去那里玩一阵子，正好我也想放松一下。最近忙得我有些神经错乱了。”

嘉航想了想说：“也好，最近院里有些忙，请不了长假，既然有个人陪你玩也不错。”

见他并未挽留，梁陈的一颗心如坠冰窖。自己这一走，他应该可以光明正大地与那个叫宝宝的来往了吧？既然如此，那她也没什么好留恋的了，赶紧给人家腾出空间吧。或许等她回来时，嘉航正与她打得火热，自己就等着他主动说离婚了。

“你准备什么时候过去？”见她默不作声，嘉航主动开口问。

“一放假就过去，她老早就叫着让我去了。”梁陈大言不惭地说。

“你准备在那玩多久？”嘉航心想顶多就一周吧，在他眼中梁陈就是那种对家很依赖的小女人。

梁陈垂下头想了片刻，摇了摇头说：“这个我还没想好，到那边再说吧。好玩的话就多玩几天，那里也算是省内的旅游胜地呢，总要全玩一遍再说吧。”哼，问归期是吧，就是不给你个准确时间，到时候来个突然袭击，看你们怎么办？

“看来这次要玩很久啊？”最近难得见到她孩子气的一面，听她这么说，嘉航忍俊不禁地问。

“看情况吧，小时候一直乖乖地在家里待着，连上大学也是选择本地的学校，其实怪没意思的。人家苏格多有闯劲哪，大学一毕业就只身前往A市工作，没靠任何人的帮助就在那里站稳了脚，真是不容易！”一说起苏格，梁陈就是满脸的崇拜。

嘉航当然不记得当年曾经跟他相过亲的那位叫苏格的女孩，虽然梁陈曾多次在他面前提过，但他一直都没在意。今天听她絮絮叨叨地说起来，才觉得这个女子果真有魄力。转头见她一脸的自豪，便开玩笑地说：“难不成你想向她学习，做她那样的人？”

“我当然是希望能做她那样的女强人，关键我没人家的那种斗志。要知道她这个人真是太厉害了，放着轻松的工作不做，偏要去做公司的业务。现在人家已经是华东区的业务组长了，据说要贷款买房呢，A市的房价可不是一般的高啊！”梁陈是越说越来劲，似乎苏格的优秀让她很长脸一般，似乎她夸赞苏格就能打击贬低嘉航一般。

可惜的是嘉航并没有充分地了解她的意思，仍是自顾自地开着车，自顾自地想着心事，反正他觉得梁陈越来越让人难懂了。

（13）

时间过得很快，转眼期末考试完毕，公布了成绩，放了暑假。功夫不负有心人，梁陈的努力没有白费，总算是保住了第三名的位置，而且平均分与第二名相差无几，也算是了却了她一桩心事。她可以安安心心地到苏格那里玩个痛快了，一想到这次旅行她就无限地期待。自从与嘉航发生了矛盾后，她一直没有可以倾诉的对象，这下过去找个合适的机会向苏格倒倒苦水。

走的前三天，梁陈就从网上订了车票，剩余的时间就是收拾行囊，在网上与苏格制定游玩计划。她完全把嘉航甩到了脑后，有时候她下班回来也难得跟他说几句话。他们两个人就像在玩小时候常玩的游戏，叫做“我是木头人”。游戏规则就是大家聚在一起，高声唱着游戏歌谣，最后一句就是“大家都是木头人，不许说话不许动！”然后一个个都沉默着，动也不动，谁先坚持不住笑了或动弹了便是输家。

现在的他们很有默契地玩起了这个游戏，明明双方都知道两人之间有隔阂，却一直不愿将其捅破。仿佛谁先开了口，谁便低到了尘埃里。爱情的游戏里谁多爱一点，多在乎一点便要付出得更多，梁陈不愿再扮演这样的角色。以前她深陷在剧情中无法自拔，而现在她清醒地认识到，即使再努力，再用心也无法走入嘉航的内心。就像赵筠以前说过的那样，因为心里已经被一个人装满了，再没有可以容纳其他人的空间了。想来嘉航也是如此，她竟然在不知情的状况下与他度过半年多的时间，而她现在才知道他们两百多天来一直是同床异梦。

临走的前一天晚上，梁陈将早已打包好的行李又仔细地翻了一遍，直到确定了没有落下什么重要的东西才安下心来。那晚嘉航的表现有些奇怪，吃完饭，洗好澡一直坐在床边看着她忙来忙去，现在的她简直与前段时间那个无精打采的、憔悴的女子判若两人。她抑扬顿挫地与苏格通完电话后，脸上挂满了兴奋与期待，就好像去会热恋中的情人一般。这让嘉航心中很不是滋味，人家即将分离的夫妻都是你侬我侬、万分不舍，而自己的老婆却是异常地兴奋，确实很反常。

“收拾好了没有？收拾好了赶紧洗洗休息，明天一早还要赶车呢。”见梁陈在屋里转来转去，嘉航再也忍不住了。

“嗯，应该差不多了吧，我再想想还有什么没带，免得到时候忘记了抓狂。”梁陈看了看一大旅行箱的物品，觉得应该没什么遗漏的了。

嘉航盯着箱子看了半天，疑惑地问：“你是不是想把家都搬过去？难道你真打算在那过一个暑假吗？”

“看看吧，到那里先玩几天再说，要是能找个临时的工作做做也不错，也让我体会一下普通上班族的感觉。从毕业就一直做老师的工作，偶尔换下口味也不错哦。”梁陈点了点头，说得一脸认真。

“你要到那里找工作？”嘉航立即坐直了身子，直直地瞪着她说：“笑话！前段时间工作压力那么大，你现在还要去自讨苦吃？”

梁陈颇有兴致地逗着他说：“如果有合适的就做做看，我也想体会一下都市白领的感觉。如果真做得好的话，我想干脆就留在那里算了，正好与苏格两人一起携手打天下也不错哦！”

嘉航被她气得半天说不出话来，明明知道她是在故意说笑，心里却无可抑制地发狂。这个小女人真是越来越张狂，竟然大无畏地向他发起了挑战。

“好了，东西都收拾好了，我该洗洗睡了。那么郑先生，晚安！”梁陈说完拉起箱子往客厅走去，她今晚要睡在书房，还要顺便到网上查查A市附近有什么好玩的城市，最好一并游览一遍。

“晚安？你要去哪里？”嘉航见她笑得灿烂，顿感事情不妙，连忙沉声问道。

“洗个澡顺便上网冲冲浪，享受一下嘛！前段时间电脑都被你占用了，现在也该轮到我了吧。”梁陈推开门对他妩媚一笑，又缩了回去。

不知她是故意的还是一时疏忽，门没有带实，虚掩在那里。嘉航可以清晰地听见浴室里哗哗的流水声，还有梁陈那个小女人愉快的歌声。

“吵死了！”嘉航被这声音搅得心猿意马，低咒了一声打开电视，拿起遥控器乱调一通。翻了半天没有一个台入得了他的法眼，干脆关掉读书陶冶情操。他眼神涣散地翻着书，上面的字像蚂蚁一般在他眼前蠕动，挠得他心里痒痒的。这时他听见门边传来轻微的脚步声，抬头一看，见梁陈探了个脑袋进来对他笑笑说：“书房里有蚊子，我来拿个蚊香片。”

“有蚊子？”嘉航拉开床头的抽屉翻了翻，见一堆杂物底下放着一板电蚊香片，他连忙将它们往里一拨并且抓了一把东西盖在了上面，然后装模作样地说："呀，蚊香片好像没了，有什么要紧的事一定要现在上网查吗？改天再说吧。"

"没有了？我明明记得还有一些的，上周刚买的啊。"梁陈翻着眼睛努力地回忆着，仍旧站在门边一动不动。

嘉航佯装无辜地用手扒拉着抽屉，理直气壮地说："跟你说没有就是没有，不信你自己过来找找看。"

梁陈可不想一夜被蚊子给折磨死，将信将疑地走到床边伸手翻了起来。偏偏她是眼力劲极好的人，没两下便将藏在角落里的蚊香片给翻了出来。她拿着东西在他面前扬了扬，得意地说："我就说嘛，肯定有的，你是什么眼神儿啊你？"

嘉航恨不能将眼前的蚊香撕成碎片，他一把夺过来往旁边一扔低吼道："梁陈，你是故意的吧？"

梁陈被他这粗鲁的举动惊得跌坐在地上，呆呆地望了他半天结结巴巴地说："故意的……我，我故意什么了？"

（14）

今晚没有月亮，深蓝的夜幕挂着繁星点点，偶见几片浮云被风吹得四处游荡，遮住了夜的眼睛。漆黑一片的卧室里静得深沉，墙壁上的空调呼呼地喷吐着冷气，桌上的闹钟兢兢业业地刻下每分每秒的分界线。

梁陈背对着嘉航静静地睡着，发出均匀的呼吸声。嘉航侧身面向她躺着，一点睡意也没有，眼睛紧紧地盯着梁陈的后背，仿佛下一秒她就会消失一般。不知何时，她的心已经不在他的掌控之内了，这让他感到有些失落、惶恐。自从听说她要去A市，他便开始怀疑她是不是已经知道了宝怡的事情。不过这件事除了父母、赵筠知道外，其他的人并不知晓个中情况。那天他打电话问了赵筠，他一个字都没有跟别人提起过，连王丽娜都没有说。父母向来是为自己好，当然不可能跟梁陈提起宝怡，按理说她不应该会知道的。要么就是最近一段时间冷落她了，才会这样吧？他只能拿这个理由来自我安慰，真的不敢想象如果她知道他与宝怡相恋了五年而不得不分手的事情会有什么反应。

梁陈一直维持着这个姿势躺了好久，她根本就没有睡着。想到要离开嘉航，心中总有几分不舍，虽然她被他遗弃在内心的某个小角落里。相对而言，嘉航已经很优秀了，有时候也会主动做家务，对她也不错。或许是她太过贪心，总想着他能心无旁骛地爱她，疼她，而且她无法自制地排斥着他的过往。有时候，她恨不能钻到他脑子里，狠狠地将一切关于那个宝宝的信息删除得一干二净！躺了这么久，左边的胳膊被压得酸麻，没办法只能再换个姿势。

“醒了？”嘉航见她翻了个身，手臂一伸将她搂了个满怀。

梁陈老实地窝在他怀中一言不发，她确实是无话可说，反正他也不会跟她说真心话。

嘉航见她一点反应也没有，渐渐地收紧手臂将头靠在她耳边轻语：“宝宝，我们是不是越走越远了？”

梁陈听到“宝宝”这两个字浑身莫名一颤，一股屈辱与愤怒油然而生。多可笑啊，她竟成为某个人的替身！她强忍着怒意尽可能轻柔地推开他，翻了个身佯装睡去，而滚烫的泪水却顺着眼角缓缓流下，在脸颊划过一道温热。

“对不起。”泪眼朦胧时，忽然听身后传来一声低语，接着嘉航的手臂又搂上腰际将她拉向怀中。

梁陈很想转过身问他，他到底是觉得哪里对不起她了？但一想起上次低到尘埃里的卑微换来的却是他的敷衍，觉得还是保持沉默的好。他们之间本没有爱情，到头来这场婚姻仅剩的只是那张纸。她曾经一厢情愿的爱恋已随着他那一声“宝宝”而灰飞烟灭。

嘉航紧搂着她，将头贴在她背上，感受到她因低泣而产生的轻微抽搐，心中的恐惧越放越大，他们到底是怎么了？

第二天一早，阳光肆无忌惮地扫荡着城市的每一个角落。树枝上的知了声嘶力竭地向外界宣泄着自己的狂躁。大概这种情感比较容易传染，嘉航从早上起来情绪就极不稳定。本来是很体贴地帮梁陈将行李搬到楼下，可是一打开后车厢他就赌气地将箱子往里重重一摔，砰地一声关上了后盖，整辆车也因为他莫名的怒意而颤抖。

“现在有没有想好玩多久？应该会早点回来吧？”他鼓足勇气打破了两人之间的沉默。

梁陈两眼盯着窗外想了一会儿，淡淡答道：“还不知道呢，到了那里再说吧。”

“别太贪玩了，最好早点回来，别让爸妈担心。”他留不住她，搬出父母的话应该会有效果吧。

“嗯，我尽量吧。”这一次梁陈想都没想就回答了。

见她答得这么爽快，嘉航一颗心总算放了下来，他还是了解她的。对于长辈她总是谦恭有礼，这一招他算是用对了。

因为刚开始放暑假，汽车站里排满了队，大多是些放假回家的学生。到了那里没处停车，梁陈就建议拿了行李自行去站里等车，免得找不到车位。可是嘉航执意不肯，非要亲自和她到车站等车。好不容易在地下停车场找到了车位停了，该下车的时候嘉航却动也不动地坐在座位上发呆。

“怎么不动了，我急着赶车呢。”梁陈伸手推了推他催促说。

“梁陈，我……我……你……”嘉航急促地喘息着，俊朗的面庞突然向她压了过来，被空调吹得发冷的嘴唇轻掠过她的额头，一直滑向她微启的樱唇，瞬间探入她口内尽情地吮吸，索取更多的甘甜。

“答应我早些回来，否则……”他边说边在她嫩白的颈间留下一个清晰的唇印，试图在她身上留下他的专属痕迹。

梁陈无力地靠在他怀里低泣不止，她真的不知道他们这样到底算是什么。嘉航异常的举动竟然点燃了她心中残存的最后一丝希望，他应该是爱她的吧。

“可以不去吗？不去好吗？”嘉航温和地吻去她脸上的泪痕，用近乎哀求的语气喃喃说道，不知为何，他心中特别害怕分别。几年前与宝怡分别的场面他仍是历历在目，当时她哭得几乎直不起腰来，蹲在地上抱着双肩埋头抽泣。而他当时只能坐在待发的车中低声呜咽，那种痛彻心扉的感觉他再也不想品尝第二遍。

梁陈几乎是融化在他深情而温柔的怀抱中，就在她心软答应的一刹那，耳边又传来那个令她深恶痛绝的名字。这辈子她再也不想听到这两个字，却被他一遍又一遍地重复着，对她来说真是绝妙的讽刺。

“好了，时间快到了，我们得赶紧了。”内心的愤恨与委屈立即让她清醒过来，她用力地推开他，生硬地说。

“真的要走吗？”嘉航的眼神流露出少见的伤感与不舍。

梁陈拿出湿巾擦了擦脸嗔笑道：“只是去玩几天，又不是不回来了。再说了，苏格就算再厉害，还能把我吃了不成？”

“哦，那你出去散散心也好。”嘉航竟然不好意思地挠了挠头，脸上现出一丝不易觉察的薄红。

第四章 女强人的生活

(1)

梁陈坐了近六个小时的车才到达苏格所在的A市，倒霉的是，她刚下了车拖着行李箱从站里面出来，就遇上了一场雷阵雨，害得她躲在站外的屋檐下苦着个脸等了半天。这里来来往往的出租车虽然多，但打车的人更多，而且她一时联系不上苏格，只得在附近的肯德基餐厅坐了近一个小时。

正当她郁闷地咒骂这个不讲信用的苏格时，一直紧握着的手机终于响了起来。梁陈一看见上面的名字，连忙拿起了手机咬牙切齿地说："女人，你还能想起我来啊？是不是准备让我露宿街头你才开心啊？"

"陈陈，对不起，实在对不起。一个客户这边机器出了点问题，我正跟厂里的工程师赶往现场呢，估计要四五点钟才能回去。要不你先打车到我住的地方，我把钥匙放在一个朋友家了，你可以过去拿。"苏格在电话那头也急得直冒汗。

"那你朋友家在哪里呢？你知道，我是路痴啊！"梁陈抱着手机近乎哀号地说。

"那，那你先打车到我家，我让朋友给你送过去。这样总行了吧？"苏格深知她的路痴程度，只好退让了一步。

"那你家在哪呢？上次你发给我的短信息被我不小心删了。"对于自己的失误，梁陈也感到无奈。

"真是服了你了，我马上再给你发一遍，你只要把信息给司机看就行了，他们肯定能找到的。还有我要提醒你一下，千万不要坐黑车，要睁大眼睛找正规的出租车坐，知道了吗？"苏格不放心她，特意补充了一句。

梁陈从小到大就没出过远门，当然除了去年与嘉航结婚时的蜜月旅行，那时是她只知道跟着嘉航走就对了。如何在一个陌生的城市辨别哪个是黑车哪个是正规车还真让她感到为难。

“哎呀，就是人家主动拉人上车的千万别理，要站在车站附近的出租车通道等车。还有上车前要仔细看放在车前的司机工号，最好记下来发给我。免得到时候把你弄丢了我还找不到人算账！”对于这位过于单纯的小姐，苏格还真是放心不下，凡事都想得面面俱到。

人家苏格把话都说到这份上了，她也不能再继续傻下去了，于是挂了电话拉着行李到车站附近等出租车。夏天的雨来得快，去得也快，一出肯德基大门就望见火球似的太阳神气活现地高挂在空中。好在她很快就打到一辆车，并且碰上一个热心的司机，一边开车一边用极具地方味的普通话向她介绍城中的好去处。她也热络地跟人家聊了起来，不多时便到达了目的地。

这是一座新建不久的小区，离市中心有些远，看上去倒也热闹繁华。刚刚从来的路上看到了一个造得极壮观的路牌，上面写着高新技术开发区。这就是有着丰厚的文化底蕴与高新技术的A市最新的一个区。听苏格说前几年好多全国高新技术产业都入驻了这里，现在发展的势头很好，因此这里就渐渐地变得热闹起来。好多家房地产公司在这里开发楼盘，据说房子的成交量节节攀升。苏格的公司不仅缴纳公积金，而且买房还有一定的补贴，因此她便在这里买了一处两室一厅。

梁陈很容易就找到了苏格的住所，到了那里并没有见到她口中所说的朋友送钥匙过来。不一会儿苏格就打了电话过来，说她朋友一会儿就到，让她耐心地等着。梁陈到了夏天特别爱出汗，站在门边没多久就已经汗流浃背了。当她慢慢地失去耐心，情绪变得狂躁时，一抬头看见一个长相俊朗、阳光的男人走上楼来。那人瞪大眼睛扫了她一眼，然后客气地对她一笑问：“请问您就是苏格的朋友，梁陈小姐吧？”

梁陈发现面前的这个男子笑起来真是好看，黑色的瞳人中装满了友善，白白的牙齿散发着珠贝一样的光泽，看上去也不过是二十五六岁的样子。她拘谨地对他点了点头，疑惑地问：“你、你就是苏格的朋友吧？”

他笑着点了点头，拿出一串钥匙在她面前晃了晃说：“不好意思，能不能麻烦你拿出身份证让我看一下。你是知道的，现在的那个什么太多，我们必须谨慎些才好。”

梁陈没料到他还来这一招，当场窘在了那里。过了好一会儿她才从包里翻出身份证递给了他。他接过去仔细看了看，又谨慎地打量了她一番，这才爽朗地笑道：“不好意思，交接工作是麻烦了些。”说着便把钥匙连同身份证双手捧到她面前。

梁陈接过钥匙，不经意扫了他的胳膊一眼，只见上面布满了很多抓痕。这让她不由得警觉起来，从表面看一身休闲装的他阳光爽朗，而胳膊上为什么会有这些伤呢？难道他是社会上的小混混，经常出去打架？想到这里，她的心怦怦直跳，一把抓过东西警惕地看着他。

“好了，我任务完成了，先走了。”他显然不在乎她戒备的神情，潇洒地向她一挥手，转身下了楼。

梁陈拖着行李进了门，被室内的装修风格给震住了。整个客厅简直是简约到了外婆家，原木色的地板，一溜漆黑的柜子将一整间客厅隔成了两半，粉得雪白的墙壁，唯一的色彩就是柜子下面的一排酒红色沙发。对面是两扇推拉的磨砂玻璃门，纯白的窗帘被高高地挽起，阳光透过玻璃洒了一地，整体看上去简约、清爽。真不愧是苏格，家里的装修处处透着主人的干练、大气，若是陌生人来到这里，绝对想不到房子的主人是位女子。

既来之，则安之。反正苏格是她的死党，那她就暂时把这里当成自己的家了。她放好行李，一下扑到客厅的沙发上，随手拿起遥控器开了空调。刚才那个帅气阳光的奇怪男人一直在她脑中徘徊，苏格怎么会认识这样的人？她竟然能放心地将钥匙交给他，太阳打西边出来了吧？

（2）

傍晚，才见一身职业装的苏格提着一堆菜回到了家，毫不客气地往她面前一扔说：“去，把这些给弄了，今天要累死我了！”

梁陈躺在沙发上对她翻翻白眼，不满地叫道：“喂，还有没有天理啊？我是客人啊，你怎么可以让客人动手做事呢？”

苏格斜睨了她一眼，冲到饮水机旁倒了一大杯水一阵猛灌，然后不雅地抹了抹嘴巴说：“我可不管你是不是客人，既然来了，就得遵守我家的规定，赶紧做饭去！”

梁陈向来是吃软不吃硬，听她这么一说，直接翻身面向柜壁装死。苏格可不怕她来这一套，将杯子一放，气势汹汹地冲了过去，伸手就往她腋窝挠去。梁陈被她弄得笑得喘不过气来，只好连连告饶。

“你看你，头发都被你弄散了！”梁陈理了理散乱的头发，拿起发圈随意地扎了起来。

这时眼尖的苏格瞥见她脖间淤紫的吻痕，便指着她笑得满脸奸诈：“看来你们两口子的关系不错呢，这个是他的专属标志吧？看来他是怕你在外面招蜂引蝶啊！”本来担心梁陈是在家里受了委屈才嚷嚷着过来的，现在看来总算是放心了。由此看来，那个郑嘉航确实是对过去的感情死心了。

“死一边儿去，我去做饭了！”梁陈顿时脸涨得通红，连忙拎起菜往里面的厨房去了。

苏格家的厨房是敞开式的，所以她特意用一道柜墙将它隔开。外面当作客厅，里面当作厨房加餐厅。整体的黑白色风格不变，餐厅里摆了好几盆绿色植物，而且主人极为用心地将花盆放在藤编的套子里，让人觉得有一种清新的田园气息。

因为资金问题，家里只进行了简单的装修。有很多东西都是苏格一件一件地添置的，到目前为止家里还没有电视机。摩羯座的苏格最会精打细算了，她向来都是把钱花在刀刃上。平常她也没空看电视，顶多是用公司配发的手提电脑上上网。厨房里除了灶具是一应俱全外，其他摆设都非常简单。一张吧台似的餐桌，两张餐椅，外加一个海尔小冰箱，典型的单身公寓。

“准备到我这来混多久啊？你老公肯定很不舍吧？”吃饱喝足后，苏格主动承担起刷碗的任务。

“不知道呢，要看你对我好不好了。不好的话，玩几天就走人！”梁陈伸手摆弄着餐桌上的植物，漫不经心地说。

苏格一听，讥笑道：“切，我对你好有什么用？到最后你还不是要回到你老公的怀抱。”

“你嫉妒了？嫉妒你也赶紧找一个嫁了吧。”梁陈看着她正色道，“说实话，你何必自己买房子呢？以后嫁人了，房子都是男方准备的吧？再说了，两室一厅做婚房的话，也不够宽敞吧？”

苏格将洗好的碗筷摆好，晃悠悠地走到她旁边说：“唉，你这都是老思想了。现在的女性，如果有条件的话，一定要有一套属于自己的房子。简单来说，以后你和老公闹矛盾了，可以回家小住几天，若是闹得不可收拾离婚了，还有个自己的小窝。我们单位有个同事，离婚之后只能租房子住，现在房租又不便宜，怪可怜的！”

“哪个女人能像你这样买得起房子？还是两室一厅，这里的房价又这么贵！”梁陈被她刺激得差点头上冒烟。

苏格听后苦笑着说：“你是不知道，为了买这套房子，我把我下半生都搭进去了！你知道我要还多少年的款吗？十八年啊！天哪，我现在是个标准的房奴！”

“那你就租房子住了，何必把自己弄得这么辛苦。”梁陈的头脑向来简单。

“每个月还不是一样要付房租，再说了，公积金贷款比较划算，我们公司又有补贴，不买白不买！而且现在经济状况也不怎么好，房价也比以前便宜了些。”买房之前，精明的苏格早把一切算得清清楚楚、明明白白了。

梁陈一听，对她佩服得五体投地，不由感叹道：“跟你说实话啊，我们三个人中，最出息的就是你了。”

“你少抬举我了，我这也是被逼出来的啊。我们家条件可没你们好，老爸老妈连嫁妆都准备不起，也只能靠我自己努力了。你看看你和王丽娜家里，虽然说不上大富大贵，也算是小康之家了，我不仅要为自己着想，也要为父母想想吧！之所以买个两室一厅，就是等以后把这房子装得像样些，把他们接到这边来过。”苏格越说越动容，眼睛里闪耀着异样的光芒，“每天上班的时候，我路过小区的健身区，看着小区里那些老人锻炼身体，我就在想，以后我也要让我爸妈每天像他们一样过悠闲自在的日子。所以现在我一定要加倍努力，让他们过上好日子！”

“看来我们真的不能跟你比，你爸妈能有这样一个女儿真是幸福！”梁陈被她这番话说得更是无地自容，看看人家是什么觉悟啊，而自己一直是毫无目标，茫然懵懂地过日子。

“算啦，不跟你讲这些还没实现的事情，王丽娜现在怎么样了？应该已经离婚了吧？”自她上次离开后，王丽娜一直没跟她联系过，真是个没良心的！

王丽娜之前千叮咛万嘱咐梁陈不要把上次的事情告诉苏格，所以梁陈只是轻描淡写地应了一声。

“离了也好，我看朱敬轩那个人就是个唯利是图的小人。上次我回去跟先创公司谈合作的时候正好遇到他了，恰巧他要依托于先创走我们公司的货，因此我事后就找他出来谈条件，两句话没说他就同意在离婚协议书上签字了。”苏格说完冷哼一声又补充说，“他这个人其实本质不坏，就是太势利了！”

梁陈本来以为朱敬轩乖乖地与王丽娜离婚是因为她自杀的原因，没想到幕后还有这么一出。她疑惑不解地望着她问：“你们是什么时候见面的？好像你也没在家待几天吧？”

“就是我回去的那天晚上啊，反正见面也没说几句话，他光顾着跟我谈合作的事情了，还让我在赵总面前美言几句。这个人，鬼精鬼精的！”说实话，从商人的角度上来看，她并不算讨厌他。

梁陈没想到苏格这人真够意思的，不声不响就帮人家把事情给解决了。若是王丽娜早一点知道就好了，也不用搞出自杀事件，差点丢了性命。不过她也因祸得福，换来了痴情人士赵筠的深情告白，很快就坠入了爱河之中。估计这个见色忘友的王丽娜，早把苏格给抛到九霄云外去了。

（3）

梁陈到了A市两三天了，苏格一直忙着公司的事情。作为业务，她每天有接不完的电话、处理不完的事情。公司给配了手机，设了集团号的目的就是让每个业务保证二十四小时处于开机状态。每天下班回到家里，还没跟她说上几句话，就听手机此起彼伏地响，然后她就对着手机说一堆她听不太懂的专业术语，极为耐心地与他们沟通。估计苏格每天说的话比她这个做老师的还要多。最近她又突发奇想要去考驾照，据说是业务买车公司也给补贴，私车公用的话还提供汽油补贴，这又让她大为心动。

看着她每天忙得像个陀螺一样，梁陈有些心疼。这两天她主动承担了所有的家务活，每天下班还给她做好吃的，简直成了她的“老妈子”。本来想到这边玩个痛快的，可她是个天生的路痴，每天只能窝在家里上网冲浪。这两天里，嘉航倒是打了很多电话过来，有一搭没一搭地聊着。虽然没说什么甜言蜜语，但话语间充分地表达了对她的思念之情，让她感到这次出来还是小有收获的。向来心软的她下决心抛开往日的不快，回去好好过日子。

这天饭桌上，梁陈跟苏格提出了要回家的事，对此苏格感到很过意不去，并且央求她在这里多待几天，正好她请几天年假带她在这里好好逛逛。梁陈见她盛情相邀，便答应了下来，本来她到这里的目的之一就是过来游玩，既然有苏格作陪，自然是非常开心。当晚她就准备给嘉航打电话报一下归期，但打了好几遍一直是忙音，这让她又感到焦躁不安起来。

“睡觉前喝杯牛奶对睡眠有帮助。”苏格见她房间的灯一直亮到半夜，感到有些奇怪，便端了杯牛奶走了进去。

“你现在真是会保养，早上蜂蜜水，晚上牛奶的，还有冰箱里水果堆了一堆，难怪这么忙碌，皮肤还那么水灵灵的。”见她坐在床边，梁陈忍不住伸手捏了捏她的脸颊。

“那是当然了，自己不对自己好也太说不过去了吧。我跟你说啊，食补是最重要的，像我根本不用什么昂贵的化妆品，平常擦点普通的柔肤水、润肤露就可以了。要学会用自然健康的方法让自己保持青春，懂不？”做业务做久了，苏格说起话来一套一套的。

梁陈不愿再听她教训下去，只得乖乖地把牛奶喝了，然后用探究的眼神盯着她问：“格格，你每天这么忙，真的不嫌累吗？”

“当然累了，但是看到每个月银行卡里的钱一点一点地增多，觉得累也值得的！”苏格边说边对她俏皮一笑，“你是知道的嘛，我是摩羯座的，最爱钱了。我的世界里除了父母，最重要的就是Money了！”

“真没有想过找个男人谈谈恋爱，结婚什么的？女人嘛，总是要给自己找个好归宿的，不是吗？”梁陈真的不能理解苏格的想法。

苏格听后撇了撇嘴说：“我这个人是宁缺毋滥，没碰到合适的就绝不开始。反正我已经习惯一个人了，嫁不嫁也无所谓，就是我老妈天天干着急。”

“记得我没结婚前，我妈天天张罗着让我相亲，后来被逼无奈只好硬着头皮去了，真没料到一次就能成功。”想起自己第一次相亲，梁陈就忍不住想笑，当时的嘉航木讷地坐在那里，手都不知该往哪放。

听她提起嘉航，苏格也想起那年与他见面的情景，当时他十分绅士地为她拉开椅子，客气而大方地点了许多本店招牌菜，就是为下面拒绝她作准备。这样一个男人，在拒绝别人之前还精心地做了这么多工作，真的是很特别。不过人家拒绝的话说得更干脆："我是被迫来相亲的，我已经有了相恋五年的女友了，而且我打算与她结婚！"当时她听了非常讶异，还好她当时非常冷静地点着头，并且一个人把桌上的菜解决了一大半，就当是被他耍后的补偿。估计这事要换在别人身上，立马拔腿走人了。心中有些话她不知该不该问，踌躇了片刻，她终于鼓足勇气怯怯地问："那个，你觉得你老公是个怎样的人？他对你应该很好吧？"

梁陈不想把自己的真实状况跟她说，而心中又是一片迷茫。想了想觉得说出来也没什么，说不定苏格还能提些好的建议。她清了清嗓子正准备把事情说出来，这时放在枕边的手机响了起来，是嘉航打过来的。苏格见状，十分知趣地退了出去，让他们小两口甜蜜去吧。

"宝宝，今天玩得如何？准备什么时候回来？"一接通电话就听到嘉航低沉稳重的声音。

又是宝宝这个名字，每次他一说这两个字的时候就几乎让她发狂。他把这个属于别人的名字硬套在她身上到底是什么意思？别人的替身吗？太可笑了！她终于忍无可忍地问了出来："为什么要叫宝宝？我的名字里根本没有这个字，再说了，我也不是小孩子！"

嘉航本是满腹柔情，谁料却被她这番抱怨弄得莫名其妙："以前不都是这样叫的吗？今天你是怎么了？心情不好吗？"

"郑嘉航，我有自己的名字，我的名字叫梁陈。你可以叫我全名，也可以叫我陈陈，就是不准叫我那两个字，我讨厌那个名字，讨厌死了！"被这个名字折磨得快要崩溃的梁陈对着手机尖叫起来。

"你到底是怎么了？前两天不是还好好的吗？"郑嘉航实在搞不懂梁陈怎么突然变成这个样子了。

室内的温度有些上升，墙壁上的空调便开始呼呼地运作起来，一阵凉气顺着缓缓翕动的扇叶喷薄而出。梁陈急躁的心情被这阵冷风吹散了一半，她深吸了一口气，冷静地说："哦，没什么事，我就是不喜欢这个名字，听着怪别扭的。就感觉你在叫别人一样，我不希望是某个人的替身！"

嘉航听后顿感不妙，从她平静似水的声音里听出了端倪，莫非她真是知道了宝怡的事情？

“我明天还要和格格出去玩呢，如果没有什么事情的话我先睡了啊。你放心，我一定会尽快回去的。”听见手机那头传来他沉重的呼吸声，梁陈不想再说下去，狠狠心便挂了电话。

放下手机，她拉开床边的窗帘仰头望向天空，一道淡白的玉带横过天际，夜空中布满如人心般善变的星星。她轻叹了一口气，不知道未来的日子要如何继续。

（4）

第二天一早，梁陈又见到了那个帅气而奇怪的男人，他抱着一只可爱的白色博美犬出现在苏格家门前。她就这样穿着整齐地站在卧室门边，看着身着卡通睡衣的苏格顶着一头凌乱的头发冲向门边，对着他笑得如孩子一般。除了在她与家人面前，苏格从没对别人展现过这么纯真、可爱的一面。可是今天，她竟然对这个男人态度这么亲昵，太阳打西边出来了吗？

“正好这几天我朋友在家，所以就把它接过来住几天，等我忙的时候再给你送过去。”苏格从他怀中抱起小狗，笑靥如花地说。

“没什么，这小东西最近有些不乖，给它洗澡的时候可要好好哄哄！”那个男人也露出白白的牙齿，笑起来两颊显现出浅浅的酒窝。

苏格逗了逗怀里的小狗，转头见梁陈愕然地站在门边，忙连声招呼她说：“起来啦，快过来看我家的狗狗，你看多可爱啊！”

梁陈见她露出罕见的娇憨，不由自主地笑了笑，走到她身边捅了捅她说：“不介绍一下吗？上次你让他送钥匙过来的好朋友？”

“你好，我叫马超，是苏格的朋友。”不等苏格开口，那名男子便将手伸到她面前，用爽朗清澈的声音说。

啧啧，人长得帅不说，声音也好听，又这么有礼貌，怎么看都不像是会打架斗殴的小混混。梁陈一边与他打着招呼，一边偷偷地打量着他，心中的疑惑越发地浓重了。

马超与两人没说两句话就转身走了，好像有什么重要的事情要赶着去做。送走了马超，梁陈便开始八卦起来，跟在苏格后面问个不停。而一心全扑在狗狗身上的苏格哪有工夫理她，将狗抱到阳台上搭着的小棚子里，而且还从冰箱里拿了冰块，封在饭盒中放在它的小窝里面。

“难得休息三天，今天我来做早饭吧。”安顿好她的小狗，苏格开心地在厨房忙碌起来。估计她昨天就知道狗狗要回来，所以昨天下班回家就买好了排骨、冬瓜、鸡翅与鸡腿等食物，比梁陈那天过来还要丰盛。

梁陈见她这样，不由得撅起嘴巴酸溜溜地说：“看来狗比我这个活生生的人还重要啊，我可是给你当了几天的老妈子了，也没见你对我有多好！”

“哎呀，我也不是故意的嘛，我家兜兜以前得过抑郁症，所以我得加倍地对它好。”苏格从冰箱里翻出食物，向她扬了扬，讨好地笑道，“今天做冬瓜排骨汤给你喝，我的手艺可是一流的哦！”

“啊，我只知道人会得抑郁症，没想到这狗也会得这种病，真是太不可思议了。”梁陈觉得自己的下巴都合不上了，原来小动物也跟人一样啊。

“那是啊，刚开始我也感到意外，我还以为马超骗我的呢。后来到网上查了查，不仅猫狗会得这些病，还有那些鸟儿也会得这种病呢。据说有只鹦鹉得病后总是用嘴巴拔自己身上的羽毛，这是严重的自虐行为。”苏格认真地解释说。

梁陈听后似懂非懂地点点头，呵呵地笑了两声便将话题转到了那位帅哥身上：“喂，刚才那个叫马超的是你的朋友啊？怎么认识的，你们关系好像不错啊。”

苏格就知道她要打听这些，冷笑了两声解释说：“当老师的都这么八卦吗？不过结果肯定会让你失望，他是位宠物医院的医生，我家兜兜的抑郁症就是他给治好的。”

“啊哈，你们岂不是上演了一出《宠物奇缘》，看来你们得好好地待兜兜啊，它也算是你们的‘红娘’了吧？那个马超看起来蛮年轻的，你们两个谁大一些啊？”梁陈也没想到自己会这么八卦，反正苏格的事情她就是感兴趣。

“我看你是闲得发慌，肥皂剧看多了，我跟他只是普通朋友，平常忙的时候就托他帮我照顾一下兜兜。其实我就是没事找事，同事家的狗生了三只小狗，我觉得怪可爱的，便抱了一条养养，本以为饿了给它吃，渴了给它喝就行了，谁知马超说养宠物远远没这么简单。这些小动物就像小孩子一样，需要主人多多关爱和照顾。”苏格对她翻翻白眼耐心地解释说。

梁陈对怎么照顾小动物没有任何兴趣，见她避而不谈仍锲而不舍地说：“原来他是宠物医生啊，难怪我看他手臂上有抓痕。我觉得像他们这些做宠物医生的应该都很有爱心吧，你看看他看你家兜兜时的表情，像个慈父一样。”

“怎么，对人家有好感了？只可惜你是已婚妇女了，否则我一定会帮你们牵线搭桥的。”苏格才不中她的圈套，立即将话题转移到她身上。

“我这可是关心你啊，你怎么能扯到我身上来呢？我真觉得他这人不错呢，长得又帅，而且一看就是性格很好的人。难道你没觉得你对他的态度也不同寻常吗？你在他面前就像个孩子一样。”梁陈决定将八卦进行到底。

平常一个人在家很少听人唠叨的苏格忍受不了她的啰唆，将手里的活儿一放，气鼓鼓地说：“梁陈，你怎么比我妈还烦啊？跟你说不可能嘛，我警告你以后不准说这些无聊的事，否则的话，你今晚就跟兜兜一起住吧！”

“格格啊，不是我说你，你一直这样下去也不是办法，自从跟孙浩分手后你就没再谈过吧？难道你现在心里还想着他？不带你这样的啊！”梁陈真是皇帝不急太监急，越说越来劲了。

苏格一听到孙浩这个名字就气不打一处来，这个男人真是可恶。最近他们两个公司为了杭州一个工程案，竞争几乎达到白热化的地步，现在他就是负责这个工程的业务，这下他们两个就成了对手。到目前，那个工程商还在犹豫要选哪一家，为此她可没少操心，并且将这事反映给了销售总监，听说下周那个工程商便要到这个厂里来考察。

“格格，难道真的被我说中了？你还对孙浩那个破人余情未了？”梁陈见她不说话，就以为她默认了。

“哎呀你真是烦，我怎么可能还对他念念不忘，比他优秀的人多的是呢，我现在真是怀疑当初我怎么能看上他呢？”苏格立即扬起头摆出一副高傲的样子说，“你知道赵霆这个人吗？就是赵筠他哥，前不久他还有意无意地为我和他弟弟牵红线呢！”

“什么？”梁陈讶异地捂着嘴巴尖叫说，“不会吧，他跟王丽娜可是一对啊，他哥竟然乱点鸳鸯谱？”

“放心啦，他不是我的理想型，再说了，我也不会跟好友抢男朋友。”苏格嘴角勾起一抹得意的笑容说，“你看看，这说明我还是有市场的嘛，反正我决定了，三十岁后没把自己嫁出去，我就再也不考虑结婚的事了。如果有机会的话，我倒想去国外转转，我叔叔就在澳洲定居了，哪天我也去考个托福或雅思玩玩，到那里留学去，最好也能拿个绿卡在那边定居。然后再找个金发碧眼的帅哥嫁了，也很不错啊！”

“苏格，你有病吧？何必把自己搞得这么累呢？还好你不是个军事家，如果是的话，估计离第三次世界大战也不远了，你的野心并不比希特勒、拿破仑小！”打死梁陈也接受不了她这样的思想。

“嗯，被你这么一说，我可以考虑一下从政。”苏格煞有介事地点点头，将一边的梁陈气了个半死。

（5）

苏格放假的第一天就安排带梁陈去逛街，一整天下来两人差点将鞋底都给磨穿了。梁陈本来是不喜欢压马路这项运动的，但苏格说她好不容易来一趟，不能连市中心有名的步行街都不逛。晚上一回到家，还来不及喘口气，苏格又将兜兜送到了马超家，然后两人开始收拾行李，第二天一早还要跟团去苏州三山岛去玩。两天的行程，旅游团安排的是农家乐，吃农家，宿农家，王丽娜前不久的提议正好被两个人采纳了。

第二天一早六点钟还没到，苏格就催促梁陈起床了，因为天气较热的原因，团里的发车时间较早，所以她们不得不早起。苏格一身白色短式运动服，头发扎成马尾，头上戴着浅色太阳帽，看上去就像是高校里的大学生。正好昨天逛街的时候梁陈也买了一身浅蓝的运动服，将一头长长的秀发高高扎起，在脑后盘成一个发髻，看起来清爽怡人。两个人一人背着个背包，打了的往目的地去了。

苏州的三山岛是太湖中的一个小岛，四面临水，从远处看过去，茫茫水面上突出两三个小黑点。通向岛上的唯一工具就是船，团里面选择的是汽艇，在波光粼粼的水面上飞驰而行，冲出一道白色的水浪。身边溅起的一朵朵浪花欢快地跳跃着，偶尔调皮地扑到游客身上，落下一片清凉。午饭与晚饭都是在岛上农家吃的，香喷喷的绿色食物一摆上桌，就令前段时间一直厌食的梁陈胃口大开，破天荒地吃了两小碗饭。

农家的住宿条件也并不差，干净、清爽的双标间，洗漱用具一应俱全。细心的主人没等到她们出游回来就将空调打开来吹着，好让她们一进房间就能享受到清凉。两个人洗完澡各自躺在床上，认床的梁陈听着窗外的鸣虫吱吱地叫着，一点睡意也没有。她转头看了看旁边床上的苏格，她正拿着手机噼里啪啦地发着短信，然后又皱着眉头跑到卫生间打了近半个小时的电话，直到手机没电了才满头大汗地走出来。

"打电话打这么久？出什么事了吗？"见她脸上写满了怒意，梁陈关心地问道。

苏格长叹了一声说："还不是为了那个工程案，听说我们的对手已经与客户接洽了，不知道有没有谈好。希望事情还有转圜的余地，这家客户如果发展起来，每年能增加近百万的销售额，如果成功的话，公司肯定作为重点客户来维护，到了年底，我就能以此为筹码向华东区主任进发了！"

"以前只觉得你要强能干，但没想到你会主动做业务这一行！要知道，我们家那边很多公司的业务只是高中、大专毕业，特别是现在，小公司较多，所以很多人认为做业务的就是找不到好的工作的人。"梁陈一直对她做业务的事情感到好奇，并且觉得这事肯定与孙浩有关。

苏格知道她说这番话的真正目的，冷笑了一声说："实话跟你说了吧，当时我到A市来确实是赌一口气，我要混得比他好！可是当我面对现实时，发现一个人在这座城市能站稳脚已经算是很不错了。我在这个公司找到一份文员的工作，拿着不多也不少的薪水，就这样混了两三年。本以为日子会一直很平淡地过下去，后来我们组的组长主动离职，本来相处得很好的一个同事就为了这个职位开始将我作为假想敌。从那时她开始提防我，并且在背后做了些手脚并成功地坐上了组长的位置。你想想，我在这样的处境下还能开心地做下去吗？在这个公司里，只要是成为了敌人，以后就做不成朋友了。"

"那么你就只能选择做业务了吗？"梁陈认为做不下去就跳槽呗，何必死心塌地在这个公司待下去呢?

“当然不全是这个原因了。我们是行销部业务部的文员，所做的工作就是协助业务做好后勤工作。我做的时间长了，与一些客户就熟稔起来，而且业务部的文员是由业务经理管辖的。当时我就想，我为什么不选择去做业务呢？如果以后有升职的机会，她就在我的管辖之下了，这样倒可以出一口恶气！我于是怀着这样的目的开始研究我们公司的产品，翻各种机型的说明书，并与公司的技术服务打好关系。这样用了一个多月的时间，我觉得我完全可以胜任业务的工作了，便向经理提了出来。那时华东区恰巧要扩招一名业务，于是我便顺利地达到了目的。到了后来，发现事情并不是我想象的那样，借着以前客户对我留下的好印象，我便开始主动出击，没想到就走到现在这一步了。有时想想，我真是幸运呢，同时也要感谢那位同事，若不是她，也许我现在还是个不起眼的小文员呢。”回忆起往事，苏格心中涌出无限的感慨来，已经有好久好久，她没有向人家倾诉自己的心事了。说了这么多，她突然觉得轻松起来，心情也豁然开朗。

“格格，我听他们说做业务呢，主要是拉关系，而且时常还要与客户喝酒吃饭，特别是女的做这一行，确实不太好做呢！”酝酿了半天，梁陈终于将心中的疑惑说了出来。

苏格听后对此嗤之以鼻：“那都是你们不懂，其实在正规的，比较有名气的公司做业务的话，并不像你们想象的那样。那些小作坊式的或者是类似皮包公司我不了解，但以我现在的工作经验来说，那些客户他们最重视的就是自身的利益了，只要能够保证他们的利益，他们会很乐意跟我们合作的。像我们维护老客户时，根本不用花费多少心思，商人嘛，利为先喽！现实生活中的事情，并不像小说中写的那样，要牺牲色相之类的，像我们这种企业根本用不着这一招。不过喝酒吃饭，相互沟通是必不可少的，这也是我们国人交际的特色嘛！”

“那也就是说肯定要陪客户喝酒了？经常喝酒可是伤身啊！”梁陈听得似懂非懂的，从一毕业就在学校工作，她对外界的事物了解得确实不多。

苏格见她问个没完，便盘腿坐着一一向她解释清楚，免得她把自己想成那一类人：“喝酒自然是在所难免的，不过我会耍花招。一般好说话的客户是不会逼你喝酒的，碰到一些难缠的客户，我就说我喝酒会过敏，然后偷偷地将手臂挠红伸给他们看。如果不行的话，我尽量少喝些。假装拿起餐布擦嘴将酒吐在上面。实在不行我就装醉，反正尽量在不得罪人的情况下保护好自己就行了。”

“格格，你是我们当中最不容易的，真希望你有一天能找到属于自己的幸福。”梁陈抱着枕头坐在对面定定地看着她说。

“幸福嘛，对我来说就是努力有回报，多多赚钱喽！赚很多很多的钱，我最大的愿望就是做个守财奴，拥有一堆花不完的钱。”解释完毕，苏格往床上一躺，闭上眼睛得意地叫道。

“你这辈子就做金钱的奴隶吧！”梁陈瞟了她一眼，无奈地说。

“我乐意就行！不说了，睡觉吧，明天还要去爬山呢。”苏格说完一伸手将床头的灯给关了。

（6）

两个人在外面疯玩了两天，爬了山，玩了水，吃了农家饭。因为已经是七月份了，枇杷、杨梅早已下市，所以没有赶上摘水果。晚上回到家已经是八点多钟了，梁陈一回家就拿起衣服冲到卫生间里洗澡。苏格与她都有点洁癖，因此她必须冲在最前面洗掉一天的污渍、汗渍。

而苏格只能嘟着嘴巴收拾换洗的衣服，一边还不忘嫌弃地摆弄着自己身上的衣服。

“他们都老了吧？他们在哪里啊？……”这时梁陈扔在桌上的手机突然唱起了《那些花儿》这首歌。苏格拿起来看了看，见是郑嘉航打来的，想也不想就扔到一边了，她从来不乱接别人电话。可是这个郑嘉航却像是较劲似的不停地打过来，苏格想如果再不接的话，就影响人家夫妻感情了，于是抓起手机奔到卫生间去叫梁陈。

梁陈这边将门反锁正洗得痛快，哪有空去理会她，扯着嗓子让她等一会儿。苏格无奈只得接通手机，还没来得及说话就听见那头传来郑嘉航急躁的声音：“怎么现在才接电话？”

苏格不满地皱了皱眉，清了清嗓子回答：“不好意思啊，我不是梁陈，她现在正在浴室，不方便接电话，我一会儿让她给你回过去吧。”

“嗯，好，那就谢谢你了。”嘉航半天才反应过来，连忙跟她客气了两句挂了电话。

“切，还是老样子，我看也没怎么变啊。”听见他疏离式的客气，苏格将手机往沙发上一扔，嘟囔道。

“好了，你可以进去了。”正当她用鄙夷地目光看着手机时，梁陈边擦着头发边走了出来。

苏格指了指躺在沙发的手机说：“刚才你老公来电话了，估计有什么急事吧，你就用家里的电话给他回过去吧。”苏格说完就拿起衣服进了浴室，她也不喜欢探听别人的隐私。

那天与嘉航通过话之后，两人就像赌气一般没有联系，正巧又赶上她出去玩，便将这事暂时给抛到了脑后。她见苏格进了浴室，这才拿起柜子上的电话给他回了过去。

“有事吗？”心情复杂的梁陈已经不知该如何跟他打招呼了，虽然他最近态度还算不错，但是嘴边总是挂着那个名字，这让她很不爽。

“也没什么事，就是想问问你这两天玩得怎么样。”嘉航依旧是往常那般淡淡的态度，语气里听不出什么感情。

梁陈也用一副淡漠的口吻回应他说：“玩得不错，与格格去了三山岛，前段时间王丽娜推荐我去的。”

“嗯，玩得开心就行。不过你可不能乐不思蜀啊，家总是要回的，我妈这几天总跟我唠叨你，甚至还以为我们闹矛盾了。”嘉航终于扯到了正题。

就知道他连句“我想你”都吝于出口，梁陈老大不开心地说：“要不要我打电话跟妈解释一下？估计我要过几天才回去呢。”

“不用了，你这样反而越描越黑，你还是尽快回来吧。”见她丝毫没有归家之意，嘉航的语气突然变得生硬起来。

“郑嘉航，我有件事想问你。就是五月份下大雨我手机被偷那天，你去哪里了？”无意间从王丽娜口中得知他在撒谎，她一直憋在心里没问出来，今天总算是找准机会了。

嘉航隐隐觉得不妙，顿了一下，心平气和地说：“怎么突然问起这事来了？我不是说了，上次是外地同学过来，我们几个聚了聚，当时赵筠也在场的。”

得到与那晚相同的回答，梁陈捂着电话冷笑不止，深吸了一口气说：“为什么你总是在强调赵筠也在呢？你是希望我去跟他确认吗？要么就是你心虚吧？”

“梁陈，你到底是怎么了？你是在怀疑我吗？我们之前已经没有信任可言了是不是？”听着她咄咄逼人的话语，嘉航心里寒意上涌，疑窦丛生。

“嘉航，或许我们之间从来就没有过信任。在你心目中我是不是很傻，很笨啊？哦，也可能我在你心中根本没位置可言吧！”跟她谈信任，简直是太可笑了。

不知是不是因为双方拉开了距离的原因，嘉航觉得梁陈突然间变得陌生起来，或许这才是本来的她。她的多疑令他恐慌，她的淡漠让他无奈，现在的他恨不能穿过电话线冲到她面前看看她现在的样子。一个人怎么可以变得这么快？

“我不懂你在说什么。既然我们电话里谈不拢，那你还是快些回来，有什么事情我们面对面谈吧。”嘉航实在受不了她的多变，只能催促她早些回来。

“好吧，我会尽快回去的，希望到时候我们能够坦诚相对。代我向爸妈问好，我先挂了。”不知不觉中，梁陈也发现了自己强势的一面。

挂完电话，她坐在沙发上独自发呆，脑中混乱一片。接下来要怎么做，她真的没有想好，如果回去跟郑嘉航摊牌的话，是不是就没有挽回的余地了？如果证实了他心中早已经有了别人，那么这场婚姻还能够继续下去吗？虽然她向来被人夸赞脾气好，那是因为她计较得少。但面对现在这段感情，她觉得有必要斤斤计较，两个不相爱的人能携手走多远？她能够忍受自己的付出没有相应的回报吗？她能够忍受自己的老公心中装的是另一个人吗？面对这场貌合神离的婚姻，她是一点信心也没有。

“一个人坐那里发什么呆呢？冰箱里有牛奶，喝了赶紧睡觉去。”苏格一出卫生间就见她神情沮丧地坐在沙发上。

“没什么，可能是这两天玩得太疯了，觉得特别地累。”怕被苏格看出什么来，梁陈立即挤出一抹微笑伸了个懒腰说。

“那还不赶紧去睡？要不明天我们就不要出去玩了，好好地休息一下。

明天带你去个好地方，我敢打包票你绝对会喜欢！”精明的苏格怎么可能看不出她的反常，但她从不会主动去问。她认为对方想说的时候，即使不问也会说出来的。

（7）

梁陈决定下次再也不要睡觉前与嘉航通话了，害得她半夜失眠直到凌晨才睡着。前半夜一直是睁着眼睛数绵羊，到了后半夜她就见一个陌生女人的脸总在她眼前绕来绕去，扰得她恨不能一拳打昏自己。早上一觉醒来，灿烂的阳光透过窗帘洒了满室，晃得她眼睛生疼。

苏格一大早不知去了哪里，只留了张条子在桌上说是下午回来。刷完牙，洗完脸，她端了杯牛奶窝在沙发上翻着一本《读者》，不一会儿接到王丽娜的短信问她在哪里，她没有回。与苏格相处这么多天，她才明白什么叫真正的朋友。王丽娜这个女人，只有在困难的时候才会想到她。而当她遇到困难的时候，她却躲得不知所踪了，真是个自私的女人！

她也觉得自己最近变了许多，变得愤世嫉俗、斤斤计较了，竟然连王丽娜都开始心生厌恶了。读了一会儿《读者》上面的警世散文，她给自己近来的变化找到了一个很合适的理由：开始计较是因为她懂得保护自己了，就像苏格一样，失恋之后她就一直没有恋爱，或许是体内生成了一种免疫细胞吧！

她羡慕苏格现在的生活，有理想，有目标，每天打扮得体后精神奕奕地出门，风风火火地赶回家。有自己的房子，自己的空间，用不着去想那些杂七杂八的事情，一个人过得自由自在的，多好啊！如果时光能够倒流，她一定选择跟她一起到这座城市打拼。那样也用不着整日听老妈的唠叨，然后稀里糊涂地把自己给嫁出去了。

“喂，妈！”正胡思乱想时，突然接到了婆婆的电话，打得她措手不及。

“陈陈啊，现在在A市哪，已经一个多星期了吧？玩得怎么样啊？”婆婆的声音还像往常那么亲切。

梁陈连忙调整好心情回道："嗯，玩得还不错。等过两天我就回去，您不用担心啊！"

"是啊，外面再好也比不上家里头，还是赶紧回来吧。"婆婆热情地附和着，顿了一下又听见她小心翼翼地问，"陈陈啊，你跟嘉航……没、没什么事吧？"

梁陈没料到她会问得这么直接，连忙矢口否认说："没有啊！我们会有什么事啊？其实放假前我朋友就邀我过来玩了，这不赶上我放暑假嘛，就在这里多玩了几天。"

"哦，你们没事就好。嘉航这孩子就是嘴拙，整天闷闷的，心里有话也不说出来，其实他人是很好的，这么长时间了，你也看出来了，是不是？"婆婆显然没有挂电话的意思，仍唠唠叨叨地说着。

梁陈最怕听长辈说软话了，听婆婆这么一说，倒让她觉得愧疚起来。这样跟嘉航一直闹下去，受到伤害的不只是他们自己。当下她就决定后天回去，于是她信誓旦旦地说："妈，您不用再说了，我跟嘉航真的没什么。前段时间工作压力太大，我就出来散散心，后天我就回去。"

"嗯，这心也散了，玩也玩了，那就赶紧回家吧。还有一定要注意身体啊，上次过来时看你脸色真的很差，下学期应该不代班主任了吧？"婆婆仍然是不放心，一直不肯挂电话。

"是的，下学期不用做班主任了。妈，等下我要到车站去买回去的车票，我就先挂了啊。"没办法，梁陈只能找这个借口挂掉了电话。既然婆婆也打电话过来催了，那她再不回去就太不识抬举了。

一直等到吃午饭的时候也没见苏格回来，打她手机一直没人接。梁陈只得煮了碗泡面凑合着吃了，下午仍旧吹着空调窝在沙发上看书，准备等苏格回来跟她说回家的事情。本来两人商量好，等这个工程案谈妥之后去杭州玩一玩。苏格是经常到那里出差的，但为了让梁陈完整地体会到两处人间天堂的感觉，所以一定要带她去那里玩一趟。

到了下午三点多钟，突然接到苏格的电话说她今天下午有事没办法带她出去了。她正想跟她说要回家的事情，刚开口电话就被她无情地挂断了。接下来的事情就更让她感到意外了，五分钟没到，她接了一个电话，竟然是孙浩打过来的。

没等她开口就听他急切地说："苏格，我，我是孙浩，我们见一面好吗？"当她听到这个男人声音时，心头涌上一种愤慨，手痒痒的，想抽人。

脑中突然冒出一个邪恶的念头，她捏着嗓子学着苏格的语气说："见面？你觉得还有见面的必要吗？"

那边的孙浩也是很久没跟苏格联系了，这次是因为公司的工程案的问题，才辗转要来她的号码打过来的。虽然觉得声音听起来有些怪怪的，但焦急的他也没多想，便开门见山地说："请你不要误会，我这次找你是为了那个工程案的事情。我承认是我以前对不起你在先，但你也没有必要处处针对我吧？从现在的经济形势来看，你应该了解这家客户对我们公司的重要性，我觉得你不应该横插一刀跟我们抢。"

梁陈虽然不懂这些商业上的事情，但她也听出他的责怪之意。苏格竟然会跟他抢客户？不像是她的作风啊！她这个人鄙视人的最佳方式就是彻底地无视，怎么会故意跟他对着干呢？再说了，他只是一名负责技术的工程师，怎么也掺和到这里来了？偶尔听苏格提起过他的公司，相对于苏格所在的外企来说，他们的品牌效应要弱一些。

"苏格，你在听我说话吗？"见对方半天无语，孙浩变得更加急躁了。

"原来格格在你心目中就是这种睚眦必报的人吗？孙浩，那是你太小看她了。虽然我不太懂生意，但我至少明白公平竞争。我觉得只要有能力、有实力、有诚信，就算是别人再怎么抢，抓在手上的客户也未必会轻易跑掉吧？"梁陈真是受不了他兴师问罪的态度，虽然她不明白苏格为什么要这样做，但也不会任由人家贬低自己的好友。

这下轮到孙浩惊讶了，刚才讲话的声音明显不是苏格本人。据他所知，苏格不应该是一个人住的吗？现在怎么又莫名冒出一个女人来？而且这声音有点……

他还没想明白的时候，那边的电话已经挂了。如果说不通苏格，这下他可就难办了！

（8）

每个人光鲜亮丽的外表下都有着不为人知的暗伤，如果你看不到，那是他们隐藏得太好了！

王丽娜一向不会隐藏自己的伤口，只要她觉得需要，就立即把你挖出来让你帮她包扎、治疗，直到痊愈为止。梁陈自认为不是这种人，苏格就更不用说了，每次见到她都是那么神采飞扬、精明干练的，让人打心眼儿里佩服、羡慕。今天不知是什么日子，让她遇到了很多意外，她终于有幸看到了苏格的暗伤。她心中血淋淋的伤口就那么暴露在惨白的日光灯下，疼得她心都揪了起来。

之前曾接到苏格的电话，说她要晚些回来，因此梁陈早早地吃好饭，洗好澡，跑到苏格的房间上网聊天、玩游戏。大约十点半左右，她被一阵急促的敲门声吓了一跳，走到门边犹豫了好半天，才鼓足勇气问了一声。当她听到马超爽朗的声音时，这才松了一口气打开了门。紧接着映入眼帘的便是满脸痛楚的苏格正无力地靠在马超身上，浑身散发出刺鼻的酒气。

“怎么会这样？她喝酒了？”梁陈见她这样大为惊奇，难道她一整天不见人就是为了跑出去买醉？不太符合她的性格了啊！

马超紧锁着眉头，看了看她无奈地说：“她是谈业务去了，估计今天是豁出去了，喝了个烂醉！”

“让、让开……”苏格一把推开堵在门口的梁陈，面容痛楚地捂着嘴巴，直奔卫生间去了。

“这、这到底是怎么回事？”梁陈看着紧闭的卫生间的门，茫然地问。

马超叹了口气，一脸沉重地说：“具体我也不太清楚，听说是陪一个重要的客户吃饭。我也是晚上九点多钟接到她的电话，才赶到饭店去接她的。”

过了好一会儿，苏格还没从卫生间出来，梁陈趴在门边听见里面传来哗哗的水声，这才稍稍放下心来。马超捧着杯子一口水也没喝，坐在沙发上盯着卫生间磨砂的玻璃门，眼都不眨一下，看样子极为担心里面的苏格。

“怎么还不出来？不会出什么事了吧？”半个小时过去了，苏格还是没出来，梁陈焦躁地在屋里走来走去。卫生间的门被苏格给反锁了，任他们怎么敲也不开。

这时的马超再也忍不住了，腾地一下从沙发上站起来，三步并作两步走到门前开始敲门。不知为何，苏格在里面一点声响都没有，急得马超对着门叫嚷道："苏格，你再不开门我就要砸门了，你快点给我开门！"他边说边对门一阵猛拍，听得一旁不知所措的梁陈心惊肉跳，真怕他一不小心就将门给打破了。

到底是他的威胁起了作用，里面的苏格终于有了动静，只听里面一声轻响，马超就将门给拉开了。这时苏格已将自己收拾得清清爽爽，半蹲着靠着卫生间的墙壁，半睁着眼有气无力地抱怨说："吵死啦，不就刷个牙洗个脸吗？难道我会死吗？怎么会？"说完她便捂着腹部咬着嘴唇闷声苦笑，几乎要将下唇咬出血来。

"苏格，苏格，别这样，你不能这样！"马超见状心疼至极，连忙蹲下身将她拥到怀里柔声安慰，"又开始痛了？痛你就哭出来，哭出来就好了。"他边说边用手去掰她的嘴巴，下唇上一排齿印清晰可见。

"你混蛋！"苏格狠狠地骂了一句，抬起头一口咬在他的肩上。咬罢她就伏在他肩上轻声呜咽，像一个受尽委屈、久未发泄的孩子。

"哭吧，哭吧，哭出来就好了！"马超顾不得肩膀上的疼痛，抬手轻拍着她的背轻声安慰。他喁喁的私语充满了深情、爱怜，像哄着孩子那般将苏格圈在怀中，任由她哭闹不止。

第一次见苏格这个样子，第二次见这么深情的男人。梁陈第一次见到的那个深情男人是赵筠，连同郑嘉航一起骗她的那个男人。见他们这个样子，梁陈感到自己在这里真是多余，想要转身进屋，而脚却像粘在地板上一般，动也动不了。她就这么亲眼验证了两场真挚的爱情，这些，都是她一直渴求却无法拥有的。郑嘉航心里有别人那是毋庸置疑的事情，而要不要继续这场无爱的婚姻，她的心已经在动摇了。

苏格的抽泣声越来越低，渐渐地室内就只剩马超的轻声安慰。梁陈回过神来看他们时，苏格已经靠在他肩膀上睡着了。她太累了，身心俱疲。

"她的房间在这边。"见马超小心翼翼地将她抱到沙发上，梁陈连忙提醒他说。

“不用了，要是让她睡床上的话，估计明天她能将被子、被单全洗一遍。”马超随手拿起沙发上的薄毯给她盖上，转过身笑着对梁陈说。

这个男人对苏格真是了如指掌，他知道她有洁癖，知道她要强，所以他是故意等她洗干净后才冲进卫生间的。从苏格那得知，她跟马超认识才不过一年，他竟然对她这么了解。如果不是真心喜欢，怎么会对她如此用心？

“不好意思，还要麻烦你一下。待会儿等她醒来别忘了给她吃药，她有胃病，喝了酒肯定不舒服。”马超抬头看了看钟，已经快十二点了，临走前还不忘交代她两句。

梁陈先是一愣，接着眼光落在他的左肩，看见他白色的T恤上面有几丝血迹，是被苏格咬破的。

“没事的。”马超见她欲言又止的样子，爽朗一笑说：“比起小猫小狗的咬伤、抓伤，这不算什么，至少不用注射狂犬疫苗。”

梁陈笑了笑，颇具感情地说：“我们家格格真是多亏了你的照顾，平常她的个性太过要强，麻烦你多担待些。”

马超看了看沙发上熟睡的苏格，淡然一笑说：“这些我都明白，这几天她就麻烦你多多照顾了。”

“这是自然，你就放心吧，你明天还得上班吧？她的宝贝兜兜还要你帮忙照顾呢。”见他有些留恋不舍，梁陈有意提醒他说。

像是被人看穿心事一般，马超挠着头爽朗地笑着说：“呵呵，是啊。那我就不多打扰了。”说完向她挥了挥手，转身走下了楼。

（9）

苏格在沙发上躺了没多久便叫着胃痛，梁陈从房间里翻出药让她吃了，又让她去洗了，才放心地让她回卧室睡了。而她自己几乎是一夜未眠，她开始疯狂地想念郑嘉航，想念那个属于她的怀抱。午夜不到两点钟，她忍不住拿出手机给他打电话，忙音，一直是忙音。一颗炽热的心就在一阵阵嘟嘟声中渐渐变冷，无边的疼痛像潮水一般淹没她的心房，冲向她的喉咙，瞬间就化作酸涩的泪水由眼角汹涌而出。

这个时候他还在跟那个女人通话？真不明白他们到底有多少话要说，热恋中的情侣也没他们话多。室内的空调呼呼地吹着冷气，闷闷的声音就像鼓槌一般敲打着她脆弱的心房。一直疼到麻木她才止住泪水，从现在起，她不再是往日那个单纯的女子。其实单纯的人并不是没有心机，而是不屑对别人使用。

擦干了眼泪，她扯开嘴角扬起一抹诡异的笑容，清冷幽凉的月色透着窗户照在她平静的面庞，衬得她犹如暗夜中的猫儿一般。她握住手机继续给他拨电话，一次、两次，直到打通为止，听到正常的彩铃音后她倏地挂了电话，然后关机。这是给他的警告，他不会不懂，今夜的他大概也会如她一般，难以入眠吧？

约莫清晨七点钟左右，她爬起来叫苏格起床。走进她的房间一看，见她蜷缩在床上睡得正香。本来不忍心叫醒她，但想到她一向以工作为重，便不客气地拍了拍她，手刚触到她的胳膊就感觉到异样的温度。伸手往她额上一摸，果然是烧得厉害。

“格格，快起来，我们去医院！”二话没说，梁陈连忙将她拽了起来。

苏格一把甩开她的手，将自己裹进被子里闷声说：“没事，等下吃点药就好了。”

“都烧成这个样子了还说没事？快点起来跟我去医院！”梁陈伸手推了推她，着急地说。

苏格嫌她聒噪得很，只得转过身冲她嚷嚷道：“我才不要去那个鬼地方，你去帮我拿点退烧药来，然后再煮点白粥，休息一两天保准就没事了！”

梁陈听后疑惑地问：“难道你以前发烧也都是这样过来的？”

“烦死啦你，我以前从来没发烧！听话啊，快点去准备吧，我要饿死了，我胃痛死了！”苏格急不可耐地催促着她。

梁陈知道她从来说一不二，无奈地对她耸了耸肩，然后乖乖地按她的要求去做了。

大概是有胃病的原因，苏格喜欢在冰箱里堆得满满当当的。里面有泡面、榨菜，各种时鲜的水果，以及一罐一罐的蜂蜜和牛奶。难怪她每天早上起来都要冲一杯蜂蜜水，起初听她说笑着是要减肥，原来是用来养胃的。既然有下饭的小菜，那就简单了，淘好了米放到智能电饭煲里，按下煮粥的按钮便可。

考虑到苏格是位病人，梁陈非常体贴地将昨晚换下来的衣服全扔到洗衣机里洗了。今天的天气不太好，天上的云层压得很低，像要下大雨的样子。夏季的天气变得就是快，明明昨晚月色皎洁，到了早上又变了天色。

“吵死啦，陈陈快去接电话，找我就说我死了！”梁陈刚晾完衣服从阳台上回来，就听见苏格捂着被子焦躁地叫嚷着。昨晚拼了命终于将那件工程案拿下，所以她挣到了几天的休假。公司里一年七天的年假对他们这些业务来说形同虚设，每天没完没了的电话，出差跑客户，真的让她崩溃了。

她这副抓狂的样子真的很少见，吓得梁陈赶紧跑到客厅去接电话。拿起听筒一听，竟然是郑嘉航打过来的。

“你怎么知道格格家的电话号码？”梁陈一开口就问了个傻乎乎的问题，在他面前她总是聪明不起来。

“昨晚你打我电话了？”嘉航的声音听起来确实不太好，浑厚的声音中透着一丝沙哑。

“嗯，是啊，突然想起来就打了，谁知刚通就没电了。在这里用的是万能充，必须把电板拿下来才能充。”梁陈现在说起谎话来脸不红、心不跳，一副理所当然的样子。

听她这样的解释，嘉航终于松了口气，还好没被她发现。他顿了一下，淡淡地说：“我妈说你明天就回来了，车票买好了吗？几点能到，我开车去接你。”

“你帮我跟爸妈说一下，这几天我是回不去了。苏格病了，她一个人在家，我要留下来照顾她。”现在的她根本不能回去面对他，她真怕自己冲动之下作出错误的决定。

嘉航冷笑一声说：“你对朋友可真够好的，难道什么事情你都会把朋友摆在最前面吗？梁陈，你要记得，你是有家庭的人了！”

“是，我一直记得我嫁给了一个叫郑嘉航的人。我一直很努力地扮演好自己的角色，无论从哪方面来讲，我对这个家确实尽到了该尽的责任。而你，你是不是也该想想你是否尽到了你的责任？你是一个好老公吗？你是一个好女婿吗？你关心过我的喜怒哀乐吗？”无法忍受他无谓的指责，憋屈了好长时间的梁陈终于说出了心里话。

电话那边传来嘉航一声长叹，像是在抑制着心中的怒火，过了好半天才听他平静地说：“如果是对我有意见，你可以回来当面跟我谈，不必躲到朋友家里不回来吧？”

“郑嘉航，我告诉你，我不是因为躲你才到这里，等格格的病好了后，我一定会回去的。而且我确实有好多话要跟你谈，有些事情到时候也请你给一个合理的解释！”梁陈彻底败给他这不温不火的脾气了，那么几句话就将她仅存的耐心全给赶跑了。

“好，那我就在家里恭候您大驾光临了！”嘉航此时也被她给刺激得怒火直冒，将话一撂，迅速地挂掉了电话。

（10）

当梁陈看着满脸病容的苏格将一大碗香喷喷的白米粥解决完时，这才放下自己的担忧。她利落地将碗筷收拾完毕，跑到床前拭了拭她的额头，还好，烧很快就退了。

“要不要再睡会儿？这空调也不要再吹了，把风扇打开吧。”梁陈边说边关掉了空调，并将落地扇移到了床边。

吃饱喝足后的苏格来了精神，半倚床头，俏皮地说：“我又不是猪，吃饱了就睡！”

“不睡了？不睡了就起来转转，今天中午要吃什么？我看了一下冰箱还有好多的菜，要是没有特别要求，我就不下去买了，这天也怪热的！”见她有心情开起了玩笑，梁陈坐到床边问道。

“我这个人从来不挑食的，随便吃点什么就好了。今天我只吃咸菜和粥，估计昨天胡吃海塞，有些消化不良了。”苏格轻描淡写地说，边说边对她挤眉弄眼，“还记得我们上学时候，历史老师给我们讲的远古时期人类的故事吗？那个时候他们不懂，时常是吃多了生肉，消化不良撑死的，估计我再这么下去了就要步祖先们的后尘了！”

梁陈二十四小时之内听到无数个“死”字从她口里吐了出来，心中极为担忧地问："以后少把'死'字挂嘴边，没听过'好人不长命，祸害遗千年'这句话吗？我告诉你，你这个祸害命长着呢！"

"那是哦，还有很多钱等着我去赚呢，我可不会轻易地死掉。"苏格轻轻一笑，得意地说。

"昨天到底是怎么回事？喝了那么多酒！"见她心情不错，梁陈便将心中的疑惑说了出来。

"其实没什么，就是我之前跟你说的那个客户，前几天不是跟那个旭日公司接洽吗？昨天又到我们公司来访了，所以经理一大早就把我叫了过去，领着他们参观了厂部，便一起去吃饭了。我们公司的实力他们也看到了，于是双方便达成了合作意向。他们的老板是白手起家的民营企业家，说起话来也比较爽快，不过国内饭桌上的习俗你也是知道，就是劝酒嘛。我们经理平常很能喝的，关键是他们公司的人太厉害了，最后他招架不住差点钻桌子底下去了！"苏格边说边忍不住笑了起来，然后捂着肚子说，"你真是不知道当时的情况，真的很搞笑！"

"那么你呢？最后你怎么也醉成那样了？"梁陈见她避重就轻，沉着脸问。

"人家老板见我不怎么喝，就以为我瞧不起他，我跟他解释来解释去就是没用。为了合作的事情，我就狠狠心豁出去了，然后就跟他拼了几杯。他们人还算不错，也没有过多地难为我，并且信誓旦旦地说合作的事情就这么定了。"不知是因为天气热还是太过激动的原因，苏格的两颊上泛起一层潮红。

"没有白纸黑字，你就相信他们一定会跟你合作吗？合同还没签呢，你就把自己给卖啦？"梁陈的脑筋转得还算快。

"这事你就不用担心了，据我了解，他们本来就与旭日公司合作得不太愉快，要不我哪有机会把他们给拉过来啊？"苏格边说边对她眨眨眼睛，"要知道，有些事情只能深入了解才能抓住要害。旭日公司与他们合作的内幕碰巧被我给知道了，所以这一次的合作才这么顺利。"

梁陈这才知道孙浩说的都是真的，她不解地问："这么说来，你确实在抢孙浩公司的客户了？"

"我好像不记得有跟你说过孙浩在旭日公司吧？你怎么知道我在抢他们

的客户？”精明的苏格立即抓住了她话中的漏洞，逼问说，“梁陈，你私底一直在跟他联系吧？”

梁陈见苏格在怀疑她，连忙摆手矢口否认：“根本没有，真的没有！”

“没有？你是怎么知道我在抢他的客户的？这家公司是他的新东家，如果你没跟他联系，你是怎么知道的？”苏格的语气顿时变得生硬起来，脸上的笑意也渐渐地消失了。

梁陈见状不得不把实情相告：“其实昨天下午孙浩有打电话过来，当时他不知道是我，于是就把那些话都说出来了。当时我还不相信，把他给骂了一通。不过我真不相信你会这么做，也不懂你为什么要这么做，难道是你对当年的事还耿耿于怀吗？这太不像你的作风了！”

苏格听后不但没有生气，反而捂着肚子笑了半天，连眼泪都差点笑了出来。笑罢她傲然地说：“陈陈，你的想法真是滑天下之大稽，你说我会因为当年那点屁事去报复他吗？要怪只能怪他们公司与客户的采购勾结拿回扣。不知怎么回事，有一天他们老板闲来无事，自己打电话询价，便询到我这里来了。当时我也不太清楚这件事，便随意地给他们报了价，后来也是无意中才得知了这件事。要知道，这家客户在国内拥有很广的销售渠道，如果拿下他，我们公司的业绩又有进一步的提升，这样的机会想必是很多家同类型的公司都会紧紧握住不放的吧？”

“我说呢，你本来就不是那种人嘛！再说了，事情都过去这么长时间了，你也不会一直放不下的。”听完她的解释，梁陈终于明白过来了，就是说嘛，像苏格这样的人，怎么会对那种没有眼光的人念念不忘呢?

“唉，反正以后我不想再听到这个人的名字了，跟人说起他简直是浪费时间，不值得！我苏格向来是拿得起放得下！”苏格拍拍胸脯，笑得满脸得意，突然间话锋一转严肃地问，“刚刚的电话是找你的吧？你家老公打过来的？是不是想你了，开始催你回去啊？”

梁陈一听立即变了脸色，随即若无其事地说：“没有的事，我还想在这里多玩几天呢。过两天你去练车，我也跟过去玩玩。”

刚才她与嘉航的通话那么大声，苏格怎么会听不到。由此她联想到了嘉航提到过相恋五年的前女友，相爱了这么多年，真的能轻易放下吗？看梁陈的样子，想必是不知内情吧！

（11）

平常忙碌惯了，闲在家里感到特别无聊，苏格在家里百无聊赖地晃了一下午，从这个房间逛到那个房间，晃得梁陈眼都要花了。到了晚上她直接打电话给马超，让他下了班把兜兜给带回来玩玩。最近的这件案子将她累了个半死，现在总算是了结了，她准备请两天年假好好地休息一下。中午刚与经理通了电话，事情基本搞定，周一就可以到工厂去签合同了。

为了迎接兜兜的到来，苏格特意拉着梁陈到超市狂购一番，回来后就泡在厨房两三个小时准备晚饭。看着一盘盘精心做出的菜，梁陈不由感叹说："你家兜兜的待遇真是太高了，这简直像在迎接贵客啊！"

"那是啊，我们家兜兜难得回来一次，怎么着也要好好犒劳一下！"苏格头也不抬地摆着冷菜。

"既然是欢迎它，那也没必要把菜摆得这么美吧？直接扔它的饭盆里不就行了？狗狗们根本不在乎这些的，它们只在乎菜好不好吃。"梁陈忍住笑，别有深意地说。

苏格知道她话中有话，却装傻充愣地说："我们家兜兜不同于别的狗，它的智商远在某人之上，例如你吧，你审美观绝对没它好。"

"算了，懒得跟你打太极。给我从实招来，做这么多好菜是不是欢迎人家马超的？"梁陈走到她身旁摆出一副拷问的架势说。

"是啊，要谢谢他昨天接我回来，大晚上的把人家当车夫使，真是过意不去，就当是付车钱总行了吧。"苏格大大方方地承认了，而且还给出了充分的理由。

梁陈一听就不乐意了，用胳膊捅了她一下说："你可真是个标准的守财奴，什么事都跟金钱挂钩。人家马超总不会就为了吃你一顿饭，大晚上的巴巴跑去接你吧？这还不说，没见过哪家车夫还要忍受雇主打骂的。哦，我想起来了，昨晚某人还咬了人家一口，可真狠啊，都出血了！"

"有吗？这话可不能乱说，我又不是狗，怎么会咬人？"苏格连忙停下手中的活，诧异地问。

“你真的不记得了吗？一点儿也记不起来了吗？”梁陈真有些怀疑她是不是在装傻。

苏格瞪大了眼睛，把头摇得像拨浪鼓一般：“不记得了啊，真的有这事吗？你不会是骗我的吧？”

“反正我是从来没见过喝醉酒有咬人嗜好的人，昨晚倒是让我见识了。苏格啊，果真是伶牙俐齿啊！”梁陈从未见过她如此慌乱，故意拿话揶揄她说。

“完了，完了，这下丢人丢大了。看来一顿饭也不足以表达我对他的歉意了，怎么办？怎么办啊？都咬出血了吗？那用不用去医院啊？”苏格拍着脑袋，不知所措地说。然后焦躁不安地在厨房里走来走去，自言自语：“怎么办？要不要打电话给他说不用来了？真是没脸见人了！”

“你现在说这话好像晚了吧，人家都来了。”梁陈耳尖听见了外面的门铃声，连忙跑出去开门。苏格见状，一声不吭地进厨房里收拾碗筷，最好的应对方法就是当作什么事也没发生。

马超这个人比较随和，一进门就热情地与梁陈打了招呼，说话间眼睛早就将客厅扫了好几遍。这时他手里牵着的兜兜闻到了菜香味，倏地挣开他的束缚，拖着链子摇着尾巴往厨房飞奔而去。等他们两个跟进去时，就见苏格正拿着一块肉骨头放在纸垫子上让它啃呢。

“还没吃晚饭吧，那就过来一起吃吧。”看见马超进来，苏格很自然地跟他打招呼。

“你就是吃了也得说没吃，这些菜可是我们家格格为了答谢你，特意烧的呢。”没等马超回答，梁陈便凑过来笑眯眯地说。

马超看了看苏格，又瞟了一眼梁陈，爽朗地笑道：“看来今天我是有口福了，这不，刚下了班就把兜兜带过来了。”

“陈陈，没见我正忙着吗？快过来帮忙摆桌子，我去储存室搬个椅子过来。”苏格狠狠地瞪了她一眼，吩咐道。

梁陈见苏格出了厨房，指着一桌子丰盛的菜肴，悄声地对马超说：“看，我们家格格不错吧，出得了厅堂，入得了厨房。现在的女子能做一手好菜的屈指可数，有机会可要抓住啊！”

马超听了呵呵一笑，刚要开口就听身后响起苏格严厉的声音：“梁陈，摆好了桌子，快过来帮我搬椅子！”

“还是我来吧。”马超见她板着个脸，气鼓鼓地瞪着梁陈，忙忍住笑，上前接过她手中的椅子。

一顿饭的时间，梁陈不知被苏格瞪了多少下，小腿不知被她踹了多少脚，原因是她今天在客人面前显得太活泼了，几乎达到了口不择言的地步。苏格被她说得脸上一阵红一阵白，恨不能拿块胶布把她的嘴巴给封上。马超表现得倒是自然，与她配合极为默契，两个人你一言我一语，气得苏格扔下饭碗，跑到一边去逗弄兜兜。在饭桌上是待不下去了，真没看出来梁陈真是做媒婆的天赋，她若是到了天上估计月老都要被她竞争下岗了。

吃饱喝足之后，梁陈异常主动地包下了所有的家务，恶狠狠地把他们赶出了家门，目的是给他们两人创造一个独处的空间。要是她这两天不在这边当电灯泡，估计他们两个进展得一定更快。所以她得将功补过，努力撮合，力争让两个有情人终成眷属。

尽管与马超接触得不多，但她的直觉告诉她，他要比孙浩更适合苏格。大学时期的她虽然能干要强，但相比较现在而言还算不得什么。那个时候孙浩就是因为与她在一起压力较大才跟她分的手，而这个马超看起来却没他那种迂腐的大男人思想，这对苏格来说当然是再适合不过的了。身边能有个这么帅气，脾气又好又体贴的男人，也算老天待苏格不薄了，这让梁陈打心眼里为她感到高兴！

（12）

苏格与马超出去没多久就回来了，看她的淡淡的表情，好像并没有发生梁陈所期待的事情。唉，苏格天生长着一副凌然清高的模样，如果不是跟她相处得久，还真有些不太敢接近她。更何况马超就是那种谦谦君子的性情，这两个有着温凉个性的人在一起，还真不容易擦出什么强烈的火花来。不过这样似淡却浓的情感就如同涓涓细水一般长流不息，所谓的爱情与婚姻就该像他们这样才好。

苏格回来的时候手里拿着一瓶像洗发液似的东西，据她说是马超送她的宠物专用沐浴露，不仅可以起到清洁作用而且还能够有效抑制各种细菌和真菌的生长，防止细菌和真菌性皮肤病的发生。梁陈向来不懂这些，拿过来瞟了两眼，上面全是英文字母，看得她眼花缭乱。

不过她真是感叹马超的用心，他深知苏格有洁癖，连抑菌的狗狗沐浴露都给她准备好了，这样的好男人到哪里去找啊！相比之下，如果以前郑嘉航能有他的一半，现在也不至于闹成这个样子。而最最重要的是，郑嘉航可能根本不爱她，心中更不会有她，自然也不会对她太过用心。

今天的天气微微有些闷热，天空的云织了厚厚一层，到了晚上也没雨下下来。洗完澡后，梁陈觉得懒懒的，便早早地爬到床上睡了。睡到半夜忽听窗外一声巨响，紧接着哗啦啦一场大雨从天而降。偶尔一道刺目的闪电划破夜空，透过窗户投射在幽暗的房间。对雷雨天怀有恐惧心理的梁陈忽地坐了起来，听着雨点急促地敲打在玻璃上的声音，心中的惧意渐渐聚拢，沿着全身的血液流向心房。她拿起手机准备看看时间，忽然响起一阵音乐，吓得她连忙将它丢到床上。直到听见《那些花儿》的高潮部分她才辨出是嘉航打过来的电话，因紧张而变得脆弱不堪的神经被他这通电话生生扯断。她立即按下通话哽咽着说："郑嘉航，我想你了，如果现在你能在我身边该有多好。"话音刚落，冷不防又是一道闪电携带着轰隆隆的雷声如期而至，吓得她惊呼出声。

"梁陈，你那边出什么事了？到底怎么了？"听见她的惊叫，嘉航一颗心突地悬在半空，紧张地问。

梁陈的手颤抖不止，几乎连手机也握不住了，连忙伸出另一只手紧紧攥住，这才出声："没、没事。这边正下着大雨呢，一道道的闪电，还有恐怖的雷声，我害怕！"

"傻瓜，这是自然现象，有什么好怕的？这只不过是天空中带着不同电荷的云层碰到了一起而产生的放电现象，我们以前上学的时候不是学过么？"郑嘉航用他惯用的无聊方式向她表示安慰。

本来还心惊胆战的梁陈被他的解释给雷懵了，没见过有人这么安慰人的。现在他竟然有心思跟她讲物理知识，难道她不懂吗？懂了又怎样，还不是照样害怕！一想起那时他对着手机柔声轻语地安慰那个女人，她心中的怒火又不可抑制地燃烧起来。

“郑嘉航，你实话跟我说，你到底爱不爱我？”问出这句憋在心中很久的话时，梁陈心中的恐惧迅速地扩散到全身每处。她紧张地屏息凝神，听他给出一个会令她跌入失望深渊的答案，就算是结束，也要明明白白地结束！

“陈陈，你没事吧？吓傻了吗？怎么突然问这样的问题？如果我不爱你，怎么会跟你结婚？你越来越会胡思乱想了。”嘉航的声音就像夜空的闪电那样清晰明澈，轻轻地掠过她的心房，转眼消失不见，在她心中留下一阵沉闷的雷声。

他这样避重就轻的回答让她很失望，比听到否定的回答还要失望。沉默了半天她终于开了口：“或许是我真是被吓傻了，竟然相信这世界上会有一种没有爱情的婚姻。”

“陈陈，你要知道，爱情并不是婚姻的全部。我认为婚姻是建立在信任的基础上的，只要双方相互信任，一切的事情都会迎刃而解。”嘉航这两天要被她疑虑重重的举动给折磨疯了，他不明白事情怎么会突然变成了这样，好在今晚终于找到了教育她的机会了。

“那你的意思是说，就算没有爱情，只要双方足够信任，便可以一直走下去了？你认为这样的婚姻是一个完整的婚姻吗？”梁陈听不惯他这种说教的语气，竟然指责说她不信任，明明是她以前对他太过信任了。

“你知道我不是这个意思，梁陈，为什么你现在会变成这个样子？以前的你不是这样的，你最近到底是怎么了？”嘉航受不了她这种咄咄逼人的态度，语气渐渐变得生冷起来。

外面的雨好像变小了，雨点打在窗户上发出噼里啪啦的声响，一滴滴顺着玻璃蜿蜒而下，随后轻快地跃下窗台，在路灯的照耀下发出晶莹的微光。梁陈拉开窗帘看着外面，对面的楼里还有几家亮着灯，透过厚重的窗帘散发出暗淡的光芒。她握着手机轻轻地说：“放心，这段时间一过就不会了。也许是精神倦怠期吧？或许我太想抓住某样东西了，你跟我不一样，永远不能体会我现在的心情。这次说好了，我下周就回去。”

“哦，回来就好。我也觉得有些事情必须要当面才能说清楚。”听着她语无伦次地说了些奇怪的话，嘉航心头涌上一种不安的感觉。难道两人拉开了距离，心也会越走越远吗？

“好了，挂了。”梁陈挂了电话，无力地靠在床头，努力地回想着曾经的美好。那时候的他，心中也是装着另外一个人的吧？她只不过是那人的替身而已，即使觉得这个想法很荒谬，但仍然止不住要这样想。

(13)

苏格的病刚好了些，一大早又急匆匆地出门去练车去了。还有几天就要考倒桩了，现在考试采用的是红外线测试系统，相比较而言加大了难度。每次练车回来，苏格都要抱怨一堆，然后惴惴不安地谈论着练习的情况。笔试之后她一直忙着工作，所以没多少练车的机会，现在就快考试了，她不得不临时抱一下佛脚。一共30个小时的课时，她都要在最近几天补回来，再加上教练带的人也不少，她必须早点赶过去抢时间。其实马超有现成的车，偶尔借过来找块空地练一下也无可厚非，而她却不愿意麻烦人家，多少有些见外的感觉。

摩羯座的苏格有时也会投机取巧一下，只要能达到目的，她是会选择性地放弃一些原则的。一般午饭的时候她会与车友一起请教练去饭店吃饭，然后买些烟啊，酒啊的送给他们，这样能够得到他们格外的照顾。中国有句古话："吃人的嘴软，拿人的手短。"确实被许多国人视作真理，而且屡试不爽。

梁陈在家里随意做了午饭自己吃了，然后盘算着回家的日子。苏格留她多玩几天，说一定要带她去杭州转转，那里也算是她的幸运地了。做业务跑出来的第一个客户就是杭州的，现在又成功地拿到了那里一个重要客户的合作权，怎么说自己也得去看看好友的幸运地。

"哎呀，今天要累死了，而且我今天犯了一个错，一不小心把杆给撞飞了。"苏格一进门就向她宣告今天的伟大事迹。

梁陈一听惊掉了下巴："把杆给撞飞了？你、你也太强大了吧？"

"是啊，我成了今天在场所有车友的笑柄，有个人更夸张，到处打电话宣扬我的光荣事迹呢。"苏格的表情活像一只斗败了的公鸡。

"没事的，多练几次就好了。你放心啦，凭你的聪明怎么会考不过呢。"梁陈忍住笑轻声安慰她。

不过苏格的注意力很快被飞奔而至的兜兜给吸引过去了，她拍了拍对她摇头摆尾的狗狗的脑袋，用梁陈从没听过的温柔语气说："兜兜真乖，等下给你洗个澡吧，洗得香喷喷的，然后带你去找帅狗狗玩。"

梁陈被她这番话给逗得捂着肚子在沙发上滚来滚去，这么幼稚的话竟然是出自苏格之口，真是太搞笑了。今天的太阳一定是打西边出来的。

苏格不满地瞪了她一眼，没好气地吩咐说："梁阿姨快去准备洗澡水，我们家可爱的妹妹要沐浴啦。"

"我倒，你也比我小不到哪里去，怎么换到兜兜那就小我一辈啦？还阿姨呢，没搞错吧你！"梁陈站起身，叉着腰气呼呼地说。

"没办法，谁让你是已婚妇女呢，不叫你阿姨叫啥啊？别废话了，快去卫生间放水去！"苏格抱起兜兜就要往阳台上去。

两个人七手八脚地将大盆摆到阳台，往里面倒上了温水。苏格早就准备好了毛巾与吹风机，以便洗好的时候吹干。梁陈家里从来没养过宠物，也不知道该如何去弄，只能看着苏格轻柔地为兜兜擦洗，然后熟练地抹上沐浴露。兜兜这个小狗到她手里还真是乖，驯服地由她摆弄着，甚至还享受地闭上眼睛，发出呼呼的声音。

因为外面的阳光太强，所以阳台上的米色碎花窗帘被拉得严严实实。苏格低着头一边给它梳洗，一边轻声安慰，现在的她褪去了平时的锋芒与锐气，俨然一个单纯娴静的小女人。这样一个干练与温柔并存的女子，应该拥有她自己的幸福生活，而她却不知道如何把握。或许她还对于多年前的那段感情存有芥蒂，或许她不再相信这个世界上还有天长地久，或许她已经认命婚姻中必须要男强女弱才会幸福。她完全没察觉到自己离幸福有多么近，几乎是触手可及，所以梁陈要提醒她，把握住现在！

给兜兜洗好吹干后，已经接近下午四点了，这小家伙估计是洗得太舒服了，洗好后很自觉地躲到自己的小窝里呼呼大睡去了。剩下这两个人还要忙着收拾残局，所以东西都弄妥后，肚子已经饿得咕咕叫了。还好冰箱里有昨天剩下的一堆菜，只用煮一些粥即可填满五脏庙。

吃完饭，洗好澡，两个人一起围着十九寸的电脑屏幕看娱乐节目。与苏格一样，梁陈不喜欢太过张扬的东西，对于那些无聊的娱乐新闻丝毫不感兴趣，特别是那些故弄玄虚的选秀节目。两人讨论了半天最后得出的结论就是，她们已经老了，老到连找看热闹的心情都没有了。

两个人在网上找了半天，双双决定要看前不久的热播剧《士兵突击》。很多人一直想不通，这样一部没有一个女子角色的电视剧怎么会吸引这么多的女性观众。网上有很多粉丝在百度贴吧上自发地为他们“盖楼”，一时间全国掀起了一股士兵热潮。苏格在收藏夹里翻出百度的一个帖子，一个刚上初中的士兵迷利用课余时间给这部剧里的角色写续。这个家伙甚至还将《炊事班的故事》与这部剧巧妙地融合，写出了一部新剧，真是让人不由地心生佩服，果真是后生可畏啊！

两个人看完几集后，便开始讨论剧中的人物，梁陈与苏格的观点截然不同。苏格喜欢剧中的三个人物，霸气干练的钢七连连长高城，纯爷们儿伍六一，还有一个颇具争议的成才。梁陈超喜欢戏份不多的温柔班长史今，还有帅气、精明的老A袁朗。两个人甚至为此展开了一场激烈的口水战。还好她们是女人，并不至于升级至肉搏，顶多是最后两个争得脸红脖子粗，背对着背在那里干喘，活像两只斗败的小公鸡！

（14）

经过一阵窒息的寂静之后，梁陈终于坚持不住了，她主动转过身尽量用平静的语调说：“我真的搞不懂你为什么会不喜欢史今，你看他心眼多好啊，对待许三多那个呆子更是好得没话说。而且人又温柔，人家许三多做了三百多个腹部绕杠后，在床上躺了几天，都是他细心照顾的。人家硬是用自己的耐心加爱心将许三多这个傻小子打造成了兵王，最后还被他给挤走了，而且人家一丁点儿怨言也没有。你看看，像他这样的好男人到哪儿去找啊？”

苏格听后长叹了一声，摇了摇头说：“要我怎么说你呢？你这满脑子不切实际的想法可怎么得了？你想想，现实社会中有这样的人吗？我不相信会有这么好的人，至少我没碰到过。我觉得成才不错，虽然剧中的人对他有褒有贬，但我认为他是个非常真实的人。他懂得自己要什么，懂得如何安排自己的人生，甚至在失败的时候能够咬着牙坚持下来，成为人人敬佩的枪王，而且最终还是实现了自己的理想。成才这个人，被塑造得有血有肉，我觉得一定能引起更多人的共鸣！”

“怎么我觉得成才的个性有些像你呢？活得有追求，有目标，不像我整天懵懵懂懂的，从来不知道规划未来。”经她这么一分析，梁陈恍然大悟。

“你不会觉得我像他，才喜欢这个人物的吧？我只是觉得这个人很真实。史今那种人就像不食人间烟火的神仙一样，或许生活中就不存在。这个世界上，只有真实存在的事物才能打动我。”苏格神情凝重地说。

梁陈低头想了想，笑着问：“既然真实的事物能打动你，那么马超呢？我看他对你真不是一般的好，堪比我敬爱的史今班长！”

苏格被她这么一问，两颊现出一抹薄红，伸手推了她一把说：“别啊，你可不能胡说八道，他作为一名宠物医生，必须具有优良的耐心。而且人家桃花运不断，到他们医院给宠物看病的那些小姐、夫人们，哪个不是多金的主儿，看见这小伙子长得不错，然后就不由自主地暗送秋波。我们这样的工薪阶层哪能抢得过人家？”

梁陈听她说出这番酸不溜丢的话，忍不住笑了起来：“这么说来，你是感到自卑啰，怕自己配不上人家？”

“那倒不是，只是不屑跟那些小姐们一般见识！”苏格将头一扬，傲然地说。

“说实话，马超对你可真不错，你那天咬了他一大口，人家硬是哼都没哼一声，还柔声细语地安慰，你说他要不喜欢你，怎么会对你这么好？”梁陈是下定决心要将她引到“正途”上去。

“算了，过去的事就别在我面前提它了。反正我已经请他吃过饭了，你总不能就让我为此而以身相许吧？现在都什么社会了，还来古时候那招？”苏格的脸上写满了不在乎。

“反正该抓住的时候就一定紧紧握牢，有时候要问问你自己的心，也要给它一点发言权。”梁陈表情严肃，意味深长地说。

苏格若有所思地点了点头说：“嗯，你说的话我都明白，这件事情我想我能够处理好的，你就放心吧。如果哪天遇上我的Mr. Right，我一定会牢牢抓住的！你想想，幸福谁不想要呢？”

“嗯，你明白就好。我想以你的聪明，应该不会看不出孙浩与马超之间的区别，他们之间，说句不太好听的话，就是云泥之别！”说出这句话后，梁陈觉得自己确实带着很强的主观色彩。

“其实孙浩这人也没你说的那么不堪，我觉得每个人的生活方式不同，或许他觉得跟我在一起很有压力吧。”苏格边说边苦笑道，“反正我都看穿了，现在的男人总摆脱不了老旧的思想，他们总认为自己是顶天立地的男子汉，一般人都无法忍受像我这样整天风风火火、忙忙叨叨的女友或老婆吧？那样他们每天生活在压力中，也蛮辛苦的哦。”

梁陈换成一副不敢苟同的表情说：“切，我觉得是他们可怜可悲的自尊心在作怪。你想想，我要能娶到你这么个能干的老婆该多好啊，又能赚钱，又能操持家务。我也不用经常担心养不起你，说不定事业上还能相互扶持。现在有些男人，真是想不开啊！”

“没办法，现在想不开的人多了去了。管他们呢，我自己管好自己就成了。”苏格说完随手点开音乐播放器，悠闲地听起歌来。

不知名的音乐轻轻地响起，接着就是英文女声的低吟浅唱。与其说歌是唱给别人听的，不如说是献给歌者自己的，喃喃的细语，轻轻的吟唱，仿佛这个世界只剩下自己，静静的，听起来很舒服。这让梁陈彻底放松了心情，她突然想把数天来的心事倾倒而出，苏格她确实是位再合适不过的听众。

“格格，我今天就跟你睡一张床吧，你这么瘦，两个人睡估计也不会很挤。”沉默了一阵，梁陈终于鼓起勇气说。

苏格像是读懂了她的心事一般，转身爬上了电脑桌旁边的床上，用力地敲打着床面，爽快地说：“如果你这个患有洁癖的人不嫌弃我的话，那就请上来吧！”

梁陈笑了笑，欣然爬上了她软软的小床，盘着双膝，危襟正坐着说：“我现在有一个很严肃的话题要跟你说，你必须直言不讳地给我提出意见。一定要认真对待啊，我后半生的幸福可都押在你身上了！”

“我晕，这位姐姐，你可别来吓我啊，你后半生的幸福全摆在你老公那儿，可别跟我扯上什么关系，听起怪吓人的。”苏格作出一副惧怕状嬉皮笑脸地说，在说严肃的话题前，有必要调节一下气氛。

“是，你说得对！我现在就是要跟你说我老公的事情，我想听你的意见，所以我后半生的幸福就间接地交到你手上了！”梁陈丝毫没有开玩笑的意思，仍是板着一张脸说。

“好吧，你尽管说吧，本人洗耳恭听。”自从那天听见她与嘉航的通话，苏格就知道他们之间一定是出了什么问题。不过，她真希望这件事跟那个叫张宝怡的女人无关！

（15）

一说起最近的事情，梁陈的内心就被愤怒与抑郁给填满了。她用超出平常不知多少倍的语速讲述着嘉航种种怪异的举止，并且把前不久风靡网络的医药代表事件也说了出来，尽管她相信那个女人肯定不是这类人。说完之后，她急切地盯着苏格等着她下定论。

苏格听到她说出“宝宝”这个名字后，就断定这个女人百分之九十是那个张宝怡，郑嘉航相恋多年的前女友。她曾经看过这个女人的照片，看上去娇小玲珑的一个女子，长长的卷发，入时的穿着，娇媚可爱。之所以曾经看到，源自于她当时强烈的好奇心。因为她实在想不通让一个男人死心塌地爱恋的女人到底是何方神圣，所以她当场就厚着脸皮提了一个小小的要求——看那个女人的照片。没想到那个郑嘉航竟然爽快地答应了，他掏出钱包小心翼翼地从里面取出照片送到她面前。看了之后并没多少惊艳的感觉，就是觉得现在男人的眼光怎么这么相像，都喜欢找小鸟依人型的，难怪郑嘉航只看了她一眼便会拒绝。

“怎么不说话啊？是不是也觉得他这个人很怪异？是不是也跟我一样觉得很气愤？”梁陈见她眼神空洞地盯着窗外，急切地伸手摇了摇她。

苏格连忙收回心神，抬头瞟了她一眼说：“为什么不亲口去问他？你应该当面问他啊。”

“你要我直接去问他吗？那不是证明了我在背后搞‘无间道’吗？我可不想戴上多疑、猜忌的帽子。这些都是我无意中发现的，事实上我也没有故意去猜忌他。如果我问出口，是不是表现得我太在乎他了？”梁陈困惑地解释说。

苏格听后发出一阵冷笑：“是啊，男人嘛，你有时候太在乎他了反而会伤了自己。不过我觉得夫妻之间应该好好地沟通，毕竟你们是一家人，缺乏了沟通会引起一些不必要的误会。”

“你觉得我是误会他了吗？可是他的那些行为真的很可疑啊，哪有人要深更半夜聊上一两个小时的？哪有人会叫宝宝这个奇怪的名字的？他从来没这么温柔地跟我说过话，我想他总不会是对着一个男人那么温柔吧？”梁陈对自己的直觉深信不疑。

苏格一直在犹豫要不要把事情的真相告诉她，她怕梁陈心存芥蒂无法再与嘉航继续。俗话说得好“宁拆十座庙，不毁一桩婚”，如果他们要是因此而离婚，自己可不成了罪人了？

“喂，你到底有没有在听我说话啊？至少也得给个意见吧！我可是指望着你给我出谋划策了！”梁陈见她一副心不在焉的样子，顿时感到很失望。

“陈陈啊，我有个假设啊，仅仅是假设而已。如果你说的那个女人真正存在的话，那么你会怎么办？”苏格想了想，小心翼翼地开了口。

梁陈顿时变了脸色，低着头想了半天仍是不知所措：“我想我真的不知道该怎么办，你说如果真是那样的话，我该怎么办呢？”

“不是说了只是假设吗？你先别担心，仔细想想。有些事情是要靠自己拿主意的，别人给你的都只能拿来做参考。”苏格耐心地诱导她。

“既然他心里都有别人了，那还能怎么办？想想那种同床异梦的日子，我心里就一阵阵地发寒。就像你当初说的那样，没有爱情的婚姻是不完整的婚姻，也是不稳定的。与其整天这样像防贼一样，还不如早些散了的好。”回忆起以前苏格说的话，梁陈觉得还真的有道理。

听了她这些话，苏格心里有些发慌，更加犹豫着要不要告诉她真相了。若是让她继续蒙在鼓里的话，只怕她的日子会更难过。看着眼前茫然无措的梁陈，她郑重地开了口：“陈陈，有些事情我想必须要让你知道。郑嘉航在婚前有一个相恋了五年的女朋友，具体原因我也不太清楚，估计是不同城的原因遭到了双方家里的反对，结果争执不下就没能在一起吧。”

“相恋五年的女友？呵呵，可真是长情呢！”对于嘉航的过去，梁陈还是有些心理准备的。现在的这些人，谁没个初恋，没有过去啊？但她完全没想到竟然是相恋五年，而且还是在家人反对下没能在一起的。她愣了一会儿，突然抬头，目光凌厉地扫了格格一眼沉声问：“这些你是怎么知道的？

难道你认识郑嘉航？”

苏格见她脸色不对，慌忙摆摆手说：“你先别激动，听我慢慢跟你解释啊！要不要先喝杯水？我给你倒去。”

“那你快点说，否则我改喝人血！”梁陈粗暴地甩给她这么一句。

以前从没见过梁陈这么凶的模样，苏格吓得大气也不敢出，赶紧把以前跟郑嘉航相亲的事情全说了出来，并且把人家前女友的名字也给坦白了。

妒意就是条导火索，噌地一下将梁陈内心的怒火给引爆了。难怪嘉航口口声声叫自己和人家“宝宝”，原来是这个原因啊！张宝怡，宝宝，她在心中将这两个名字默念了N遍，然后红着眼睛，紧闭着双唇一句话也不说。

“喂，陈陈，你、你没事吧？你说句话啊。”苏格见她一点反应也没有，便开始慌乱起来，真怕她憋了半天然后突然爆发，估计那场面一定很悲壮。

“嗯，我终于明白了！不过既然你当时都知道，为什么一直不跟我说？如果早点说的话，也不至于到今天这个地步！”愤怒的梁陈似乎已经连发火的力气都没有了，突然她觉得自己傻得可怜，难到这种事情真的是当事人最后一个知道吗？

苏格现在真是有口难辩，在梁陈结婚前她也没见过郑嘉航。谁又能料到事情这么凑巧，与她结婚的人就是跟她相过亲的郑嘉航。若不是结婚那天见到他，她还真以为他与他心爱的人修成正果了呢。

“算了，这事也不能怪你，之前也没让你见见他。要怪就怪我自己，作决定太仓促了。”梁陈伸手拍了拍她，努力挤出一丝笑容，然后拉起空调被转身向里睡下了。

（16）

第二天是周一，苏格一大早就要赶到公司跟进客户合作事宜。临走前见梁陈还在睡着，既不敢打扰却又不放心，万一这家伙想不开就麻烦了。不过凭她聪明的脑袋很快就想到一个好主意。出门前，她叫醒了梁陈，嘱咐她今天将兜兜带到马超工作的宠物医院去，如此一来就可以让马超帮忙看着她，免得她出什么岔子。

心事重重的梁陈哪里想到这是苏格的鬼主意，她走后没多久就放弃了睡懒觉的机会，从床上爬了起来，洗漱完毕后喝了杯牛奶，就牵着兜兜下楼了。早上八点多钟，太阳光还不算强烈，她就穿身淡蓝的运动服，戴了顶太阳帽，优哉游哉穿过小区，往附近的叮咛宠物医院去了。这家医院是马超与两名高级兽医师合伙开设的，规模虽算不上很大，但是证件、设施都非常齐全，梁陈到了那里，惊讶得下巴差点掉了下来。

马超早就听从了苏格的吩咐，在门口迎接她，嘱咐里面的工作人员将兜兜带走后，他便领着梁陈参观这个医院。在梁陈的印象中，宠物医院不过就是有一两名兽医，再加上几名帮工，给宠物们看看病，打打针什么的。可到了这里一看，与她的想象真是有天壤之别。医院里设有诊断室、治疗室、手术室、住院室、药房、消毒室等。这里不仅给宠物治病，还特设了宠物美容项目，有专人给宠物洗澡，修剪体毛，剪趾甲，清耳垢，洗眼等等。现在有钱人家连宠物都比一般人会享受，真令她大为惊叹。

接下来马超的介绍更是让她大吃一惊，这里除了可以给宠物们注射、输液、输血浆外，还承接各种手术。这些手术种类可真是繁多，竟然像给人治病的医院一样，开设各种手术。例如剖腹产、子宫切除、膀胱手术、肠梗阻、眼息肉切除、眼球脱出整复、眼球摘除等多项手术，听得梁陈是一愣一愣的。听着马超说起这些，梁陈就想到曾经在路边见到的那些无家可归的流浪者。他们穿着邋遢古怪，垂着凌乱的头发，伸出枯瘦肮脏的手在垃圾桶边翻找可以果腹的食物，晚上就随便找个空地，铺一些干草和报纸过一夜。在这个贫富悬殊的社会里，总有那么一些可怜人连猫狗都不如。现在她真是充分地理解了杜甫的“朱门酒肉臭，路有冻死骨”这句诗的深刻含义了。

“你不舒服吗？是不是天气太热的原因？”马超见她的脸色不太好，连忙问道。

“我这个人一闻到消毒药水的味道就头晕，我想我还是先回家吧，兜兜就拜托你了。”梁陈不想再待在这个地方了，她强忍着呕吐的冲动解释说。

马超虽然得到苏格的通知让他好好照顾梁陈，但见她这副样子，也觉得让她回家休息比较好。没等他张口说话就见梁陈向他摆着手，匆忙冲出了医院，追出门一看，已经不见她的踪影了。

梁陈捂着嘴巴冲出宠物医院，跑到小区的花园边蹲了下来，对着地下吐了一摊的酸水。每次她感到有压力和烦恼的时候，她的肠胃便会变得非常脆弱，昨天苏格的一席话让她又陷入了深深的苦恼中。相恋了五年的女友，现在来找他了，猜也不用猜就知道她的目的。而根据郑嘉航最近的表现来看，他似乎对她是余情未了，大有复合之意，否则也不用经常与她通话到深夜了。还有五月大雨的那个晚上，他约会的对象一定是她。还有那个雷电交加的晚上，他说过这样一句话，有些事情必须要当面前说清楚。想必就是要跟她提分手的事情吧。原来他迫不及待地让她回去就是为这件事，真是太可悲了！

本来她准备到周末再回去的，现在想想还是尽快回去吧，否则耽误了人家的好事岂不是不好？说不定人家还以为她有所察觉故意拖延的呢！就算要分手，她也要把握主动权，离婚两个字只能由她先说，这是她留给自己最后的尊严了。

“姑娘，你这是怎么了？哪里不舒服啊？”她蹲在地上痛苦不堪地想着这些事，忽听耳边响起温和亲切的声音，抬头一看，见是一位四五十岁的大妈，拎着菜篮子一脸担心地站在她面前。

“没事，我没事。”梁陈对她笑了笑，朝她摆摆手说。

“这天气很热，你可要小心中暑啊。瞧这大太阳晒得，赶紧回家吹吹空调，吹吹风扇去！有空再煮一锅绿豆汤喝喝，清凉解渴又防中暑。”这位慈爱的大妈唠叨了两句才匆匆地走了。

梁陈起身看着她远去的背影，眼泪突然如泉涌一般汹涌而落。在自己最无助的时候，她开始想家里那个啰唆得可爱的老妈了。只是自己现在的状况，不能让她知道，否则又要她担心好一阵子了。她与嘉航的事情就让他们两个自己解决，暂时不能让两家的长辈知道。下定了决心，她掏出手机给苏格打电话，让她帮她从网上订明天回去的车票。

苏格怕她一时头脑发热，回家做出什么激烈的举动，一下子找出好多理由挽留她。有些话没来得及跟她说，有些道理也没来得及跟她讲，所以她想尽了一切的办法，说了一堆的好话才将她留了下来。

回来的那天晚上，她们关掉了一切与外界联络的工具，进行了一场促膝长谈。苏格的建议是先按兵不动，回家看嘉航的表现。因为有些事情是不能只看表面的，万一要是误会了人家，到时候可就不好收场了。梁陈虽然觉得难以接受，但为了不让自己后悔，也只得接受了她的建议。当下了这个决定时，她才体会到什么叫做痛不欲生。自己的老公与曾经的恋人走到一起，而她还要装作什么都不知道的样子跟他演戏，为的就是抓住或许已不属于自己的幸福。

苏格见她为难的样子，只得安慰着她说："陈陈，你要知道，当年某人曾说过'宁可错杀一千，也不能漏掉一个'这句话么？你现在的情况就是跟某人相反，所以为了不引起不必要的误会，你必须这样做。"

"嗯，我尽量试试看。"梁陈想了想，觉得有些道理，况且她发现自己真的很在乎嘉航。

"这也是没办法的事，谁让你自己抛不开面子主动跟他沟通呢？其实很简单的事情却被你搞得复杂了。"苏格也是拿她没办法，所以才想出了这个并不高明的点子。

"让我怎么跟他说，发生这种事真的不好开口。换你你会直接问他是不是在跟以前的女友联系吗？然后再追问他们发展得怎么样了，要不要给他们挪地方？"梁陈超级不耐烦地说。

苏格听了她的话几乎晕厥，梁陈这家伙一固执起来，九头牛都拉不回来。不过这件事若换作她，连问都不会问，立即要求办离婚手续，自己骨子里的傲气就是冲动的根源，所以她也没立场去要求梁陈做什么。只要事情能得到妥善的解决她就放心了，不管结果如何，她都希望自己的朋友能够幸福。

"那你准备什么时候回去？我这周四参加桩考，你要不要陪我一起去？"想到好友要走，苏格难免有些不舍。

"好啊，反正这事已经搁那儿了，也不在乎晚一两天，到时候我就去给你加油打气吧！"一想到回去要面对嘉航，梁陈心中涌上浓厚的抵触情绪。

"如果不急的话，那这周末我们再去杭州玩两天吧，正好赶上周六周日休息。"想到她来一次也没怎么玩，苏格觉得过意不去。

"不去了，我们做老师的一年有两个大假呢，还能愁没时间玩啊？说不定以后我经常过来骚扰你呢。"梁陈用胳膊捅了她一下，笑容很灿烂却有些古怪。

（17）

所有的事情都计划好后，梁陈给家里打了电话，告诉父母她的归期，但没有具体说是哪一天。嘉航那边她只是发了个短信，发完之后便关机睡觉了。第二天她一个人坐了公交车四处看了看，给家里人买了些礼物，又一个人跑到具有古典特色的步行街去逛了一圈。到了晚上，那里有很多诱人的小吃，她一时来了兴致，就约了苏格一起边吃边逛，一直到了深夜才回去。

到家洗完澡刚躺在舒适的床上，就听见手机尖锐地叫了起来，听声音就知道是嘉航打过来的。她本来是不想接的，后来想起来要作戏，正好拿这个机会练习一下也不错。酝酿了一下感情，她接起电话用很平常的语气跟他聊了一会儿，感觉还算不错。她给他讲了出游时的一些见闻，玩了哪些好玩的东西，看了哪些美丽的风景，就像多年的朋友一样。戴上了虚伪的面具后，她发现两人不再像以前那样剑拔弩张了，因为两颗心之间已经筑起了一道无形的墙，看不见各自的表情了。

不明真相的嘉航以为她只不过是前段时间压力过大的原因，对于这些友好的谈话他显然感到很开心。不过在问到归期时，还是听她含糊不清地说了一下大概日期，并没有给出具体的时间。这一次他也不再逼问，反正这里是她的家，总不至于赖在那里不回来了。

周四一早，马超就开车等在苏格家楼下。因为桩考的地点与平常练习的场所不同，所以他们得驱车赶到较远的考点去。本来苏格是跟教练的车去的，谁知马超主动要求送她过去。想到还要拉上梁陈作陪，有车过去更方便些，因此她二话没说就答应下来了。

到了考点与教练会合，办完了入场手续后，苏格便进了备考中心。马超看起来要比苏格本人还要紧张，大热天的坐在车里吹着冷气，他的额头上还不住地冒汗。他每隔几分钟就抬腕看一下手表，修长的手指下意识地敲打着方向盘。坐在后面的梁陈见他焦躁不安的样子，拧开放在后座的矿泉水递给他。他接过来猛灌了大半瓶，这才觉得稍微安定一些，然后转过头对着梁陈友好地笑了笑。

梁陈从一开始就对眼前的这个男人抱有良好的印象，经过几天的接触后，她越来越觉得他确实是个难得的好人。他一直默默地守候在苏格身边，在她需要帮助的时候不遗余力地伸出援手，却从未对她要求过什么。这种单纯而暖暖的爱让人觉得很安心，很感动，突然让梁陈想起了柏拉图式的爱情。两个相爱的人，无需过多的语言，只轻轻那么一眼，便明白对方的心意。虽说苏格从来都是表现得蛮不在乎，但从她的眼神与举动上，都能反映出她对马超不同寻常的情感。她可以放心地将家里的狗狗与钥匙交给他保管；可以在喝醉的时候放心地让他载她回家；醉酒后被胃痛折磨得痛不欲生时，她可以无所顾忌地骂他，打他甚至咬他。可见他在她心目中的地位已经超出了一般的朋友，无形之中她对他已经产生了浓浓的信赖。

“放心吧，我想桩考对格格来说是小菜一碟！”见他紧张得直冒汗，梁陈开口安慰说，“你昨天下午不是陪她练习了一会儿吗？她的实力你应该了解的吧。”

“嗯，她这个人学习能力确实很强，一点就通。虽然现在的红外线考试系统很严格，我想凭她的心态和实力应该是没问题的。”马超点了点头，用笃定的语气说。

见他嘴上说得轻巧，实际上已经紧张到不行，梁陈忍不住指着他额上的汗珠揶揄道：“既然你也这么想，那为什么还担心成这样子？”

马超抽出前面的纸巾，擦了擦汗自我解嘲地说：“天气热嘛，而且我这人天生就爱流汗。”

这句话在洞悉一切的梁陈听来简直是天大的笑话，她忍住笑，大方而直接地问：“喜欢我们家格格吧？那为什么不向她表白？”

“呃……呵呵！”马超哪料到她问得这么直白，脸上一阵红一阵白地，只知道用傻笑来掩饰内心的慌乱。

“实话跟你说吧，我们家格格这人很不错的。虽然她在某些地方表现得很强势，但她也有温柔体贴的一面。我想用‘出得了厅堂，入得了厨房’这句话形容她真是太恰当不过了。”一说起苏格的优点，梁陈就会变得口若悬河，各种赞美的词语由她口中喷涌而出，听得马超只有点头称是的份。

“你说的这些我都了解，具体要怎么做我都明白了，我想这也需要时机吧。”马超听完认真地总结说。

梁陈想到苏格平常清冷的表现，觉得他说的有几分道理，但不忍见他一直这么苦恋下去，便怂恿道："其实格格这人在感情方面有些迟钝，你必须主动出击才行啊！像送花，送礼物这些肯定不行，她也不太喜欢听甜言蜜语……"

她正说得起劲，突然就听马超的手机响了起来，看他的表情就知道是苏格打来的。一分钟没到马超便挂了电话，回过头来兴奋地说："过了，考过了，苏格顺利过关了！"说完便摇下车窗看向不远处的考场方向。

五分钟不到，便见苏格满面通红地跑了过来，马超连忙打开车门下车迎了上去。梁陈透过车窗看着他自然而然地搂她入怀，在她额上印上一吻，不由会心一笑。现在她才觉得自己刚才那番话说得多余了，人家自有高招，哪用得着自己蹩脚的招术！

第五章 梁陈的决定

(1)

乘车回家的那天正好是周六，她带回了两大箱的行李。马超与苏格一直将她送到了车站，检票上车前，苏格特意拉着她嘀咕了好久，都是关于如何处理她与郑嘉航之间问题的话。自从那天虚伪地与嘉航通话后，梁陈觉得自己还真有做演员的天赋，所以她有信心回去面对一切。与苏格他们依依不舍地告别后，她一个人踏上回家的客车，准备面对自己茫然的未来。

亲眼看到两位好友都拥有了各自的爱情，为她们祝福之余又为自己感到悲哀。或许是她以前的人生太过顺利了吧，所以老天才给她一个没有爱情的婚姻。坐在车上小睡，梦中似乎听见嘉航温存的话语，看见他亲切的笑容，只可惜温存亲切的对象不是她。虽然没见过那个叫张宝怡的女子，但听苏格的描述来看，那人长相一定不错。美女嘛，没有几个男人能抗拒得了她们的诱惑。况且嘉航一直死心塌地喜欢她这么多年，想必一定是位绝色美女。

下午五六点钟车子才到，为了省事，梁陈就在车站打了个出租车回家。将一大堆行李从楼下搬上三楼的家门口，梁陈已经累得气喘吁吁。她真是后悔没事先通知嘉航她要回来，否则现在充当搬运工角色的一定是他。站在门口调整好心情，她才抬手按了门铃。很快就听见屋里的脚步声，门被打开时，她有些紧张，一颗心有如小鹿乱撞。

“是陈陈回来啦？哎呀，你回来也不先说一声。”门一打开就听婆婆欣喜地叫道，一伸头见外面还有两大箱行李开始抱怨起来，“你看看你，还带了这么多东西。怎么不先打个电话回来，我也好下去帮忙啊。”

“妈，这些我都拎得动，根本不用麻烦你们。”梁陈边说边吃力地将行李提了进来。

“快，快放下，你先坐下歇会儿。大热天的回来也不说一声，嘉航今天正好加班，要晚些才回来。”婆婆连忙将她拉到沙发上坐了，又跑到厨房里端了一碗绿豆汤让她喝了。

梁陈此时是又累又渴，汤刚端到手里就迫不及待地要喝，谁知刚刚提了重物的手不由自主地抖了起来。一不小心，手中的碗滑落在地，汤汁碎片洒了一地，顿时吓得她愣在当场，望着自己颤抖不止的双手发呆。

“陈陈，你这是怎么啦？赶紧站着别动，我拿扫帚来扫。”在厨房为她准备晚饭的婆婆听见声响连忙走了出来，见她准备伸手去捡碎片慌忙制止。

婆婆利落地收拾好残局，又为她端了一碗汤，柔声安慰她说：“恰巧今天煮了一大锅，赶紧喝了解解暑。晚饭我也准备好了，咱们娘俩先吃。”说完又忙着把饭菜端到了桌上。

婆婆对她向来热情周到，就像对待自己的亲生女儿一般。以前梁陈一直庆幸能嫁到这样的人家，不必为别人的口中难处理的婆媳关系而发愁。可是这又怎样呢？她嫁的老公心里却装了别人。

“你这孩子，不声不响跑到外地半个月。你看看，黑了一些，瘦了好多。这大热天的在家里待着多好啊，非要跑那么远做什么？”婆婆面前的碗筷丝毫未动，就顾着上下打量她了。

“反正闲在家里没事，就出去玩玩、散散心。”梁陈吞下一口饭，挤出一抹笑容说。

婆婆一听可就不乐意了：“要散心我们这边也有景点啊，何必跑那么老远，而且一去就是那么多时间。”

“我好朋友正好在那边，她邀请我过去玩玩，所以我就过去了。”见她脸上的表情不太好，梁陈连忙放下饭碗解释说。

“下次要去也让嘉航陪你一起去，小两口没事出去逛逛也好。有时候我也觉得整天待在家里怪烦闷的。”婆婆的话听起来意思并不单纯。

梁陈听后连连点头，估计是手抖得太厉害的缘故，一下子将汤勺掉在了汤锅里。

“陈陈，你没事吧，怎么手抖得这么厉害？”婆婆见她手僵在半空中微微发颤，不由担心地问。

“没事，估计刚才提了太重的东西了。”梁陈连忙将手收了回来，低头扒了两口饭，将饭碗一推，开始收拾行李去了。

婆婆见她这个样子，难免有些担心，饭也没怎么吃，便跟到卧室里去看看她。一进门就见空调开着，梁陈蹲在箱子边埋头整理着衣物。她走过去小心翼翼地问："陈陈，最近见你瘦得厉害，是不是哪里不舒服啊？你看看你，饭吃得也不多。"

"妈，您别担心，我的身体可棒呢！前阵子我还去爬山了，那么高的山我爬得可快了。"梁陈抬头笑着安慰说，"估计我今天乘车太久了，有些晕车。"

婆婆扫了她几眼，还是一副不放心的样子说："嗯，那你也别忙活了，赶紧洗洗休息去吧，剩下这些东西我来收拾就行了。"

"妈，这是给你跟爸买的衣服，你看看这几件合不合适。"梁陈顺手从行李中取出几件衣服放床上，然后拿起一件在她身上比画着。

"你这孩子，出去玩还带这么多东西回来。我们年纪大了，哪用得着穿这些衣服。"婆婆表面上虽是嗔怪，实际上内心还是很欢喜的。现在家家都是独生子女，难得有像自己的儿媳这么孝顺的，事事都能想到家里的长辈。

"出去逛街的时候看到的，觉得款式和颜色都不错，就给你和我妈各买了一身。您看看，这件其实也不错，很衬您的皮肤，穿起来也宽松、凉快。"梁陈说着又拿出一件衣服摆到她面前。

婆婆见状，脸上的笑容更深了，眼角的鱼尾纹明显地叠在一起，两只眼睛眯成了一弯新月："我这辈子没有女儿，偏偏摊上你这么个孝顺、贴心的儿媳，也算是我的福气了！"

"妈，瞧您说的，这些都是我们做儿女应该做的。"梁陈羞赧一笑，轻声说道。

（2）

收拾完东西后，婆婆见梁陈脸色不太好，便催促她早些洗洗休息。最近一段时间梁陈不在，她心疼儿子无人照顾，抽空便会过来帮忙收拾收拾，现在儿媳回来了，她也不愿在这里打扰。见梁陈洗完澡，她便将钥匙交给她，任凭梁陈怎么挽留也无济于事。

婆婆走后，家里立即变得安静冷清。前段时间在苏格家热闹了一阵，现在一回来还有些不太适应。抬头看了看钟，已经快八点半了，嘉航加了一天的班竟然还没回来。正好她还没整理好心情面对他，趁他回来之前赶紧休息去，省得到时候见面不知说什么好。分开了这么久，不仅没有增添思念，反而变得疏离起来。一想起离开前的缱绻缠绵，梁陈就忍不住怀念，那个时候的嘉航竟然那般依依难舍。虽然不明白他当时复杂的心情，但总能从他的眼睛里看出对她的深情。而现在，一切都变了，她不再是当初那个梁陈，以后的她必须戴着面具与他相处。真希望这场无间道早些收场，哪怕是两败俱伤，也或许伤到的只是自己。有时候想想，成全别人或许也是一件幸福的事情，因为一直僵持下去，就是对自己的残忍。

或许是太累的缘故，躺在床上没过多久就沉沉地睡去。不知过了多久便觉得耳边痒痒的，睡梦中伸手挠了两下，翻了个身继续睡。

嘉航回家之前就接到母亲的电话，说是梁陈回来了，因此一下班就着急着往家赶。回家一看，见她一个人缩在双人床中间，害得他连睡觉的地方都没有。伸手轻轻地拍了她两下，谁知手还被她挠了几下。看着睡得像个婴儿的梁陈，他无奈地笑了笑，只得伸手揽住她的腰准备将她抱向旁边，谁知她突然起身死命往旁边一推，抱着被子缩到了床尾。

“是你啊，回来啦？”梁陈睁开眼，看到了一脸诧异的嘉航，懒懒地说道，说完又挪回原地倒头就睡。

“你、你这是怎么回事？”嘉航对她的举动感到又惊讶又恼怒。

“好困，快睡吧。”睡意正浓的梁陈将手挥了挥，翻了个身不再理他。其实她刚才的举动全是无意识的，一个人睡习惯了，突然身旁有个人，让她感觉很怪异。

嘉航俯身打量着身边的梁陈，心里充满了失望与困惑。为什么只出去了一趟，她就变成这个样子了？以前那个温柔体贴的小女人哪里去了？现在的她就像只刺猬一样，稍微动她一下，就竖起满身的刺狠狠地扎你一下。嘉航无奈地叹了口气，他关上了灯，让自己陷入无边的黑暗之中。

黑暗中，只听见空调呼呼地吹着冷气，周围静得让人心生寂寥。嘉航转身面向背对着他的梁陈，听着她均匀的呼吸声，心里突然生出一丝恐慌。现在他们之间的距离不过一尺，可总觉得相隔了千山万水。到底从什么时候开始，他们之间演变成了这样？

“陈陈。”他低低地唤了一声，伸手揽上她的腰际，试图将她拉入怀中。而她只是身子一僵，弓着背任他靠了上来。

“我们这是怎么了？到底是怎么了？”他轻声在她耳边呢喃，刻意压抑的声音听起来嘶哑不堪。

嘉航痛苦的声音撕扯着梁陈脆弱的心房，她轻咬着下唇低低地说：“好困，有什么事明天再说吧。”真的没有作好准备如何与他相处，或许她真该准备好了再回来。

“不能，一定要现在说清楚，再这样下去我要疯了！”嘉航扳过她的脸，让她面对着自己，固执地说。

“郑嘉航，你是不是想太多了？我们之间好像没什么吧？你不要胡乱猜测好不好，我这不是回来了吗？”内心挣扎了半天，她还是决定跟他虚与委蛇。造成了这样局面的人是他自己，是他瞒着她与昔日情人联系的，这一切都是他的错。即使她听从了苏格的建议先观察一阵再说，可是事情的结果她早就猜到了，现在这样，无非是想给双方一个机会。

嘉航沉默了一会儿，紧紧地搂着她反复地问：“是我想太多了，还是你已经变了？你知不知道你突然变了很多？”

“嘉航，你别这样。我好累，有什么事情明天再说好吗？我求你了！”梁陈生怕自己沦陷在他痛苦的细语下，连忙推开他轻声说。

听见她的哀求，嘉航的自尊心受到了极大的打击，他倏地松开她转身背对着她，再也不说话了。两个人就这样各怀心事地背对着背沉默着，梁陈痛苦地蜷起身子默默地流泪。其实她心里是多么地爱嘉航，听到张宝怡的事情后，她不是没想过要装聋作哑地跟他这样过下去。可是女人天生的妒意与在乎让她不能接受这样的事情，她没有宽大的胸怀去爱一个心里只有别的女人的男人。

“嘉航，说实话，你有没有爱过我？”突然间，她脑子发热，转过身贴在他背上轻声问道。

嘉航身子一僵，忽地转过身来抵住她的额头斩钉截铁地说：“当然，我一直在爱啊！”

“哦，原来是这样啊。”纵然知道是谎话，但还是很中听，多少让她有些宽慰。现在终于明白为什么很多女人都会被男人们的甜言蜜语迷得团团转了。嘉航承认了他爱她，她的心便软了下来，若是真丢给她更多的糖衣炮弹，估计她更加招架不住了。

“宝贝儿，这下换我来问你了。你呢，你爱我吗？”黑夜中嘉航的眼睛闪着慑人的光芒，他迫切地想知道她对他的感觉。

梁陈顿了一会儿，伸头轻声在他耳边说：“不爱，一点儿也不爱！”

“为什么？”明知道她是在开玩笑，他还是有些生气，一只手紧紧地钳住她的纤腰威胁似的问。

“你轻点儿，痛死了！不爱就是不爱，哪来这么多为什么？”梁陈伸手拍开他嗔怪道。

“宝贝儿，你说我们是不是该要个孩子了？近来被爸妈催得紧，我想我们还是赶紧生一个吧，免得听他们唠叨。”嘉航搂在腰间的手并没有拿开，反而变本加厉地伸向她的小腹，一点点地滑向上方。

“不要！”梁陈轻吟一声，斩钉截铁地回了他一句。

“为什么？难不成你真想做高龄产妇？那样很危险的！”嘉航一边恐吓着她，一边继续手上的动作。多日来的思念化作此刻的热情，一双手早已探上她的双峰不停地揉搓着，撩拨得她娇喘吁吁。

“别，说不要就不……”梁陈挣扎着要反驳，谁知话未出口便被他炙热的双唇给封住了。一场危机就这样被另一场的耳鬓厮磨给取代了，适时地化解了他们之间的矛盾。有时候，行动确实要比语言来得直接一些。

（3）

一早醒来，窝在嘉航怀里的梁陈看着如婴儿般睡容的他，内心涌起一阵懊恼。一想起昨晚的情景她就忍不住鄙视自己，为什么所有的事情都是他处于主导地位呢？凭什么他说要孩子时就得要？而她提出这样要求的时候，还不是被他无情地给拒绝了！特别是在她没有安全感的时候，她是不可能要孩子的，否则以后的伤害会更大。

“想什么呢？不是说累吗，一早就醒了？”不知道什么时候，嘉航已经醒了，凑到她耳边柔声说道。

“没什么，我在想我们现在不适合要孩子，还是等两年再说吧。”梁陈十分郑重说。

嘉航一听，面上写满了不悦："为什么？前段时间你不是说想要个孩子吗？怎么现在又？"

"前段时间我也是说着玩的，当时我不是说在开玩笑吗？"对于嘉航的突然转变，梁陈觉得有些开心，但理智还是支配着她。

见她执意不肯，嘉航心里犯起了嘀咕，但还是诱哄着她说："你现在年龄也不小了，超过了二十八岁就过了生育的最佳年龄，而且……"

"郑嘉航，你很奇怪呃，前不久坚决地不要孩子，怎么转变得这么快？"梁陈实在搞不懂他在想什么。难道是怕她跑了，想用孩子来绑住她？他不是还在和以前的恋人联系吗，难道两人之间并没有什么？还是那女人把他给甩了，然后他就觉悟了？脑子冒出一连串的问题后，她发现自己的想象力还是很丰富的。

"你也知道，没有孩子的家庭是不完整的。现在我们都不小了，也该准备要一个了，你说是不是？"嘉航耐着性子跟她解释说。现在的他也觉得很奇怪，为什么她又执意不肯要孩子了？

"嗯，还是过段时间再说吧，最近一段时间觉得很累，我需要调整一下。"梁陈就先给他来了个缓兵之计。

嘉航仔细打量了她一遍，然后伸手捏了捏她的脸颊说："嗯，最近确实瘦了许多，要给你好好地补补了。"他说完立即下了床，冲进卫生间洗漱一番，然后像孩子般叫嚷着要趁早凉去超市大采购。

梁陈被他缠得没法，只得乖乖地听从他的建议，起床收拾了一番后被他拉着出门。似乎好长时间他们都没有一起出门了，再刺眼的阳光也不觉得强烈，反而让梁陈心情开朗了不少。她抬头望着身边的嘉航，见他转头对她点头微笑，然后伸出手牵着她慢慢地走着。在外人看来，确实像一对甜蜜的新婚夫妇。

"买些牛奶回去吧。"嘉航说着就提了一箱牛奶放进购物车内，然后又看了看货柜上的一桶大红枣酸奶，顺手也拎进了车里。

"这么多能喝得完么？"梁陈见状，不由得挑挑眉问道。

"反正放在冰箱里也不会坏，一次性多买点，省得跑来跑去麻烦。"嘉航话还没说完，就拉着车子往蔬菜区去了。

梁陈见他每次都是自作主张，事先也不通知她一下，心里有好大的不满，真是搞不懂自己以前怎么受得了他的大男人脾气的。她小跑着冲过去，语气不悦地问："还要买什么啊？妈昨天不是做了好多菜放在冰箱里吗？"

嘉航丝毫不理会她，指着冷柜区处理好的乌鸡说："要不买点回去炖汤喝吧，正好给你补补身子。妈昨天见了你也说你脸色不太好，比起以前又瘦了好多。"

现在她终于明白了，为什么他会突然这么体贴，原来这一切都是婆婆交代好的。想到这里，刚刚阳光灿烂的心情又蒙上了一丝阴霾。她走到他身边没好气地说："我又不是猪，哪吃得了这么多啊？"

"嗯，还有你最近吃饭也很少，比猫吃得还少，再这样下去我们是不是要去医院看一下？"嘉航一边把包装好的乌鸡扔进车里，一边打量着她说。

梁陈正要反驳，突然觉得包里传来一阵震动声，打开一看，是苏格打来的电话。她瞟了嘉航一眼，打了声招呼便跑到一边跟苏格聊了起来。

"怎么样？有没有按照计划进行啊？"苏格现在真不是一般的八卦。

超市现在正放着音乐，嘉航正在不远处挑选食物，这让不能大声讲话的梁陈很为难。她趁嘉航不注意又偷偷往旁边挪了一段距离这才放心地说："嗯，正在进行时，一切还算顺利。"

苏格听后大笑说："我怎么觉得你们两人不像夫妻，而我们两个又像是间谍啊？"

"那有什么办法啊？我总不能真的给人家当替身当一辈子吧，说不定哪天他们头脑发热走到了一起，那我岂不是栽了？我以前就是太过单纯了才会这样，以后我不能再那样下去了！"梁陈像在安慰她，更像是在安慰自己。

"嗯，不过事情没搞清楚前，还是不要跟他摊牌。反正我觉得夫妻之间最重要的是信任，不过你们家那位就算了。如果真没什么事的话，你就死心塌地跟他过一辈子也挺好，否则的话，事情还真的难办了。"苏格仔细地帮她分析着"战况"。

"知道了，有你这位军师在后头撑腰，我想一切都会顺利的。"有了自己依赖的苏格的支持，梁陈顿觉心中安定了不少。

"我怎么觉得我们两人特有'无间道'的潜质啊？你说我们要是生在战乱时期，说不定还能做女间谍呢！"苏格心情很不错，不时地跟她开开玩笑。

梁陈完全忘记了不远处的嘉航，开心地与她聊着："说不定经过这次事情，我能够写出一部惊世之作来，名字就叫《婚姻兵法》，想必一定会风靡整个文学界！"

"我怎么就没看出来你一个教数学的老师能搞文学呢？还兵法呢，就你那单纯的小脑袋里能想出什么计谋啊？除非你平常的表情是伪装的，想在关键时刻给我们来个大智若愚。"苏格说到这里突然高声地问，"喂，你不会真是这种人吧？现在想想真叫人害怕呢！"

梁陈本来也没在意，被她这么一说，心中也是一颤，怔怔地站在当场。也对哦，现在的自己已经变得很复杂了，而且还对嘉航搞"无间道"，估计自己潜在的阴谋都被逼出来了。

"喂，你在不在听我说话啊？"见她半天无语，苏格忍不住抱怨起来。

"好了，现在有事，我先挂了。"梁陈瞟见不远处的嘉航在四处张望，连忙挂了电话向他跑去。

（4）

好久没见的王丽娜突然打了电话过来要约她见面，最近对这位重色轻友的朋友比较反感的梁陈，犹豫再三还是准时地在老地点赴约了。一到那里见四周没有她的影踪，梁陈就气得牙痒痒，王丽娜那个破人竟然迟到！

她按捺住心中的怒火，挑了个靠窗的位子坐了下来，要了壶茶慢慢地品着。茶室里古筝悠扬的曲调渐渐抚平了她不满的情绪，整个人顿时放松了不少。等了五分钟，王丽娜才风风火火推门而入，一看见她就热情地招手。

"不好意思，路上堵车。"她一坐到位子上就倒了杯茶一饮而尽。

梁陈有些羡慕地问："还是开车过来的？"

"没有，我打车过来的，总不能老开他的车吧。"她微笑着摇摇头，耳朵上大大的耳环在室内的灯光下发出耀眼的光芒。

"那你可以自己买一辆车啊，现在格格正在考驾照呢，估计不久也要买车了。"梁陈见她眼光躲闪，便装作不在意地说。

"是吗？你们两个现在好得不得了，去她那里玩也不带上我。"王丽娜的语气充满了醋意。

梁陈心里颇为鄙夷地想：这还不是你自己造成的，明明是你不理我们在先的，重色轻友的家伙！想是这样想，她还是一脸笑容地说："当时你不是忙着恋爱嘛，再说了就是叫上你，你也未必会去。"

"可说不定哦，反正我现在工作清闲，年假剩了一大堆，请几天假还不是很容易的事。"王丽娜不悦地撇撇嘴巴说。

"告诉你一件事情哦，其实几个月前，你出事的前一天，朱敬轩就准备妥协了，谁知你却做出了那样的举动，真是让人心惊胆战！"梁陈决定把事情的真相告诉她，免得她说大家心里没有她。

王丽娜叹了口气转头望向窗外缓缓说道："陈陈，过去的事情我不想再提了。"

"其实苏格上次出差过来时，她回A市的前一天就将事情处理好了，只是我们不知道而已。"梁陈不理会她，继续着她的话题，"正巧她与赵筠哥哥的公司谈业务的时候遇到了朱敬轩，后来知道朱敬轩迫切地想通过赵总的公司销售自己公司的产品时，便找他谈了谈。后来以帮朱敬轩拉业务为条件让他在离婚协议书上签字。"

王丽娜一听顿时傻了，她真的没想到里面还有这层关系，苏格竟然不声不响地帮了她！想起仗义的苏格，唯利是图的朱敬轩，她的脑子里混沌一片。那段她不愿回忆的往事，如电影一般，在她眼前一遍又一遍地闪动。

"你没事吧？"梁陈见她呆呆无语，连忙探身解释说："其实我也没别的意思，就是想让你知道，大家都是很关心你的，特别是苏格。就连她当年与孙浩热恋的时候，我们找她总是有求必应的，你应该没忘吧？"

梁陈的意思是再明白不过了，她这是在向她抱怨她的重色轻友行为。比起苏格她们两个，自己确实做得不够好，严格来说真是太差劲了。望着面前面容平静、淡淡微笑的梁陈，她突然脱口而出："陈陈，你变了，以前的你不是这个样子的。"

"是吗？人总是要成长的嘛，我觉得现在这样很好啊，格格也说不错呢。"梁陈端着茶杯啜了一口，一脸无辜地看着她说。

王丽娜看着她苦笑着说："嗯，看起来是不错，脸色也比上次见面的时候红润了许多。"

梁陈补了这么多天，脸色不好才怪，每天被逼着吃各种据说很有营养的东西，吃得她快要吐了。梁陈仍旧是笑笑，笑完了继续发问：“你看起来也不错啊，打扮得像个少女一样，什么时候能吃到你们的喜糖啊？”

“那你还是别指望了，我可没什么好事值得发喜糖的。”王丽娜脸色变得有些不自然。

“怎么啦？两个人闹别扭了？”一想起前段时间还与赵筠恩爱无比的她，现在竟然说出这种丧气话来，梁陈不由得好奇地问。

“没有，我们就觉得这样挺好的，何必刻意去领那一纸婚书呢？那个红本本可是承载了两个家庭的重量，我们现在都承担不起。”王丽娜突然发起感慨来，连说话都带有深意了。

梁陈疑惑地望着她说：“你们现在还真想得开啊，准备就这样一辈子？”

“也没什么不好啊？反正我是过够了结婚的日子了，其实这样也不错。想在一起的时候就在一起，厌烦了就冷几天。不用承担太多的责任，这样过起来很轻松，也不会产生家庭矛盾。”王丽娜故作轻松地说，只是掩饰不了眼中淡淡的失落。

“怎么？赵筠不愿负责任？他不像是这种人啊。”见她这个样子，梁陈突然感到不平起来。

王丽娜听后连连摆手说：“事情不是你想象那样的，问题不在赵筠。”

“那就是他家里人为难你们？”梁陈直截了当地问。

王丽娜紧咬下唇，想了一会儿才快快说道：“是的，看得出来，他们家人比较反对。特别是他妈跟他哥，他爸爸倒没说什么。我明白，估计是觉得我是离过婚的吧。不过这我理解，所以目前也只能这样了，其实也没什么不好。”

“唉，这些人的思想怎么这么腐朽？两个人喜欢不就行了吗，难道非要让他娶一个没结过婚的，但他却不爱的人吗？那样对三个人都不公平吧？”梁陈义愤填膺地指责着，声音突然大了起来，吸引了周围的众多目光。

“喂，你小点声啊！非要闹得众人皆知吗？”王丽娜狠狠地瞪了她一眼说，“这事你就不用管了，我自己会处理好的。其实赵筠夹在中间已经很为难了，我不想让他这么累，就这样过下去吧，反正我很知足了。”经过了上次自杀的事情，王丽娜已经看开了，人活着不就是为了快乐吗？自己过得好就行了。

“也是，只要你觉得快乐就行。看来我得向你学习了，凡事想开点。”梁陈支着脑袋想了半天也没想出什么好的解决办法，她总不能拿把枪逼着人家同意吧？看来家家都有本难念的经，这世上，有些事情光有爱情是解决不了的。

（5）

去A市玩了一趟回来，梁陈每天待在家里闲得无聊。王丽娜现在的状况也是够戗，她也不想经常去烦她。离苏格那么远，而且她最近又要路考，连通话的时候都变得少了。嘉航最近体贴入微的表现让她稍稍有些安心，看来苏格的决定还是对的，应该是她前段时间多疑了。为了减轻内心的愧疚感，她决定利用剩下的假期好好地表现一下，尽力做个贤良的妻子。

晚上做饭的时候，梁陈发现家里没盐了，便到楼下小区的小卖部去买。刚开门出去便听到隔壁的女主人廖娟尖叫着跑了出来，同时也把她吓了一跳。

“你怎么啦？出什么事了吗？”梁陈惊愕地问一脸慌乱的廖娟。

“我们家有老鼠！”廖娟惊魂未定地向她比画道。

梁陈向来不怕这些东西，见她那滑稽的样子，她忍住笑说：“有老鼠就放耗子药啊，放鼠夹子也成。”

“哎呀，你是不知道，我们都不敢放这些东西。万一老鼠吃了药发作后乱跑乱窜，钻到哪个找不到的拐角去，这大热天的发臭了可怎么办？哎呦，我一想起就犯恶心！”廖娟一脸嫌恶地说。

梁陈见她说得在理，点了点头说：“实在不行就抱只猫来养吧，这样家里就没老鼠了。”

“你说猫啊？我可不养那玩意儿，这些小动物我都不喜欢。又脏又乱，家里没人时说不定上蹿下跳把东西都打破了。”梁陈这一建议又被她无情地否决了。

“那、那我就真没办法了。”梁陈将两手一摊，无奈地看着她说。这也不行，那也不行，活该家里有老鼠！平常还真没看出她是这种斤斤计较的人，而且还不热爱小动物，没有爱心！

“算了，我老公一会儿就回来了，等他回来让他去捉。”廖娟皱着眉头守着楼梯口说。

听她这么说，梁陈更想笑了，瞧人家老公功能多强大啊，又要养家糊口又要会捉老鼠，真是不容易呢！她瞟了一眼打扮得精致的廖娟，打心眼里鄙夷这种人。天天闲在家里没事做，就知道打麻将。她虚伪地对她笑笑，慢慢悠悠地下楼买盐去了。

等她买完盐回来，看见廖娟还站在门口不肯进去，见她一上楼就冲她嚷嚷道：“梁陈，我劝你有空的时候也收拾一下，你看我们家都有老鼠了，说不定也会跑到你们家去呢！听说这些老鼠可精了，顺了下水管就跑到住户家里了。”

“嗯，这样的话，我也等我们家老公回来再收拾，否则到时候就像你一样有家不能回了。”梁陈一边冷嘲热讽，一边客气地笑着说。

“对啊，还要小心蟑螂呢，那天我去妈妈家，就在米桶旁边发现了一只，当时吓得我全身发抖。平常我最怕这些脏东西了，等休息时我得找个钟点工来彻底地打扫一下。”廖娟叉着腰，煞有介事地站在门外审视着房间。

“是啊，有空你是得叫人来打扫一下，免得总是让你老公捉老鼠，那可真是个体力活呢。”见她一脸认真的样子，梁陈忍不住讥讽了一句。难怪这栋楼里的人都说廖娟是女人中的极品，今日接触下来，果真如此。不想再跟她啰唆下去，她掏出钥匙开门继续忙活去，免得嘉航回来的时候吃饭不及时。

今天好心做了一桌子的菜，嘉航打电话回来说要加班，估计要晚些回来。梁陈一个人闷闷不乐地吃了晚饭，吃完坐在沙发上看了一会儿电视，六七点钟没什么好看的节目，便关了电视开始发呆。闲得发慌时突然想起刚刚廖娟说的话，又看了看自己的家，觉得确实要好好收拾一番了。她向来是想到什么就做什么，顾不得闷热的天气找了件旧衣服穿上，开始进行大扫除。

第一个目标就是卫生间，用洁厕精冲了马桶，拿起刷子用力地刷了一会儿。果然是功夫不负有心人，不一会儿就被她整得光可鉴人。干了近一个小时她才将卫生间打扫干净，连里面每一块地砖之间的缝隙她都没放过。不过她确实没找到廖娟所说的顺着下水道跑上来的老鼠，估计她家不太受老鼠们的待见吧。

正当她奋力地与客厅的地板作斗争的时候，嘉航提着个包回来了。看见屋里灰头土脸的梁陈惊讶地问："怎么啦，这么晚了还在打扫卫生？等周末的时候我们一起打扫多好。瞧你热得满头大汗的！"

"哦，隔壁的廖娟家里有老鼠，我看看我们家是不是也有，就顺便把房间打扫了一遍。"梁陈边说边指着卧室说，"你看看，卧室还没来得及弄呢，看来只能明天再打扫了。"

"有什么要帮忙的尽管开口。"嘉航放下包，爽快地挽起袖子准备帮忙。

"我这就快弄好了，你吃饭了没有？饭菜都摆在厨房里呢，如果不吃的话就把它们放到冰箱里吧。"梁陈麻利将地拖好，拿起抹布擦起客厅里的家具来。

嘉航是在医院吃完了饭回来的，二话没说就奔到厨房里把菜放好，然后兴冲冲地走出来说："我的一篇稿子被《中外医疗》录用了，要知道这对以后评职称是有很大的帮助的，到现在为止已经发表两篇了！"

"是吗？这可是好事啊！听说五年制本科毕业从业四年就可以报考中级职称了，这样算来，到了年底你也差不多有四年了吧？"作为教师的梁陈一向对考职称很感兴趣，所以平常也对医生的职称有所关注。

"虽说如此，但我们省要求比较严格，就算是满了五年，院里也未必会让你考呢。不过院领导对我的表现还算满意，想来明年5月份应该可以顺利地考试吧。"稳重的嘉航并没有像梁陈那么兴奋，他仍是一脸平静地说。

"嗯，我老公这么努力，一定可以顺利通过考试的，加油吧！"梁陈竖起胳膊做加油状，热得通红的脸上洋溢着崇敬之情。

嘉航突然凑近她奸猾地笑道："我希望到时候能够双喜临门，等我拿到职称的时候，我希望能够升级为爸爸！"

"可是我还不想升级为妈妈！"梁陈白了他一眼，嘟着嘴巴娇嗔道，心里却满满的都是幸福。

（6）

第二天一早起来，嘉航照旧出门上班，留下梁陈在家里继续昨天未完成的工作。卧室里看似没什么可收拾的，但是床底上摆了好些盒子、箱子之类的东西，这么长时间没拿出来，上面落了一层灰尘。梁陈一个个把它们拖到阳台上，拿起扫帚扫去上面的灰尘，然后再用抹布仔细地抹净，光是做这项工作就花了她近一个小时的时间。

将这些盒子、箱子收拾干净后再一个个地给摆回去，这也是件技术性的活儿。这么多东西拿起来容易，塞回去就难了，要合理地分配空间才不至于塞不下。梁陈就这样坐在地板上，搬过风扇边吹边整理东西。过了好长时间了，她也不记得盒子里装了些什么，一个个打开翻了两下才塞到里面去。有的是冬天穿的鞋子，平常不看的书籍，还有她从家里带过来的一些老照片，有的因保管不当开始发霉，粘在了一起。她小心翼翼地将它们拉开，放到阴凉处晾一晾，然后翻箱倒柜地找空白相册。结果相册没找到，倒发现了一个奇怪的铁盒子，以前用来包装月饼用的。

对这个盒子，她一点印象也没有，想来应该是嘉航的东西。抱着这个盒子，梁陈内心充满了好奇，这里面装的到底是什么呢？从来也没见他拿出来过，但奇怪的是这盒子放在那里却不曾落一点灰尘，可见他私下里经常擦拭。最后道德心还是战胜不了强烈的好奇心，她偷偷地打开盒盖，悄悄地走进了嘉航的私密世界。

盒子里面并不像她想的那样装得满满当当的，里面只躺了一个黑色的皮夹，还有三两封已拆开的信件，旁边散落着几颗彩色的纸星星。用脚趾头想想就知道这些东西是女生送的，哪个男人会有耐心去折星星啊，话说她自己到现在也没学会把星星折得这么精致呢。心里面不是滋味的梁陈随手拿起皮夹翻了开来，只见里面的透明夹层里放着一张女人照片。

半长的卷发，娇媚的面孔，瘦削的身材配上时髦的装扮，有种小家碧玉的气质。看到这张照片，梁陈心突地一颤，这张照片上的女子会不会就是苏格跟她提过的那个张宝怡？想到这里，她立即翻开皮夹又摸出两张照片来。其中一张是两个人的合照，一片白茫茫的雪景中两个人相依相偎，脸上写满了甜蜜。

梁陈拿着照片怔了一会儿，取出一张那个女子的单人照放在一旁，然后将东西按原状摆好放入盒子里。有些事情她必须要确认一下，既不能冤枉了别人，也不能委屈了自己。现在按照她的想法，嘉航肯定还爱着这张照片上的女人，否则也不会经常翻出来看。结婚这么久，她一次也没有见过这个盒子，若不是今天找东西，或许她会一直被蒙在鼓中。

梁陈快速地收拾好东西，打扫完房间，冲了个澡后开始给赵筠打电话。现在她还不想跟嘉航起正面冲突，况且仅仅是以前的照片，也没什么好拿来做文章的。她只想向他求证这张照片上的人是不是叫张宝怡，上次嘉航去见的所谓的老同学是不是她。如果不是，那么一切如常；如果是，那她要好好考虑一下了，必要时必须跟嘉航摊牌，再也不能这么稀里糊涂地过下去了。

"是你啊，好久不见啦！怎么有空打电话过来？"刚接通电话就听见赵筠爽朗的声音。

梁陈轻吁了一口气，故作轻松地说："是啊，正是因为好久不见了，所以才想见你啊。周六有没有空啊，我们见个面。"

"美女相约真是令人受宠若惊啊！"赵筠觉得有些蹊跷，但还是半开玩笑地说。

"别说那些废话，你就说你能不能从王丽娜那边匀出半天时间来给我？"梁陈懒得跟他绕圈子，直截了当地问。

赵筠有种不祥的感觉，他顿了一下，小声地问："到底有什么事啊，连你的密友都不能告诉？"

"因为这不关她的事，所以没必要让她知道，你赶紧给个准话，到底能不能抽时间出来？"梁陈极具耐心地解释说，依她现在的心情，恨不能穿过电话线直接面对他。

"喂，你怎么不像我认识的那个梁陈了？你没出什么事吧？难道是嘉航惹你生气了？"赵筠试探性地问，心中不祥的预感越来越强烈。

"我看你才不像我认识的那个赵筠呢，怎么现在变得婆婆妈妈的了？小心我让娜娜把你给踢了！"赵筠越是不答应，梁陈心里就越急，总觉得他心里有鬼似的。

赵筠听后哈哈大笑说："你现在是越来越有能耐了啊，竟然让娜娜踢了我？小心我让嘉航把你暴打一顿。”

“赵筠，我现在没空跟你打哈哈，你就说吧，后天你有没有时间出来？”梁陈气得直冒火，突然间想起上次苏格说的话来。她冲着话筒大声地叫嚷着，“你信不信，我手里握着你的把柄呢，到时候我把某件事情抖搂出来，你就等着被踢出局吧！”

赵筠想了半天也没想出他做过什么对不起王丽娜的事情，但听她说得这么笃定，心里也犯起了嘀咕：“姑奶奶，能不能透露一下是什么事啊？你不能跑到她那去造谣吧。”

“算了，不跟你说了。周六下午三点到市中心的名典咖啡见，如果不来，后果自负，你自己看着办吧。还有，我要求跟你见面的事情不能告诉嘉航，否则……绝对是你想象不到的后果！”威胁完毕，梁陈气呼呼地挂了电话。

“怎么去苏格那边没几天，脾气就变得像她了？”听着手机里传来嘟嘟嘟的声音，赵筠疑惑地嘟囔道。

（7）

就在赵筠接到电话的同时，身在医院里的嘉航也接到一个棘手的电话，那个叫张宝怡的女人打过来的。因为前段时间母亲生病的关系，所以她与身为医生的嘉航多有联系，引起了家里的怀疑，估计现在已经闹得不可开交了。嘉航为此感到非常烦恼，本来只是很单纯的帮忙，怎么在别人眼中就成了暧昧了呢？不过扪心自问，对于张宝怡，他确实一时难以忘怀，或许当初两个人只要再坚持一下，只一下，如今就不会是这般境况了。

“今天怎么回来这么早？不是说周末会加班吗？”一回家，就见梁陈笑眯眯地迎了上来，体贴地帮他拿好拖鞋。

“这周没值班，表上没排到我，一下班就赶回来了。”看着面前清秀温柔的老婆，顷刻间嘉航烦闷的心情消散了一大半。

“饭菜都好了，洗洗手吃饭吧。”梁陈接下他手中的包放到架子上，转身便往厨房去了。

自从A市回来，他这位老婆终于恢复了原来的状态，不再那么怪里怪气的了。嘉航洗好了手主动走到厨房帮忙，却被梁陈给轰了出来。不一会儿，一桌虽不算丰盛，却也是色香味俱全的菜端上了桌。

“明天我跟娜娜约好去喝下午茶，喝完了就直接去我妈那边，到时候你晚上直接开车过去吃晚饭就行。”梁陈将饭盛好放到他面前说。

嘉航听后嗯了一声，没话找话地说：“好像你们好久没联系了吧？”

“是啊，从A市回来就一直没见，所以明天抽空见见。再过半个月学校就要开校了，到时候就更没有时间了。她可真是个重色轻友的人呢，有了赵筠就想不到我们了。”梁陈有意将话题引到赵筠身上，试探一下他有没有向嘉航告密。

嘉航听后呵呵一笑说：“我倒宁愿你是她这样的人呢，也省得前段时间跑得那么远，连回来都不愿回来。”

“现在的女性可不能像以前那样了，有了家庭连朋友都不要了。到时候若出了什么事情，连找个倾诉的人都没有，你说是不是啊？”

梁陈明显是话中有话，只可惜怀有心事的嘉航并没有理解她话中的深意，并且点着头连连称是：“看你，现在就是新时代女性的典范！”

“这是自然！”梁陈得意一笑，然后不再多言，只顾着埋头吃饭。今天的伪装已是她的极限了，她怕再说下去就忍不住要将事情都给抖搂出来，并且把她收好的照片扔到他面前。

一顿晚饭的工夫，梁陈的大脑一直处于飞速运转的状态。看在嘉航眼里，还以为她练习细嚼慢咽的功夫，因此也没放在心上。但他不知道就是因为他一直忽略着她的表情，才致使他们走到现在这一步的。

“吃完了就该你洗碗了，收拾了一天我也累了，先上网玩一会儿。”梁陈有意想避开他，一放下饭碗就直奔书房去了。现在的一切犹如暴风雨来临前的平静，没有人能预料狂风骤雨后的恐怖情景。梁陈不敢去想象，毫不知情的嘉航更不会去想！

第二天下午两点半左右梁陈就来到名典咖啡，找了个偏僻的位置坐了。这次不能靠窗，她怕她得知真相后情不自禁、怒发冲冠的样子会吓倒一批路人，到时候明天头条新闻说不定就是“我市某女受刺激导致面部扭曲而吓死数位路人”。看来今天本着为大众着想的基础，她必须充分地调动全身的忍耐因子，以免造成重大事故。

“小姐，请问您要些什么？”面带微笑的服务员走到独自发呆的梁陈身旁，轻声问道。

梁陈估计自己的神经性胃炎又要发作了，因此只点了杯水，要了些点心安静地等着赵筠的到来。今天他要是不来，那就别怪她不客气了，威胁不起作用她就来点实实在在的。到时候别怪她心狠，谁让他是郑嘉航的帮凶呢。

“呀，你来得可真早啊，我这还提前了五分钟呢。”良久，抬头见一身休闲的赵筠笑呵呵地走了过来。

梁陈努力挤出一个还算自然的笑容说：“我还以为你不来了呢，既然今天要耽误你们珍贵的浪漫时间，那下午茶就由我请客吧。你尽管点，点得越贵越好。”

赵筠也不跟她客气，招来服务生将手一挥点了一堆茶点。见茶点上齐后，他端起咖啡轻啜了一口问：“今天有什么事啊，这么急着招我过来？”

梁陈也不愿跟他兜圈子，开门见山地问：“我听说嘉航大学时候有个女友，叫张宝怡吧？好像是你们医大附近一所高校的学生吧？”

赵筠听后一愣，口中的咖啡没来得及下咽，差点呛住了。怕被她看出什么端倪来赶紧坐直了身子一本正经地说：“是啊，他们只不过是普通朋友而已，怎么突然想起来问这些了？还有这些你是怎么知道的？”

“嘉航告诉我的啊。他们可是相恋了五年呢，这些你应该很清楚的吧。”梁陈边说边拿出她的照片递到他面前，“你看看，他还把照片给我看了呢。”

赵筠没想到嘉航已经跟她招供了，害得他刚才紧张得差点呛死！既然如此，那他也就放心了。他拿起照片瞟了两眼说：“嗯，这张还是我当时给她拍的呢，怎么样，技术还不错吧？”

“嗯，拍得蛮美的。她本人肯定比这更漂亮吧？”梁陈收起照片饶有兴趣地问。

与王丽娜相处这么长时间，赵筠颇得做男人的要领，那就是千万别当着女人面夸另一个女人。他放下手中的杯子，免得一紧张将里面的咖啡给泼出来，然后装成一副诚挚的样子说：“跟你说实话吧，我觉得还是你跟嘉航比较般配。”

证明了这照片上的女人就是张宝怡，梁陈便按捺住内心的愤怒进入下一主题："听娜娜说你们五月份去苏州三山岛浪漫去了？当时不是听你说跟嘉航一起与老同学会面吗？"

赵筠一听顿时变了脸色，现在他唯有用干笑来掩饰内心的慌乱。平常真是小看了面前这个女人了，看来今天这次会面她是作足了准备。也不知刚才她说的那些话是真是假，也不知嘉航到底有没有告诉她实情，若这女人是过来套他的话的，那么他真是太对不起嘉航了。

"看来做医生的记性也不太好啊，三个月前的事情，现在就忘记了。估计当时你们是不够浪漫，所以记忆才不深刻，可是人家娜娜记得一清二楚呢！"见他呵呵傻笑，梁陈唇角上翘，脸上挂满了讥讽之意。

"是啊，每天的事情太多了，所以一忙起来就忘了。"赵筠深切地感受到梁陈的厉害之处了，果真是深藏不露啊，看来嘉航那边的状况岌岌可危了。

梁陈突然脸色一变，用手拍着桌子上的照片说："那天嘉航是去见张宝怡了吧？"说完用凌厉的目光扫视了他一遍，然后冷冷一笑，"看你的表情就知道了，今天真是谢谢你了！等下我要去见嘉航，你要不要也一起过去？"

"喂，梁陈，事情不是你想的那样的，喂……"见她走向服务台付款，赵筠连忙追了过去。

"你又不是我，怎么知道我怎么想？我只是随便问问而已，放心吧，不会有人说你出卖朋友的。"梁陈对他一笑，转身快步离开了。

（8）

梁陈一个人走在喧嚣的街上，望着来来往往的车流与熙熙攘攘的人群，脑中空白一片。心中的疑惑得到了证实，换来的却是满心的疲惫。未来的路要怎么走？心中一片茫然。找个僻静的地方打了个电话给苏格，接通后，话到嘴边却又说不出来了，东拉西扯了一会儿便挂了电话。心里一直有个声音在告诫自己：即使是见面又怎么样呢？嘉航已经跟自己结婚了，他们现在是走不到一起去了。嘉航不是想要个孩子么？那不就代表他想安安心心地跟自己在一起，筑就一个温馨的家庭吗？既然这样，那自己还有什么烦恼呢？

在婚姻的世界里，没有了爱情，就是个空壳！苏格曾这样跟她说过，现在她是深切地体会到了。

失魂落魄、漫无目的在街上逛了一下午，直到华灯初上、满街华光，梁陈这才来到自己的家。包里的手机不知响了多少遍，她也置若罔闻。来到自己家的小区附近，她掏出随身携带的小镜子照了照，极力地调整好面部表情，这才往家里走去。

“去哪儿了？怎么到现在才回来，一家人都等着你吃饭呢。”妈妈早就站在门口等着她了，一看见她连忙迎了上来。

“跟娜娜逛了逛街，谁知道一下午就这么过来了。”梁陈上前拉住她微笑着说。

“快进屋吧，外面暑气重，你们这些孩子就是不让人省心。这么热的天也能逛这么久。”妈妈边抱怨边将她向屋里推。

一进门就见爸爸正坐在沙发上跟嘉航下棋，见她来了对她招招手说：“过来看看，下面一步该怎么走？我这边就快招架不住了！”

小时候梁陈最爱和爸爸下象棋了，那时她还太小，不懂得布局，爸爸一让再让她也是输得一塌糊涂。后来大些了，懂得一些技巧后，便时常将爸爸杀个落花流水，她还时常戏称他为“臭棋娄子”。上前观了观局势，见老爸处于下风，而且无药可救，她只能怜悯地说：“爸，还是缴械投降吧。”说完又冲着嘉航抱怨道，“你怎么也不懂得让让我爸，让他输得多难堪啊？还有，我怎么不知道你会下棋啊？”

嘉航不好意思地挠挠头说：“老爷子要来真的，我能怎么办？”说完看着自己的岳父大人呵呵傻笑。

“你们都别玩了，快过来帮忙摆桌子，我们开饭啦。”妈妈将一大碗西红柿蛋汤往桌上一放唠叨说，“快点，都快点，孩子们吃完饭还要赶回家呢！”

“妈，今天我准备住在这了，都好久没在家里住了。”梁陈一边帮爸爸收拾棋盘一边说。

妈妈看了看略显讶异的嘉航笑着说：“也好，你们也好久没过来了，今晚就在家里住吧，反正家里也宽敞。”

嘉航看了看面无表情的梁陈，又看了看满脸期待的二位家长，憨笑了两声说：“这样也好啊，我们确实有好一段时间没来了呢。”

梁陈瞟了他一眼没再说什么，主动跑到厨房里帮忙去了。原来她是打算自己一个人先冷静一下，现在可好，计划被多事的妈妈给打乱了。

“嘉航这孩子真是不错，脾气又好，人又稳重。你呀，也学学人家，别整天跟个孩子似的！”妈妈边忙边数落着自己的女儿。

“你女儿哪点不好啦？像我这样懂事，用不着你们操心的女儿，现在是打着灯笼也难找了。我就觉得我不像80后，倒像传统古板的70后！”梁陈不悦地辩驳道。

妈妈上下打量了她一下点点头说：“嗯，我们女儿是不错。从小到大也没让我们操心，不过这居家过日子，你还是要多多学习。就像刚才，你突然说要在家里住，我想事先一定没跟嘉航打招呼吧？”

“这又没什么大不了的，我也是临时决定的嘛，瞧你大惊小怪的。”

“我说你这孩子不懂事吧，这夫妻之间呢，就要多沟通，你突然这样说，不是让人家难堪吗？要是你去婆婆家，他突然说要留下来，让你自己回去，你说会有什么想法？”妈妈苦口婆心地教育道。

“人家说丈母娘疼女婿，我看真是不假。反正我下次注意就是了，今天不住这边了，我还是老老实实回家去，免得听你唠叨个没完。”梁陈勾了勾老妈的胳膊，撒着娇说，而谁又能理解她内心的痛苦呢？

一家人热热闹闹地吃了晚饭，聊了会儿天，梁陈便拽着嘉航要回去。她生怕再待下去，会被火眼金睛的老妈看出什么来，今天她确实对嘉航太过冷淡了。已经忍到了极致，她确实不能再继续伪装下去了，好累！

“嗯，知道了，等下我给你打过去吧。”刚把车开出小区，嘉航就接了一个电话，没说两句便挂了。拿掉车载耳机，嘉航对身旁的梁陈说：“等下去超市逛逛吧，我妈他们明天不在家，我们就自己在家做饭吃吧。”

梁陈心情郁闷到了极点，一直在思忖着如何跟他摊牌，犹豫了半天还是没有说出口。她暗自分析了一下，只要说出来，他们两人的婚姻基本就完了。但如果不说出来，估计自己就会憋闷而死。她歪着脑袋想了一会儿，突然蹦出一句：“我们去看电影吧，超市上层不是有个电影院吗？我要看《马达加斯加2》。”

嘉航听后忍俊不禁：“你多大了啊，还看这些小孩子玩意儿？”

“小孩子的世界是最单纯的，我就喜欢单纯不行吗？”梁陈将头一扭，不满地说。

“那好吧，等买完东西我们就去看，这样总行了吧？”嘉航拿她没办法，只得举手投降。两个人好不容易恢复了往日的和谐，他可不想破坏现在两人之间的关系。

（9）

星期天一大早，嘉航就接了个电话，没说几句话又挂断了，而且还一副心事重重的样子。从昨天晚上看电影时就见他心不在焉的，时不时地出去打电话，搅得她都没心情看下去。看情形，估计又在跟那个叫宝怡的女人联系，不过也有可能是赵筠向他通风报信了。偷偷地观察了他的脸色，除了沉重还是沉重，估计他真的知道昨天的事情了。

“一大早的，谁打的电话啊？”洗漱完毕，梁陈按捺不住内心的好奇，故作随意状问。

嘉航将手机往床上一扔，瓮声说：“一个朋友，好久没联系了，打个电话过来叙叙旧。”

“哦，粥快煮好了，你赶紧洗洗，我们吃早饭吧。”梁陈边说边往床上一躺，先偷会儿懒再说。

趁嘉航洗漱的时候，梁陈鬼使神差地拿起他的手机翻看。谁知一个文件夹还没打开，手机突然振动起来，吓得她连忙将手机一丢。手机只振动了两下就没动静了，应该是短信息。她当时并没有想太多，拿起来瞟了一眼，对方发来的信息也没什么，正准备关闭信息，忽然瞥见底部的发件人名称——宝宝！当时她的大脑嗡地一声就炸开了，他们之间竟然还联系着。抑制住内心的怒火，一条条地翻看着他的短信，大多数都是那个宝宝发过来的。短信的内容都是怎么办？真的好无助！跳进黄河也洗不清这类的，搞得她犹如陷入困境的公主，等待着英勇的王子前去相救一般。难怪苏格说现在独立自强的女人没人敢娶，男人们都爱那种柔弱无助的小女人，现在看来这个嘉航也不能免俗。

侧耳听见嘉航的脚步声，她连忙翻开刚刚收到的短信迅速地将它删掉，免得嘉航看了起疑心。不过还没等她把手机放下就见嘉航慌里慌张地冲了进来，从她手中夺过手机沉重地说："不可以乱翻我的东西！"

梁陈这两天来一直忍气吞声，见他竟然如此理直气壮地指责她，心中的怒火犹如炙热的岩浆一般汹涌而出。她立即跳下床夺过手机，翻出那个宝宝的手机号吼道："我是你老婆凭什么不能动你的东西，别跟我强调什么个人隐私，你明明就是心中有鬼！"

嘉航见她不仅乱动他东西而且还大声嚷嚷，不由抬高声音叫道："我心中有什么鬼了？你不要无理取闹好不好？"

"我无理取闹？"梁陈又气又急，将手机伸到他面前问："你说说，这个叫宝宝的是谁？为什么收件箱里面都是她给你发的短信？"

嘉航立即像泄了气的皮球，拿过手机瞟了两眼，复又故作镇定地说："她只不过是我以前的同学，最近她家有病人，所以时常向我咨询一下，请你不要想歪了！"

"你说我往歪里想？她明明是你苦恋了五年的女友，你现在说她是同学？有叫同学叫得这么亲热的吗？有跟同学聊天要聊到三更半夜的吗？"梁陈越说越气，直接拿起挂在衣架上的包，掏出那张照片扔到他面前说："你看看，你这个同学是不是她？"说完她还不解气，又翻出那个铁盒子扔到床上说："你看看，没见过普通同学的东西还保管得这么好，也没见过普通同学拍照可以拍得这么亲密！"

听她发了这么一通火，嘉航明白过来她最近一段时间为什么这么怪异了，原来她早就有所觉察了。真没想到平常看起来这么单纯可爱的小女人竟然有如此深重的心机，望着面前气势汹汹的她，突然间觉得她好可怕。他用力将手机往地下一摔，咬牙低吼道："你、你竟然偷偷翻我的东西，还在背后监视我，梁陈，没想到你是这种卑鄙的人！"

"是啊，我就是卑鄙了怎么样？我再卑鄙也不如某人，明明是背着自己老婆会情人去了，还撒谎说去加班，还把自己的好友拉过来当证人。跟我的行为相比，某人是有过之而无不及！"梁陈心底的委屈还没来得及倒出来，就被他给捷足先登了，弄得他倒像是受害者一样，真是太没天理了！

“我跟你说得很清楚了，我们只是普通朋友，事情根本不是你想象的那样，你真是太无理取闹了！”没想到她对自己的举动调查得一清二楚，嘉航内心的怒火越烧越旺。

“我怎么无理取闹了？我的老公背着我跟旧情人有往来，难道我要不闻不问，做个三从四德、宽宏大量的白痴老婆吗？郑嘉航，现在是什么社会了，你凭什么要我像封建社会那些可怜又可悲的女人一样？”梁陈也不甘示弱地扬起头冲他叫嚷，今天他真是太过分了，真是枉费了自己一片苦心，近来为了这件事，被折磨得痛苦不堪。

嘉航本来不想跟她争吵，但觉得她越说越离谱，便忍不住反驳起来：“我根本没有要求你像那样，你讲点道理好不好？”

“好，那我们现在就开始讲道理吧！”免得自己说了半天都被他当成无理取闹，梁陈强压着怒火坐到床上一字一顿地问，“你说我无理取闹、不讲道理，我想听听理由！”

“首先，你不应该不经我同意就乱翻我东西；其次，你不能没有凭证就胡乱指责我；第三，每个人都需要有自己的空间，请你尊重我的隐私权！”嘉航果真一条条说出他的意见，好一副大言不惭的样子。

梁陈被他气得恨不能将铁盒子砸到他脸上，弄到最后竟然是自己没理了，全是自己的错，太可笑了！她喘着粗气冷笑道：“好，我们一件件来说，到底是谁有理谁没理！如果你们之间没什么，那你们见面的时候为什么瞒着我？还准备让赵筠来做伪证！如果你们之间是普通朋友的关系，那这盒子里的又是什么？我就不相信你就这么一个普通朋友，所以盒子里只有她一个人的东西？抛开这一切来说，既然你觉得你们之间没什么，那为什么连接个电话都要背着我接呢？你的每一个举动都在充分地证明了你的心虚！你现在能拍着胸脯跟我说你跟她真的没什么关系吗？你跟她只是普通同学吗？”

“对，我们现在确实只是普通朋友的关系！所以我请你不要再胡闹下去了，梁陈，你不觉得你很可怕吗？到底是你变了，还是你本质就是这样的？”嘉航眉头紧锁困惑地说。

“普通朋友关系？普通朋友关系那你去跟人家相亲时，为什么拿着照片向人家介绍这是你相恋多年的女朋友？还说一些可怜兮兮、让人同情的话？

你不觉得你更可怕吗？你心里有别人还要跟我相亲、恋爱、结婚？你不觉得这很荒谬吗？你不仅仅是让你有了遗憾，你还毁了我的幸福，你不爱我为什么还要跟我结婚？我他妈的到现在一次恋爱也没谈过就跟你结婚了，这倒好，你心里还爱着别人，我现在竟还被你说成了卑鄙无耻的小人！”梁陈气得火冒三丈，不管不顾地跳了起来，将门边的柜子拍得砰砰作响。此时的她差不多失去了理智，气得脸红脖子粗，浑身还不停地发抖。

嘉航根本没仔细听她说什么，只是觉得她这个样子真是不雅，就如骂街的泼妇一般。他嫌恶地摇了摇头说：“算了，我看还是等你冷静下来我们再谈吧！”说完，将门一甩出去了。

（10）

嘉航冲到客厅往沙发上一坐，打开空调将温度调到最低，借以舒缓他心中的怒火。没想到一时疏忽，事情就闹到了无法收拾的地步。平常他自认为做得很秘密了，谁知却还是被她发现了。之所以不想将以前的事情告诉她，就是因为不想惹下不必要的麻烦。现在的他除了生气，更是震惊，这个女人竟然早就知道事情的真相了，而她还装作一无所知的样子与他和平共处这么长时间。天哪，真是太可怕了，平常看着那么纯真可爱的女子竟然是这种心机深重的人。看来从今天起，他要重新审视她了！

梁陈没想到嘉航连跟她吵架的耐心都没有了，这说明什么？说明了她在他心目中一点地位也没有。叫花子沿街乞讨他还给钱呢，他竟然连吵架都懒得跟她吵，真是太悲哀了！今天明明就不是她的错，自从得知真相，她已经很能忍了，谁知就动了一下他的手机他就凶成这个样子，太可恶了！这样也好，既然他对她没任何感情，那也只能结束这场空洞的婚姻了。一场她憧憬已久却失望很深的婚姻，一场堪比纸薄的婚姻！人最悲伤的时候不是哭泣，而是张着嘴巴却发不出任何声音，眨着眼睛却流不出一滴眼泪。现在的她，欲哭无泪，痛到麻木！不止是精神上的痛，她的胃部如火烧一般，痛得她冷汗直冒。腹中酸水荡漾，不住地上涌冲至喉咙。顾不得嘉航人在客厅，她打开门风一般地冲至卫生间，这恼人的神经性胃炎又犯了！

嘉航看着她闪电般冲向洗手间，砰地一声将门关上，然后闷在里面半天也没出来。起初他并不以为意，后来见时间有些长，心里便紧张起来。应该不会出什么事吧？他想想心里面就毛，赶紧冲过去对着门一阵猛敲。

“干吗呢？”门忽地被打开，只见梁陈满头大汗地望着他，平静地问。

“没、没什么，我要上厕所，你用好了吗？”嘉航顿时觉得很尴尬，随便找了个借口。

“我好了，你自便！”梁陈面无表情地说了句，贴着墙小心翼翼地从他身边走了出去，就好像他是个千年毒物一般。

嘉航见了，刚才的担心顷刻间烟消云散，趁她还没走进卧室，狠狠地将门一关，充分地表达了对她的不满。

梁陈才不理会他，现在的她不想再待在这里了，随便找个地方坐一天也比在家里面对这个臭男人好。她向来是想到做到，换好了衣服，梳好头发，拿起包包检查一下是否有充足的钞票，然后对着镜子略略修饰了一番，招呼也不打一声直接走人。

嘉航在卫生间里听见一声门响，开门冲出去时已不见了她的踪影，气得他牙痒痒。这个女人，吵架、闹事不知道自我反省，竟然还离家出走！平常看她讲道理、懂礼貌，估计都是装出来的吧？真是深藏不露啊！他脑子里是这样想的，可是心里却免不了要担心。万一她想不开怎么办？要是她跑到娘家去哭诉怎么办？天哪，一想到两家的老人他的头皮就发麻，估计要是让他老妈知道了，耳根子就别想消停了。再说了，这也不是什么大不了的事情，没必要搞得全家出动。不过女人可就不是这种想法了，她们一旦受了一丁点委屈，便会跑到长辈们面前哭诉博取同情。要是换作以前，他肯定不用担心，可是现在看清了这个女人的真面目后，就难免感到害怕了。

梁陈气势汹汹地出了门，到了外面被灼人的太阳一晒，大脑顿时清醒了许多。应该出门的不是她，而是嘉航这个破人，像他这种无情无义、大男子主义的人应该在阳光下暴晒。竟然说她卑鄙、可怕，太没有天理了！更让她后悔的是，她现在出来到底要去哪里？反正自己家是不能去了，免得让爸妈们操心。王丽娜家也不能去，她也烦着呢，搞不好见了面两人抱头痛哭，那种琼瑶式的场面，想想都觉得恶心！反正都跑出来了，又不能再跑回去，随便找个地方坐个一天，晚上再找个旅馆住一下，以后的事情慢慢再想吧。

嘉航一个人在家里提心吊胆地待了一整天，饭也没怎么吃，水也没怎么喝，就坐在沙发上想着梁陈说过的话，担心着她到底去了哪里。看着墙上的时钟一分一秒地挪动着，从早上到中午，从中午到晚上，现在已经快九点了，她还没有回来。早上自己的反应确实有些过火了，当时那么大声地吼她，甚至把手机都摔坏了，现在想想真是后悔。其实他完全可以跟她好好沟通的，根本不用大吵大闹，也不至于闹成现在这样。

到现在还没回来，她也只有两个地方可去，一个是王丽娜家，一个是自己父母家。犹豫了半天准备给岳父母家打个电话，问问她的下落。岳父母都是通情达理的人，想必他们就算知道了，也不会太过责难。给自己打了半天的气，他忐忑不安地拨通了电话，听到的是岳母慈爱的声音。旁敲侧击了一阵，他断定梁陈没有回家，跟她寒暄了一会儿便挂了电话。接下来的就是王丽娜家了，对此他并不感到轻松，万一人家帮着梁陈骗他说不在可怎么办？直接问赵筠他又不好意思，想了半天，只能在不说出真相的情况下靠自己随机应变了。

跟赵筠侃了半天，得到的确切答案是梁陈也不在王丽娜那边。人家小两口好不容易有个休息天，怎么会让别人前去搅局呢？嘉航左思右想，想破了脑袋也想不通梁陈究竟能跑哪里去。平常她的交际圈也不广，他除了知道她有苏格、王丽娜两个朋友以外，应该就没有别的要好的了。苏格离得那么远，她也不可能什么都不准备就去投奔她吧？

（11）

梁陈一天就在家附近的街上晃悠，早上去肯德基吃了份早餐，一碗牛肉蛋花粥加上一根安心油条，吃得很饱。吃完不到十五分钟就跑到洗手间吐了个干净，她已经是极力控制自己的情绪了，可是这该死的胃就是不买她的账。以前医生就叮嘱过她不能太有压力，否则持续发病会导致慢性胃炎，并且会产生并发症如胃溃疡之类的。可是没办法，自从承受了高考压力后，她这个毛病就一直跟随着她。除了刚走上工作岗位时发作过一次，这些年来一直很好。无奈这场婚姻让她又重新尝到了痛苦的滋味，再这么下去她就要崩溃了。

现在的她提着个包在大街上游荡，如同无处可依的幽魂一般。在她反复的自我催眠下，胃已经不再痛了。现在最重要的是找个便宜又干净的旅馆住一晚，酒店太贵，至少都要两三百一晚；私家路旅馆她又怕里面太乱，环境不好。挑挑拣拣半天，也没找到家合适的，现在她真是个无家可归的人了。就算今晚过去了，可是还有无数个夜晚等着她，钱包里的钱根本不够她这样挥霍的。想到自己一昔之间到了这般境地，还真是欲哭无泪。

“女人嘛，有条件的话最好能有一套自己的房子！”脑海中突然响起苏格曾经说过的话，现在想起来可真是至理名言。虽然她一直在打拼，不停地向前走，但她也懂得给自己找退路。所以无论什么时候，她都潇洒地面对人生，坦然地接受生活的挑战。为什么自己从来没有想过这些？为什么自己一直不懂得去设计人生？现在走到这一步也跟自己的心态有关。以前是过得太顺风顺水了，从来不懂得居安思危、未雨绸缪。想到这，她重重地叹了一口气，抬眼瞥见前面有一家名为静园的小旅馆。走进去一看，里面装修得还算不错，主人看上去也很和蔼，于是就掏出身份证登记开房。正当她接过主人手中的笔准备填个人信息时，包里的手机开始唱起了歌，是范玮琪的那首《那些花儿》，想都不用想就知道是嘉航打过来的。她怕嘉航担心，所以也顾不得还在赌气，对主人说了声抱歉，便躲到拐角去接电话。

“你现在在哪里呢？”嘉航的声音听起来异常焦急，让她稍稍感到些安慰。

“在外面呢，有事吗？”梁陈冷冷地甩过去一句。

听见她生硬的回答，嘉航一颗心才放了下来，但仍是没好气地问：“去哪里了？到现在还不回来，你也想学不懂事的小孩离家出走吗？”

“只是出来散散心而已！”梁陈极讨厌他用这种语气跟自己说话，不冷不热地回了他一句。

“散了一天了，现在总该回来了吧？你看看都几点了！”嘉航的语气仍是非常生硬，像是大人训斥小孩一般。

“今天不想回去，我想一个人静静，好了，挂了！”自己都出来一天了，他竟然还用这种语言跟她说话。要说刚接通电话那一刻，她心里还抱有一丝希望的话，现在她是彻底地坠入寒潭之中了。

梁陈挂了电话，还没等她走到柜台前，手机又好死不死地响了起来。狠狠心按掉就是不接，可是那边一直锲而不舍地打过来。看着店主人讶异的目光，她只得挤出一丝笑容，拿起手机走到门边接了起来。

“郑嘉航，你到底要怎么样？”梁陈对着话筒咬牙切齿地说。

“快给我回家，我有话跟你说！”嘉航的语气也比她好不到哪儿去。

梁陈是铁了心跟他耗下去了，她扬扬眉，趾高气扬地说：“我都说过了我需要一个人静一静，所以我是不会回去的！”

“你说你在哪呢？你到哪里去静心？你知不知道现在有些地方治安不好，大晚上你一个人在外面很危险，你知不知道？”嘉航已经失去耐心，对着话筒放声大吼，震得她轻微地耳鸣。

“放心，我现在很安全，一时半会儿死不了！”梁陈也不甘示弱地回了他一句，随后隐忍了一天的泪水夺眶而出。这么多年来她从来没有这么憋屈过，从来没这么狼狈过，从来没这么彷徨无助过，现在所有的一切全要归功于那个在电话中对着她号叫的郑嘉航。

这边的嘉航拿她实在没辙了，既然硬的不行，那也只能来软的了，真没想到这小女人比牛还倔。他无力地对着话筒说：“快些回来吧，我觉得我们确实需要静下心来谈一谈，你不觉得我们之间沟通太少了吗？”

梁陈本来就是个耳根子软的人，见嘉航软了下来，她也牛气不起来了，但仍是嘴硬地说：“沟通，你哪有时间跟我沟通啊，大忙人一个啊！”

“好了，现在别说这些了，有什么话回家再说吧。你现在在哪里呢？要不要我过去接你？”嘉航实在是懒得跟她吵了，现在最重要的问题就是先把她哄回家再说。

“不用了，我看我还是明天再回去吧。”梁陈虽然有些心动，但还是坚持己见，不能就这样妥协了，否则还以为她好欺负。

“你不回来是吧？你不说你在哪里是吧？那我就开车一处处地去找，我就不信找不到你了！”这几句话几乎是从嘉航牙缝里蹦出来一般，这个固执的女人磨光了他所有的耐性。

“知道了，不用劳您大驾，我自己会回去！”梁陈被逼无奈，只得举手投降。

（12）

梁陈打车回到自家楼下，仰望着四楼窗户射出来的淡色灯光，心中突然生出一丝怯意。吵架之后还是自己主动回家，她是不是太没有意志力，太没出息了？是不是就代表她先妥协，日后的一切又要回到嘉航的掌控之中了？她正怏怏不乐地想着，这时却见自家窗户的窗帘动了两下。她怕被嘉航看见，赶紧冲到走道上了楼梯。磨磨蹭蹭走到家门口，正犹豫着要不要按门铃，突然包里面的手机响了起来，吓了她一跳。

“你在哪里呢？怎么还不回来？”是嘉航沉重无奈的声音。

切，这个郑嘉航！老婆就站在自家门口都不知道，白长了一双耳朵，连这么大的手机铃声都听不到。梁陈不满地嘟囔了一句，才对着话筒说：“在外面呢！”

“不是说回来吗？怎么到现在还没回来？你到底在想什么啊？”嘉航的声调突然一下提得老高。

梁陈气得直接放下手机对着防盗门踢了一下，大声叫道：“回来啦，快开门！”后来觉得踢一下不解气，紧接着又补上两脚。

嘉航本来是在卧室的阳台上，突然听见门外有动静连忙跑了出来，打开门一看，正见梁陈直戳戳地站在门口，两只眼睛在黑暗中散发出慑人的光芒。

“回来啦？快进屋吧。”嘉航愣了一下，同时也松了口气，语气平淡地说。

梁陈没想到是这种欢迎仪式，心里暗自懊悔怎么这么轻易就答应他自动回家了，现在转身就走又显得她不明事理。只得将牙一咬进了屋，并且将半高跟的凉鞋踩得“咯咯”作响。她将包随意地往沙发上一扔，整个人往沙发上一倒，眯着眼睛慵懒地说：“现在我回来了，你要跟我谈什么？我们好好地沟通一下吧！”

她这个架势显然不是来沟通的，倒像是回来砸场子的。嘉航抬头看了看钟，淡淡地说：“时间不早了，我们明天再谈吧。”

梁陈轻蔑地一笑，说：“那你还不如别让我回来呢，这跟我明天回家有什么区别？”

"看你出去一天了，气还没消哪？都干什么去了？"嘉航见她这副懒洋洋的样子，又好气又好笑地说。

"大街上看帅哥去了，这么多年了，没尝到爱情是什么滋味，现在真是后悔！"梁陈将脸往沙发里一埋，闷声说道。说实话，今天她确实想找个帅哥倾诉心事来着。可是转了半天，帅哥没见着，全是一群长相奇怪的男人，个子还没她高。

嘉航忍住笑说："哦，那有没有找到合适的对象呢？"

"嗯，找到了几个，正玩得高兴呢，就被你给叫回来了，下次记得，我出去不准打电话！"梁陈找了个舒服的姿势躺在沙发上，背对着他说。

"快去洗洗休息吧，有什么话我们明天再说。"嘉航轻笑一声，在沙发上找了块巴掌大的地方坐了下来。

"郑嘉航，当年为什么不跟她在一起？既然这么相爱，为什么不在一起？"从苏格那儿得知他有相恋多年的女友后，她一直想亲口问他这个问题，这次趁着耍赖的工夫得好好问问。

嘉航脸色突然一变，生冷地说："过去的事情我不想再提了，反正已经结束了。"

梁陈一听，猛地坐了起来，睁大眼睛瞪了他半天，撇撇嘴说："我看一点结束的迹象都没有，你们不是还联系着吗？余情未了，死灰复燃，你说有没有这个可能？"

"别胡思乱想了，没有的事，赶紧洗洗休息去！"嘉航皱着眉，狠狠地白了她一眼，不耐烦地说。

"真的没事吗？旧情人的照片还经常翻出来看呢，你是在骗我还是在骗你自己啊？"梁陈朝他翻了个白眼说。

"我们今天能不能不讨论这个问题了？"嘉航两手一摊，叹了口气。

这下换成梁陈来劲了，她在外转了一天了，气了一天了，好不容易要找个地方静一下，还被他给催了回来。谁知回来后就让她洗洗休息，真拿她当猴耍啊！她从沙发上一跃而起，俯视着他说："今日事今日毕，有什么事情我们索性就现在说个明白！"

"好吧，那你想听什么，我无所不言！"嘉航往沙发上一靠，摆出一副无所畏惧的架势。

“还是早上那几个问题，为什么你现在还跟她联系？为什么你要对我撒谎？还有，既然你心里装着她，那我算是什么？”梁陈捶胸顿足地将心中的疑惑统统倒了出来，管它什么狗屁后果。

嘉航气不打一处来，扯着嗓子嚷道：“早上我不是都解释过了吗？是她母亲最近病了，来找我咨询，就这么点事情值得你这样吗？你说说你这么小题大做，我敢跟你说实话吗？还有，你是我的老婆，合法的妻子，这一点还不够吗？”

“好，好，撇开这些不说吧。屋里的铁盒子你要怎么解释？放了这么久，上面还能一尘不染，你肯定经常偷偷拿出来欣赏吧？我承认我是你的合法妻子，可那又怎么样？我们之间不就是一个红本本吗，除了这个破本子，你说说还有什么？你给过我什么？”梁陈越说越委屈，干涸了一天的泪腺突然恢复正常，哗啦啦一下子泪水喷涌而出。

“我们是合法夫妻，这还不够吗？那你说你还要什么呢？”嘉航实在弄不明白她为什么一直在这问题上面纠缠不清。

梁陈突然止住泪，望着天花板想了想。她脑子里一直想说要爱情来着，可是怎么也说不出口，只好撇撇嘴又委屈地哭了起来。天哪，她总不能对着一个心里装着别人的人索要爱情吧？当年的赵筠做不到，他又岂能做到？她承认自己是个自私的人，她不想跟任何人分享爱情，她想要他的全部，可惜他却是个吝啬鬼。他心里除了那个叫张宝怡的，就没有一丝可以容纳她的空间了。

“别再哭了，转了一天你也累了，赶紧收拾收拾休息吧。”嘉航见她哭得像个受尽了委屈的孩子一般，哭笑不得地说。

（13）

第二天早上醒来，满耳都是窗外树上知了们声嘶力竭的叫声，梁陈这才意识到自己正躺在自家客房中。这个房间没有阳台，窗外就是小区的绿化带，到了夏天满树的鸣蝉，吵得人心烦。昨天晚上是她自己非要抱着被子跟他分房睡的，并不是她闹得厉害，而是真的没办法再面对他了。昨晚她一直在追问他与张宝怡的事情，可他就是避而不答，言语间还有维护那个宝宝之意。

房间里没有钟表，她的手机还在外面的包里，也不知现在是什么时候了。她竖着耳朵听了听，外面一点动静也没有，看来嘉航已经上班去了。她蹑手蹑脚地下了床，轻轻打开门，伸头向外望了望，家里果真是没人，这才放下心，大摇大摆地走了出来。洗漱完毕后，跑到厨房里转了一下，里面没有任何被动过的痕迹，看来嘉航今天没在家吃早饭。在冰箱里翻出牛奶与面包，吃了几口，便觉胃部微微作痛。看来她又得做自我催眠，让自己的心情好起来，以免胃病发作。

吃完早餐后，她就窝在沙发上看电视。早上有《快乐一家人》的重播，她看了两集，大笑了一通，之后便觉得空虚寂寥。只一夜的工夫她就想通了，既然这个婚姻这么空洞，那还不如不要。即使离婚会遭到家人的反对，让爸妈们伤心，以后自己会过得辛苦一些，可是与其守着一个不爱自己的人，还不如选择自由。她也是正常的女人，需要的不仅是富足的物质生活，她更追求精神上的满足。找一个爱自己的人，就这样平平淡淡地过一生，足矣！再也受不了这种同床异梦的日子了，她深知自己是个自私贪婪的人，想霸占嘉航的内心。可悲的是，他竟连一个小小的角落都没留给她。作这样的决定确实让人痛苦，但比起这样跟他一直过下去要好得多。俗话说长痛不如短痛，无论如何她一定要挥剑斩情丝了，就算是心中不舍也要如此，而且她的胃也经不起折腾了。

中午吃饭的时候，嘉航又接到了宝怡的电话，说是她老公非要跟他见一面。这下事情可凑到一块儿了，双方分别闹起了矛盾。本来为了梁陈的事情就烦恼不已的他，这下更是一个头两个大。事情怎么会这么凑巧，偏偏就赶到一块儿去了。而且他始终弄不明白，梁陈是怎么知道他曾在相亲时跟别人说过那样的话的？这件事情除了相亲的对象，就连赵筠也不知道，看来她真是神通广大。一想到他的一举一动她都能了如指掌，他的心里就一阵阵地发寒，她的心机该有多深重啊！现在他脑子就如一团乱麻，不知如何是好，他与宝怡之间过去的情感莫名地成为引爆家庭的导火索。这让他看到了婚姻是多么地脆弱，经不起一丝风雨，夫妻双方很难建立起对彼此的信任，真是让人无奈！

晚上当心事重重的他回到家里的时候，一打开门就闻到一阵扑鼻的香味。顺着香味走到厨房一看，见梁陈正在里面忙得满头是汗，不免让他心生愧意。站在门边看了一会儿，他涩然开了口："有要帮忙的吗？"

"也快忙完了，你就帮忙收拾一下餐桌吧。"梁陈看也不看他一眼，淡淡地说。

见她还愿意开口说话，嘉航稍稍松了口气，蹭到里面的水池洗了手，便去收拾餐桌。梁陈手脚麻利地将最后一道菜装盘，利落地将一盘盘丰盛的菜肴捧到桌上，装好饭后头也不抬地坐下来自顾自地吃着。

"今天怎么这么多菜啊？"忍受不了这种氛围的嘉航，吃了两口饭终于开了口。

"哦，再过两天就开学了，估计以后也没空做了，趁现在有时间做一顿。"梁陈淡淡地开了口，内心却盘算着要怎么跟他说她的决定。

"嗯，厨艺比以前进步了许多！"嘉航夹了一块红烧鱼，放入口中边嚼边称赞说。

梁陈终于抬起头瞟了他一眼，见他俊朗的面容上挂着讨好式的微笑，心中突地一阵抽痛。她一直说服着自己并不爱他，可是一见到他，所有事先想好讨厌他的理由都跑到爪哇国去了。凭什么她爱的人却不爱她，凭什么她要死心塌地地爱着这个男人？

"怎么不说话？还在生气呢？"嘉航见她不语，又试探性地问了一句。

"没什么，其实也没什么好生气的。快吃饭吧，吃完饭再说。"梁陈说完便低着头，认真地吃着碗里的饭，不再说一句话。

两个人就这样在沉默的氛围中吃完了饭，席间只听见碗筷清脆的碰撞声。嘉航加快了吃饭的速度，终于赶在她之前扒完了碗中的饭。来不及咽掉口中的食物，他就开了口："老规矩，该我涮碗了。"

梁陈见他主动也不拒绝，静静地吃好饭将碗往他面前一摆，然后坐到客厅的沙发上看电视去了。六点半正是播放动画片的时候，她随意地挑一个台看《火影忍者》。真搞不懂这个制作并不算精良的动画怎么可以这么火，现在看了看，估计是情节与题材的问题吧，毕竟介绍忍术这类的片子非常之少。

"怎么看这些幼稚的东西？"嘉航收拾好厨房，走出来往她身边一坐，朗声问道。

“学校里面的学生就迷这些，所以想看看它到底有什么吸引人之处。”梁陈眼睛紧盯着电视屏幕说。

“这种片子太幼稚了，就是一堆人在那斗来斗去，没意思！”嘉航瞟了两眼，轻蔑地说。

梁陈一听，随手关掉了电视，将遥控器扔到一边，刻意与他拉开了一段距离坐着。现在是时候跟他说心里话了，早说早安心，早说早解脱。

(14)

当嘉航听到“离婚”两个字从她口中说出的时候，心中是讶异万分。他并不认为这些明明很好解决的事情在她想来是那么地严重，严重到可以说出这两个可怕的字眼。他用质疑的眼神扫了她半天，这才艰涩地说：“你认为已经到了非离不可的地步了吗？确实严重到了这一步了吗？”

梁陈看他一脸受伤的表情，只淡淡一笑，随即起身从厨房倒了两杯水放到他面前说：“你尝尝这两杯水。”

嘉航不解地看了看她，拿杯子各喝了一口说：“什么意思？”

“一杯加了蜂蜜，一杯就是清水，哪杯好喝？”梁陈盯着他，直截了当地问。

嘉航似乎明白了她的意思，神情凝重地说：“梁陈，其实日子过得平淡并不是坏事，一味地追求甜蜜浪漫是不现实的！”

“我不是这个意思，这杯清水呢，就代表着陌生人之间的关系，这杯蜂蜜水呢，就代表恋人或是夫妻之间的关系。刚刚你也说了，蜂蜜水表示着浪漫与甜蜜，从你的话中我理解到，你是说我们之间的关系应该就像这杯清水。那么由此看来，我们之间与陌生人没什么区别。”不待他回答，她又起身走到厨房冲了杯咖啡放到他面前，顿时一阵扑鼻的醇香掠过嘉航的鼻尖。

“喝吧，你不是最喜欢喝咖啡吗？”梁陈望着他，笑得诡异。

“你这又要作什么奇怪的解释？”嘉航只盯着她，却并不碰杯子。

“这个解释并不奇怪，是你一直逃避的问题，也是现实生活中大多数人心里都存在的问题。读过张爱玲的《红玫瑰与白玫瑰》没有？张宝怡在你心里是哪种颜色的花我无所谓，我只知道这杯咖啡的滋味，香醇可口、回味无穷，你收藏她的物品的心理也是用来回味吧？现在的我既不想做你心中的玫瑰，也不愿成为你心中的饭粒或是蚊子血，我只想做回我自已！事情就是这么简单，离了婚之后你愿意怎么回味就怎么回味，愿意重拾旧情就跟她重新开始，而我们两个再无瓜葛！”梁陈说完后，端起那杯装着清水的杯子一饮而尽。

嘉航则是不知所措地看着她，面前这个昨天晚上还跟他吵吵闹闹，甚至赌气分房睡的女人，现在竟如此理智地给他分析着问题，到底哪一个才是真实的她？心底像被人划了一道浅浅的伤口，不断地渗出淋漓的鲜血。半晌他开口说：“梁陈，你不能自私地作这个决定，下决心之前你有没有想过别人的感受？你怎么能凭你个人的感觉就对我们的婚姻作出宣判呢？你有没有想过我们的父母，他们知道了会有什么反应？”

“不要大言不惭地给我讲大道理，这些我都想过。我觉得婚姻是两个人的事，虽然也背负了两个家庭，但两个人已经不能够再继续走下去，就应该放弃家庭的责任。如果这样勉强地走下去，或许对他们的伤害更深！”梁陈解释得头头是道，这是她想了一晚上的结果。

“难道就没有挽回的余地了吗？”对于她的要求，嘉航一点消化的时间都没有，他从来没想过他们会走到这一步，更没想到梁陈竟然主动提出离婚。

梁陈低下头，咬着双唇瓮声说：“没有了，真的没有了。”话没说完，泪水就簌簌而落，一滴滴落在手背上，灼人地烫！

嘉航的心就那么突地一下跌入了谷底，让他半天缓不过劲儿来，事情怎么就发展到这一步了？他用力地搓着沙发的扶手，像是下了好大的决心说：“这事还是缓缓再说，我们都需要冷静地想一下，你觉得呢？”

“随你吧，你要是想好了我们再谈。学校开学的时候，我会搬到职工宿舍去住，这样彼此留出适当的空间，不至于让大家觉得别扭。”梁陈止住泪，心情也渐渐缓和了许多。

“够了！你这样不是想闹得众人皆知吗？我们的事情我暂时不想让家里知道，你还是老老实实地住家里！”嘉航像是受到了极大的屈辱，突然一下从沙发上站了起来，扯着嗓子吼道。

梁陈现在才不会被他给吓到，她扬起头看了看他，淡定地说："不出去也可以，那我们就各过各的，你觉得如何？"

"可以，不过我还有个要求，我希望每周休息时间还是老样子，在父母面前我们最好配合一下。"既然她铁了心要这样，嘉航觉得再纠缠也没什么意义，反倒让他丢尽了面子。

"行吧，那就这么说定了。"梁陈说完，起身走进客房不再出来。

嘉航则颓丧地坐回沙发，仔细地回味着她这番话，心内迷惑不解。只是因为宝怡的事情就让她变成现在这个样子吗？他自认为已经把事情解释得很清楚了，她怎么还是这个样子？难道就是为了这个事情闹得要离婚吗？简直是太离谱了。

"你等一下，我有话要问你。"见她拿着衣服走向洗手间，嘉航一把拉住了她的手。

"还有什么事情？"梁陈顿了一下，却不忍心把手抽回来。

嘉航将她拉到沙发上坐了下来，蹙眉问："为什么这样？你说你为什么要这样？就为这点小事你就要离婚，你不觉得太可笑了吗？"

"哦，你觉得是小事情吗？你怎么能这样认为呢？你说说，一个根本没有爱情的婚姻是完整的婚姻吗？我整天对着一个心里面装着别人的老公，我是什么感受？我再也不想过这种日子了！"梁陈将睡衣往沙发上一扔，激动地说。

"我不是说事情都过去了吗？我们只是普通朋友关系，这样你还不明白吗？"嘉航真是不能理解她思考问题的方式。

梁陈从来没发现跟他这么难以沟通，他简直就像一个笨笨的学生，让她急得抓狂。她倏地一下站了起来，在房间里走来走去，终于想出了要如何让他明白的方法："郑嘉航，举个例子来说吧。如果你跟那个你深爱的张宝怡结婚，后来发现她爱的根本就不是你，你会怎么办？你是继续唱你的独角戏还是选择离婚？"

嘉航望着她，急切地想否定她的想法："梁陈，事情不是你想的那样的，为什么你就听不懂我的解释呢？我说过以前的一切都已经结束了！"

"真的结束了吗？郑嘉航，你自己骗自己的吧？结束了你还保留着她的东西，还时常翻出来回忆。你能说你现在心里没有她吗？你能说你不想回到以前的时光吗？”梁陈据理力争。

“梁陈，你不能用这种思维去想这事！我想每个人都有回忆的权利吧，有谁不会回忆往昔的美好？但这都是过去的事情，回忆只能是回忆，这并不代表什么！”嘉航在用自己的方式劝导她。

见他根本不能领会自己的意思，梁陈真是懒得再说，她苦笑着说：“你说不代表什么，那是因为你没有体会到我的感受，你想想，如果我现在和以前的恋人联系，跟他见面，经常把他的东西翻出来看，你会是什么感受呢？好了，话都说到这个份上了，我很累了！”她说完，一把抓起睡衣，头也不回地走到了洗手间。

（15）

自从那天梁陈提出离婚的要求后，两个人就赌气般地各过各的，在家里尽量避免同时出现在同一个地方。嘉航一直是希望冷一段时间后，两个人再好好地谈谈，现在好不容易过上稳定的生活，他不想有什么变动。对于梁陈的话，他也有好好在想，也明白了她话中的意思，可总觉得她还是有些小题大做了。

梁陈在家里闲了两天后，终于等到了开学，这样她就可以埋头工作，忘掉生活中的烦心事了。最近两天，她的神经性胃炎已经在她的自我催眠下好多了，只是胃口不太好，估计是天热的缘故。开学后不代班主任，事情就少了许多，空闲时间就和办公室的老师闲聊打发时间。李老师还是班主任，平常也没太多时间跟她们侃大山。赵老师生完孩子，一心都扑在了孩子的身上，所以暂时不代班主任，再加上年轻的王老师，三个人课后经常东拉西扯的。那天不知怎么就聊到姚坤颖同学了，这次开学并没有见到这小家伙的身影，梁陈也一直好奇来着。

“那孩子啊，听说跟妈妈到浙江温州那边读书去了。听说他妈妈特意请了好长时间的假，回来打官司争回了孩子的抚养权呢！”赵老师对他的事情知道的还算不少。

“这么厉害啊？不是说他妈妈离婚后在外地打工吗？这么轻易地就争到

了抚养权？”王老师惊讶地问。

赵老师笑得有些怪异：“你们不知道了吧，他妈妈可是女强人一个，在温州那边有自己的一家包装厂呢，据说她姐姐也是做这类生意，很赚钱！再说姚坤颖他爸爸有了新女友，平常也不怎么管他，现在自己亲妈妈来领了，条件又这么好，法院当然是判给能给孩子最好发展的一方了！”她说完话的时候，脸上带着点炫耀，就好似那孩子的妈妈替她争了口气似的。

“我认为啊，孩子还是跟妈妈的好，毕竟妈妈心细，能够耐心地教导孩子。我觉得这孩子也怪可怜，那时见他大冬天只穿了件小夹袄，也不知他爸爸是怎么当的。自己的儿子都不管，天天也不知干什么去了！”梁陈向来是偏向女性这边，特别是与嘉航产生裂痕后。

“就是啊，现在的男人就是这样，放着精明能干的老婆不要，你说是不是犯傻啊？”王老师也不解地说。

生完孩子的赵老师倒是理解他们的思想，她笑着解释说：“这你就不懂了，男人嘛，当然喜欢柔弱有女人味的那种，像这么能干的老婆，他们觉得自卑有压力。你们没见以前有个报道吗？说是一个男人，还是大学老师呢，跟家里的小保姆好上了，后来还跟有博士头衔的老婆离婚了。据说他那个老婆进得了厅堂，入得了厨房，长相也比那个小保姆好。可是又怎样呢？他每天面对这样的老婆有压力啊，所以他宁愿找个远远不如他的！”

“这不是犯病吗？神经错乱了都！”王老师听后，冷哼一声轻蔑地说。

梁陈突然间想到了苏格，最近一直没怎么联系，也不知她现在怎么样了，跟马超有什么进展没有。说实话，马超是她见过最温柔体贴的男人，而且也没有那种大男子主义思想。其实像他这样的人，才算是个真正的男人。

“哎呀，不讲这些事情了。我最近就想着怎么减肥呢，自从生完宝宝，我就像吹气球似的胖了起来。上个月给他断了奶，我整天就想着怎么让自己瘦下去呢。”赵老师甩了甩手，抛开了刚才的话题。

王老师一听可来了精神，凑上前来一脸奸笑地说：“我们去健身如何？办张年卡才一千块，划算得很！我想练瑜伽去，好处多了去了，不用我说你们也知道，对不对？”

“可是练起来很痛苦吧，刚开始腰酸背痛的。”梁陈有些惧怕那种痛苦。

“这有什么，刚开始受点罪而已，但练久了可是受益匪浅呢！不仅可以减肥，还能够调理生理，消除紧张情绪，平静内心，起到修身养性的功效。”王老师扳着手指粗略地历数了瑜伽的好处。

“哦，平静内心，消除紧张情绪……”梁陈不由自主地重复了一下，想想对自己的胃炎有好处，于是用慷慨就义式的语气说，“好，我要去，算我一个！”

“那么，李老师呢？”王老师热情地搂上李老师的肩膀，按捺住内心的兴奋问。

李老师犹豫了半天，然后质疑地问：“你说的健身房在哪里啊？太远了我可不去啊！”

“就在我们学校附近啊，那个星海健身俱乐部，旁边还有一家叫诗兰雅的瑜伽馆，随便你们挑。”王老师对此了如指掌。

“那就去瑜伽馆吧，清静些不是吗？”李老师想都没想就说道。

最后经过三个人猜拳，得出的结果是去那个叫诗兰雅的瑜伽馆，梁陈觉得人家名字起得诗情画意，想必条件设施也不俗。下了班三个人去咨询了一下，果然不俗，价格非常地不俗！但考虑到教练较为专业，也只好咬咬牙掏钱办了张卡，常温的，半年880元。报完名，她们三个人就在里面唧唧喳喳地挑选健身服与瑜伽垫，准备学完了回家温习，年纪一大把了，免得做得不好丢人。果真是三个女人一台戏，不过馆内的工作人员早已是见怪不怪了，女人嘛，都是这样！

（16）

任意挥霍确实是治疗郁闷的良方，花了上千大洋后，梁陈觉得心情格外开朗。与二位同仁走在车水马龙的大街上时，她兴奋地设想着未来上课时的情形，并且不遗余力地描述着三个人练习时的痛苦状，将两人逗得捧腹大笑。王老师建议她改行做笑星去，即使不如宋丹丹也能赶上买买提。没人知道她这是自我催眠法，是为了让那该死的神经性胃炎不复发。那时见苏格酒后胃炎发作疼得厉害，其凄惨状况让她不忍视之，她不要像苏格那个样子，她要学习好好地照料自己。

拎着一大堆东西回到家里已是晚上十点左右了。嘉航还没睡，正坐在沙发上看书，电视也开在那里，声音开得很响。打开门，梁陈客气地对他点了点头，拖着一大包东西奔入自己的房中。

嘉航见梁陈这么晚回来，本来是有些担心，所以一直坐在沙发上等她，一边看书，看电视打发时间。见她一进门兴高采烈的样子本想跟她打个招呼，谁知她立即换成一副冷淡的面孔对着他，让他很是不满。啪的一声关掉电视，起身走到房间门口敲了敲门，半天才听见她有所反应。

“有事吗？”梁陈拉开一道不大不小的门缝，恰巧可以让他看到她的一整张脸。

“明后天休息，我们是不是应该按照约定一起到爸妈家去？”想了半天，他只想到了这个可以与她攀谈的借口。

梁陈垂眸想了想，爽快地答道：“嗯，那就按约定办吧！到时候你可要演得自然点啊，我怕被他们看出破绽来。”说完她准备带上门，谁知早有防备的他，长腿一伸进了屋内。

“郑嘉航先生，这是我的地盘，请你出去！”梁陈赶紧冲到床边，抱起毯子压住她买的瑜伽服。

“在没有办手续前，你还是我的老婆，而且我有权在家里自由出入！”嘉航才不理会她，上前掀开薄毯，将天蓝色的瑜伽服抖了出来。他一把抓住放在眼前看了看，蹙眉问：“这是什么？泳衣？”

“泳衣？”梁陈一把夺过衣服，捂着肚子笑了起来，笑得她趴在床上连眼泪都要出来了。笑罢她看着一脸茫然的嘉航说：“你有没有搞错啊，从外星来的吗？没见过瑜伽服啊？真是太搞了！”

嘉航嘴角抽动了两下，指着她手里的衣服说：“你是说你要去做那个东西，没事吧你？简直就是自虐！”

“别老土了吧，做瑜伽对身心健康都有帮助，连这个也不懂。好了，没什么事你可以出去了，明天我会准时跟你去爸妈家的。”梁陈将衣服扔到床上，眼底里装满了讥讽。

嘉航一时也找不到什么话说，只得悻悻地带门出去了。让他先开口说软话，还真是不适应。再者张宝怡那边的事情还没处理好呢，这两个女人还真是让他焦头烂额！

第二天，嘉航刚从床上爬起来，就见梁陈已衣冠整齐地在房间内忙来忙去了，桌上已摆好了一锅冒着热气的粥，盘子里有几个剥好的水煮蛋。梁陈见他出来，对他笑了笑说："快洗洗吃饭吧，等下还要去我家呢。"

嘉航对于最近一直没有出现过的和谐氛围感到雀跃，他欢快地应了一声，快步走进卫生间洗漱去了。等他出来，梁陈已经吃饱喝足钻进她的房间去了。他失望地看了看虚掩的房门，轻叹了口气，开始吃好久未曾吃到她做的早饭。

吃完后他走回卧室，收拾了一通准备出门，却见她一直在屋里没有动静。走到门前叫了两声却没回应，连忙推门走了进去，正见她惊慌失措地望着他叫："你进来时不知道要敲门的吗？"

"我已经叫你好几声了，你一点反应没有，我这才进来的！"嘉航一脸无辜地望着她申辩道。

"哦，哦，我刚在整理衣服，没听见吧。"梁陈像是掩饰什么似的摆弄着床上的衣服，那是她为两位母亲买的夏装。虽说已近秋日，可是秋老虎依旧肆虐，昨日与同事们逛街时顺便买了两身。

嘉航狐疑地打量了她一遍，见她一身淡青休闲短装，衬得肌肤雪白。长长的清汤挂面头高束成马尾，显得青春靓丽。最近总觉得她变了很多，却又说不清到底是哪里变了。

"不好意思，我接个电话，麻烦你出去等我。"见手机唱起了那首熟悉的歌，立即转身吩咐嘉航说。

嘉航无奈地看了她一眼，只得转身出去。人还没走出房间便听见她爽朗的声音："格格啊，驾照该拿到手了吧？马超怎么样，还有你们家兜兜也还好吧？"

嘉航在客厅内踱来踱去，时不时侧耳听她们的谈话内容。她们的话题大多都是围绕着驾照、马超和一个叫兜兜的宠物狗，到后来声音就小到任凭他怎么努力也听不到了。他粗略地算了一下，从接电话到挂断，她们足足聊了近半个小时，真不知她们哪来这么多的话要说。

"好了，我们走吧。"不一会儿，就见她神清气爽地走了出来，冲着他微微一笑说。

"梁陈，有时间的话，我们能不能再好好谈一次？"嘉航嗫嚅了半天，终于鼓足勇气提出了这个要求。

"可以啊，等有空再说吧，我们先出门吧。等下到了家，我也能帮我妈搭把手。"梁陈先是一愣，然后表情僵硬地点了点头说。

（17）

"你这孩子，非吵着过来帮忙，你这根本是帮倒忙嘛。"妈妈见梁陈将刚放冷的一锅绿豆汤打翻时，便忍不住抱怨说。

梁陈铁青着脸怔在了原地，看着满地的汤汁不知所措。

"你呀，赶紧出去吧，这么大人了，做事还毛手毛脚的。"妈妈轻轻地推了推她，语气里却没有一丝责怪之意。

"呵呵，不知怎么的，刚刚脚底滑了一下，就失手把锅给扔了。"梁陈恢复了笑容，连忙拿起窗台边的拖把拖地。

妈妈这下就纳了闷了，明明厨房的地板是防滑的呀，莫非是上面有水？她望着奋力拖地的女儿摇了摇头，转身做自己的事去了。

吃饭的时候梁陈紧挨着嘉航坐了，以免被二位精明的老人看出什么来。自从把锅打翻后，她再也不抢着帮老妈做事了，被骂还是其次，关键是她真不能保证不再犯相同的错误。最近几天胃倒是没疼了，不知这些心理上的压力转移到了哪里去了，总让她觉得浑身不对劲。

"妈，给我个勺子吧，懒得用筷子了。"她边说边捅了捅身边的嘉航，"有什么菜你帮我夹吧，我懒！"说完还对他眨眨眼睛，像个撒娇的小妻子。

嘉航讶异地看了看她，又瞟了岳父岳母一眼，连忙点头答应，顺便夹了她平时最爱吃的水煮虾放在她碗里。

"我看你是越活越回去了，懒到连筷子都不愿使了，过几天是不是连饭都懒得吃了？"爸爸放下碗筷，板着面孔教训她说，然后又转身对着嘉航一脸柔和地说："这孩子都被我们给宠坏了，在家里可不能这么由着她去。"

嘉航对着他呵呵地憨笑两声，又瞥见岳母满意的目光，心里涌出一种异样的情感。难得今天梁陈没冷漠以对，否则他还真不知如何表演下去。

“妈，晚饭我们就不在这吃了啊，我们跟王丽娜他们约好了晚上去烧鸡公吃火锅的。”梁陈边说边用脚轻轻蹭了嘉航两下。

“你这孩子，也不早些打招呼，我买了这么多菜放在家里，你看看怎么办吧。”妈妈一听不由得皱眉埋怨说，脸上挂着淡淡的失望。

“没事，反正家里有冰箱，放里面一时半会儿也不会坏。等下周回来再做给我们吃也行。”梁陈挖了一勺饭，放进嘴里津津有味地嚼着。

爸爸在一旁也听不下去了，沉着脸说：“看看，现在儿女们天天就把工作、朋友摆在前面，把我们这些父母不知抛到哪里去了！”

“爸啊，您要理解一下嘛。我们也是过来时刚接到电话的，几个好朋友这么长时间没见，好不容易聚一下也是应该的嘛。瞧您以前也经常把我和妈扔在家里去应酬啊，现在还时常和你们厂里的张叔、李叔去钓鱼，您不能只许州官放火，不许百姓点灯嘛！”梁陈发现自己还是很有说谎的天赋的，而且还说得这么逼真，讲得这么有理。

“你这孩子，嘴皮子功夫越来越厉害了，我看就是教师职业病。你是不知道，你妈妈唠叨了一星期了，就盼着每周你们来这么一次，竟然还要出去吃晚饭。”爸爸边说边瞟了妈妈一眼。

梁陈难免觉得过意不去，连忙拱手抱拳，摆出一副调皮的样子说：“错了，爸，我错了还不行吗？我这就打电话给他们说不去，还是老爸老妈最重要。”她说完便作势要去拿手机打电话。

“你也真是的，孩子们也要有自己的空间嘛。整天唠唠叨叨的，不像老头子，倒像个老太婆！”一旁的妈妈连忙向她摆了摆手，扭过头责怪爸爸说。

愣在一边的嘉航不明白梁陈的葫芦里卖的是什么药，他伸腿踢了踢梁陈，一脸不解地望着她。

“嗯，还是妈妈最善解人意了，要不我搬回来住两天，以解老妈的相思之苦？”梁陈不理会嘉航，仍是嬉皮笑脸地说。

“算了算了，我可不要你回来住，闹得慌。今天砸了一锅汤，要是搬回来住，估计这幢楼都能让你给拆了。”妈妈慈爱地笑着，然后对着两人招招手说，“吃饭吃饭，你爸爸常说‘吃饭不言，睡觉不语’，大家赶紧吃饭。”

吃完了饭，妈妈一个人在厨房里忙碌。梁陈再也不敢进屋帮忙了，跟老爸他们两个人围着棋盘下棋。老爸这人平常就爱较真，自己棋艺不佳还偏不要人让，常爱以卵击石。跟嘉航没过几招就处于下风，梁陈实在过意不去，只得出马对着棋盘指手画脚，还不忘夹枪带棒地抨击老爸几句。

“你来，你们两人下，我在一边观战总行了吧？”爸爸着实受不了梁陈的讥讽，将棋一放，甩手不干了。

梁陈从未与嘉航下过棋，自然是跃跃欲试。随手拽了把椅子在他身边坐了下来，趾高气扬地说：“我来就我来，谁怕谁啊！”说完捏起棋子精心布起局来。可是棋下到一半，双方僵持不下之时，梁陈的额头微微冒汗。她死死地盯着微微发抖的右手，突然将棋子往爸爸手里一扔说：“不玩了，热死了，你们玩吧！”

“喂，可不带这样的，你这明明局势大好，怎么说不玩就不玩了？”老爸在旁边看着棋局不乐意了。

“你没事吧？这空调还开着呢，怎么出了这么多汗？”还是嘉航心细，一眼瞥见她额上细密晶莹的汗珠子。

“没事儿，估计好长时间没动脑了，我去跟我妈聊聊。”梁陈的眼神闪烁不定，话还没说完就一溜烟地跑了。

“这孩子，做什么事都没定性，她从小就这样。往后啊，你可要多包涵了。”爸爸顺手将棋子往盘中一摆，笑呵呵地说。

嘉航望着面前头发花白的岳父，心里五味杂陈。还好他们不知道现在的状况，否则真不知会发展到什么样。想着想着，又隐隐觉得愧疚，人家把自己心爱的女儿交给自己了，而现在却不能让她幸福。

（18）

下午四点左右，外面的暑气还没有退去，嘉航就被梁陈撺掇着离开了爸妈家。两个人一到车里梁陈立即变了脸色，呆呆地坐在车上沉默不语。车子快要驶到小区的时候，嘉航终于开了口：“今天怎么回事？为什么不在家里吃晚饭？你到底在想些什么啊？”

“没什么，你不是说我们找个时间谈谈吗？所以就回来了。”梁陈努力牵出一抹笑容说。

嘉航打着方向盘拐进了小区，停在了车库前，却不急着下车。他就这么死死地盯着梁陈，良久才听他说：“看来你很会撒谎啊。要知道，眼睛是骗不了人的。”

梁陈快速地眨了眨眼睛，无奈地一耸肩说：“无所谓，我承认我装不下去了，所以提前撤退，这总比露馅了的好吧？”

嘉航冷笑说：“我看你演技不错啊，堪比专业演员，你今天到底是怎么回事？”

“好了，你停车吧，我先回去开门。”梁陈不想再跟他多说，开门便要下车，却被他一把拉了回来。

“梁陈，你不觉得你变了吗？以前的你不是这样的。”嘉航紧紧地拽住她的手腕，声音低沉而凌厉。

梁陈用力地甩开他的手，将头一转不耐烦地说：“这个问题还是回家再讨论吧，反正有的是时间。”说完迅速地打开车门，往自家的那幢楼走去。

恼怒不已的嘉航握紧拳头，对着旁边的座位狠狠一击，这才调转方向将车驶向车库。一上午在家里装模作样逗父母开心的梁陈竟然说变就变，真是太让人捉摸不透了。

停好车，嘉航就急匆匆地赶到家里与她继续刚才的对话，谁知她早将房门反锁，任他怎么叫门也不理会了。这个女人越来越爱撒谎了，竟然连他都骗！直到晚上七点多钟，才见她穿着睡衣懒洋洋地走了出来，随意地往沙发上一坐，张口便叫着肚子饿。当时嘉航刚把煮好的一锅白米粥摆上桌，抬头瞟了她一眼，瓮声说：“那就过来吃点粥吧。”

梁陈也不跟他客气，起身就坐到餐桌旁，指着他手边的勺子说：“我不用筷子，用这个好了。”

“你真的越长越小啦？怎么现在改用勺子了？”嘉航将勺子递给她，疑惑地问。

“哪有人喝粥还用筷子的？冰箱里有咸鸭蛋，去拿点过来吧。”梁陈瞟了他一眼，面露不悦地说。

嘉航今天是出奇地耐心，由她任意指挥而没有丝毫怨言。他隐隐觉得她有些地方不对劲，但又说不清是哪里不对。定定地看着她吃下一碗粥，心满意足地用餐巾纸抹着嘴巴。他突然脑子一热脱口而出："梁陈，别闹了行吗？我们握手言和吧。"

梁陈先是一怔，然后捂着嘴咯咯地笑了起来："郑嘉航，你没开玩笑吧？我们又没怎么样。"

"别再装傻了，你知道我指的是什么。"嘉航确实是下了好大的决心才先向她低头的。

"那好，那你跟我说说我为什么提出那样的要求？你知道的，我不是那种不讲理的人。"梁陈想了想，觉得他态度还算不错，便想给他一次机会。

"好吧，我承认是我错了，我不该背着你跟张宝怡联系；我不该现在还把她的东西放在家里；我那天不该对你撒谎而且还强拉着赵筠作证。"嘉航将手举在额前一字一句地说，可以看出来，他多少有些无奈之意。

"然后呢？没有了吗？"梁陈支着胳膊微眯着眼睛，一脸慵懒的样子。

嘉航看着她无辜地说："难道你生气不止为了这些？那天你说的不就是这些吗？"

梁陈听后冷笑不止，显然他还没有意识到实质性的错误，他根本就不明白她在乎的到底是什么。觉得判他出局前有必要提点一下，她指了指桌上的碗筷说："当然不止这些，麻烦您先把桌子收拾一下，我再跟你透露实际情况。"

嘉航再怎么无奈也只得听她的指令，乖乖地去洗碗，否则惹恼了她，明天回家又得听爸妈们一阵唠叨，谁让这个女人太招他们喜爱了呢？比对他这个亲儿子还亲，真是太不公平了！

"好了，这下可以说了吧？"将厨房收拾完毕，他端了杯水递到她面前说。

"我先举个例子，如果我还在想着以前的旧情人，你会怎么想？说实在的，有时候觉得见见面也不错，至少可以看他过得好不好。老婆长得怎么样，是美艳还是清秀？他们之间幸不幸福？"梁陈仍是支着胳膊，静静地看着他，嘴角噙笑地说。

嘉航看着她一脸憧憬的样子，心里不由自主地升起阵阵寒意："你不是说你以前没恋爱过吗？”

“我不是说了嘛，我只是举个例子而已。你说说谁这么大连恋爱都没谈过，除了我这个傻瓜而已！”梁陈抬手指了指自己的鼻子说。

“真的没有吗？你不会又在骗我吧？”嘉航觉得她奸猾的笑容很可疑。

“你现在别管我有没有骗你，现在请你换位思考一下，告诉我你会怎么想？”梁陈问道。

嘉航略一思忖，很坦然地摇摇头说：“这也没什么啊，很正常的。偶尔想想也没关系啊，人总是要回忆的嘛，更何况是以前的恋人了。”

梁陈听后，阴沉着脸继续发问：“那如果有一天，我告诉你我爱以前的恋人，他占满了我整个内心，以至于没有多余的空间来容纳你。你觉得这样的话，两个人还能继续过下去吗？”

嘉航并没有想到梁陈指的是他与宝怡，而觉得梁陈有可能骗了他，说不定她心底真的有别人，否则也不会为这些事情要跟他离婚的。而且近来她确实变了不少，不再像以前一样穿得极为正统，而是改走休闲运动路线了。他越想越心寒，越想越气愤，突然一下站起身，厉声质问她：“梁陈，你说实话，你是不是真的爱着别的人？”

“如果我回答是，你是不是很愤慨啊？是不是有种离婚的冲动啊？”梁陈仍笑得一脸平静，微眯的眼睛里透着难以觉察的嘲讽。

嘉航忍住即将爆发的怒火，声音低哑地说：“跟你说实话，确实有这种冲动，你也说老实话，你说的到底是不是真的？”

“噢，原来你的想法与我无异嘛。”梁陈颇为欣慰地笑着说，“跟你说实话吧，这些事情是我编出来的。想知道灵感从哪里来的吗？”她边说边指了指他：“就是从你和张宝怡两个人身上得来的。苦恋了五年，可真不是一般的感情啊，说放下就放下确实不容易哦！”

嘉航这才明白他是上了这个小女人的当了，什么时候她变得如此有心计了？一想起宝怡的事情，他连忙辩解说：“不是的，我跟宝怡真不是你想的那样，我们真的已经结束了！”

“我也没怎么想啊？只不过是想和以前的老情人叙叙旧而已，看来没事我也得找个情人聊聊天了，不过你放心，我们只是聊聊天而已。”梁陈得意地对他笑了笑，随即快速地遁入她的房间掩门不出了。

嘉航被她气得头上冒青烟，这女人怎么越来越胆大包天了，竟然当面说出这种话来，简直是太过分了。

（19）

周一放了学后，梁陈与两位同仁怀着兴奋与期待的心情前去上人生中的第一堂瑜伽课。据说下午四到六点是最佳练习时间，但这个时候练的人也最多。她们三个被安排到一间较小的教室，虽然不大，看上去却很舒服。四面都是镜子，和舞蹈教室比较像。老师是位身材修长、容貌清秀的年轻女孩，轻柔的声音很好听。与之年龄相仿的王老师见了也不免啧啧称赞："瞧，到底是瑜伽教练，身材多好啊，气质更好！"

因为之前听说公用的瑜伽垫都有脚臭味，所以她们都是自带的。首先是学习了瑜伽的呼吸法，然后就拉拉韧带。一开始，梁陈她们还能应付，特别是王老师，每个动作都很到位。做好准备活动后，在轻柔的音乐声中，开始了她们的第一节瑜伽课。老师声音很轻，好像生怕惊醒了熟睡的孩子。随着老师的指导，动作难度的增加，梁陈才发现原来自己的骨头是这么硬。后来的一些动作渐渐觉得吃力了。耳边不停地响起老师的声音："不要勉强自己。"那就试着能到哪个地步就到哪个地步吧。梁陈眼瞅着旁边的王老师如鱼得水地舒展着窈窕的腰肢，心中那个惭愧呀！不得不承认，自己真的是老了！

不过练完之后，大家还真发现全身的肌肉放松了不少。虽然第一次练，效果不是很明显，而且柔和的音乐也让人昏昏欲睡，但是带给人心情上的愉悦却是巨大的。至少梁陈是这么觉得，因为她发现手已经抖得不厉害了。当她们以为完事的时候，老师又用轻柔的声音让瘫倒在毯子上的学员们起来一起跟着她跳舞。说是借助这些动作能够帮助大家完成身体各个部位的拉伸。初学者课前课后最好都要做一遍，这样不容易出现拉伤现象。可真是位专业负责的老师啊，看来那上千大洋并没有白花，虽然每周只安排两次课。

下课冲洗干净后，王老师就急着与她家那位公务员男友去约会了，赵老师也匆匆赶回去见他的宝贝儿子去了，只剩下梁陈一人慢条斯理地整理着自己的东西。乘电梯下楼的工夫掏出手机看了看，十几个未接电话，是嘉航打过来的。自打提出离婚后，嘉航很少主动打电话给她，现在一连打了这么多次，想必是有急事。梁陈不敢多想，立即给他回了过去，谁知却一直无人接听。这个嘉航就像在跟她赌气一般，她也不是故意不接电话的嘛！

随手拦了辆的士赶回家里，家中却是漆黑一片。梁陈悻悻地放下包，冲了个热水澡就窝在沙发上一边看电视，一边等嘉航这个小心眼的男人。大学时期她就对这些所谓的泡沫剧不感任何兴趣了，电视里面的俊男美女们所演的庸俗无聊的戏码让她昏昏欲睡，不一会儿眼前就模糊一片，灵魂出窍前去与周公会面了。

不知睡了多久，被一阵耳熟的音乐声给吵醒了，睁开眼睛一看，某个台正播着N年前的《还珠格格》，琼瑶阿姨的杰作，捧红了不知多少明星，只可惜自始至终她都不喜欢看。当年王丽娜向她介绍这部片子时的夸张表情让她惊悚万分，琼瑶阿姨多伟大啊，将这个纯洁的少女撩拨得春心荡漾，哦，应该是海峡两岸无数少女、中年妇女甚至更庞大的人群。

而苏格与她一样，一见到尔康与紫薇情意绵绵的对话，她的表情就抽得厉害，然后哀叹一声关掉电视，免受其荼毒。那个时期，她们两个经常被班里的还珠迷们抨击，不过她们仍旧坚定立场，死活不动摇。她当然不知，今晚上嘉航就亲身体验了一把琼瑶剧的缠绵与亲密，很不幸的是，他只是个旁观者。

人民医院的病房内，一个身材高大却不算挺拔的男人紧张地坐在床边，并不耀眼的白炽灯打在躺在病床上的女子脸上，更显得她面色苍白如纸。嘉航走过去递了杯水给他，拍了拍他的肩轻声安慰说：“她没什么事，只是情绪有些激动而已，再加上……”说到这里他顿了一下：“总之，恭喜你要做爸爸了。已经有十一周了。”

那人脸上的欣喜之色早已被愧疚所代替，他将杯子往床头一放，转过身说：“我一直太忙了，对她的关心太少了，上次妈的病还多亏了你帮忙，之前的误会……”

“没事，这次还麻烦你们专程过来道谢，举手之劳，其实你们用不着这样。”嘉航扯动嘴角笑了笑说。

刚见面的时候觉得这男人仪表堂堂，看上去面善老实，倒不像宝怡电话中所说的那种乱吃飞醋的男人。之前害得他一直提心吊胆，生怕见面引发一场风波。谁知在饭店一见面，人家就热情地迎了上来，握住他的手表示感谢。让嘉航亲身体验了一把反转剧的滋味，果真是太奇妙了，受宠若惊啊！当时他看着站在一旁满脸惊讶的宝怡，心中溢满了得意，同时觉得当年她母亲眼光确实不错，给她挑了这么个富有幽默感的老公。

“醒了？有没有觉得哪里不舒服？要不要吃点什么？你晚饭还没吃呢。”那男子见宝怡缓缓地睁开眼睛，立即趴到床边柔声细气地问。

宝怡斜睨了他一眼，一脸不悦地说：“不要你管！”说完将头扭向一边，不再说话。

“宝宝，对不起，怪我事先没跟你说好，我在这里向你道歉还不行吗？是我不对，让你一个人忙里忙外，还对你疑神疑鬼的……”那男人一直在她床边不停地道歉，完全把嘉航当作个透明人。

“宝宝……”知趣的嘉航踱到门边，忽然听见那个久违的称呼，他不自觉地轻呼一声。转头看了看房内的两个人，他突然觉得，有时候男人放下架子哄老婆，也未尝不可！

（20）

梁陈在床上翻来覆去大半夜没睡着，后来又打了好几个电话过去，嘉航竟然关机了。既然如此，索性她也关机睡觉，一觉醒来发现天已大亮，吓得她立即从床上弹跳起来。完了，手机忘记定时了，看天色估计要迟到了！她急着大呼一声，迅速地穿好衣裤冲到卫生间，一推门正见嘉航在里面对着镜子刮胡子。

“早、早啊。”梁陈尴尬地对着他扯着嘴角轻笑了一下。

嘉航见她风风火火的样子，用拿了刮胡刀的手指了指外面说：“时间还早，不用急。”

梁陈疑惑地看了看他，走到客厅一看，这才六点二十几分。看来今天的天气真是太好了，一大早晨就这么灿烂的阳光。她定了定心，走到卫生间挤好牙膏，拿起刷牙杯对嘉航笑笑说：“这里太挤，我去厨房刷去。”

当她洗漱完毕后，嘉航已经将早餐摆上了桌。一锅温热的白米粥外加婆婆亲手做的包子。除了休息日，两个人一直是分开吃早饭的，因此梁陈只瞟了几眼便拿包准备走人。

“你不吃早饭吗？肠胃不好还不吃早饭？”嘉航连忙叫住她，并指了指桌上摆好的碗筷。

“哦，我到学校再吃，你先吃吧。”梁陈感觉脸颊发烫，将包一拎，换好鞋快步地走了出去。谁知刚走到门口便被他一把拉住了，毫无防备的她吓得惊叫一声，立即甩开他的手，跳向离他两步远的地方。

“一起吃吧，好久没有一起吃早餐了。”嘉航对她这个疏离的举动有些不满，但还是温和地招呼她。

“我、我不饿，我还要赶车呢，先走了。”梁陈顿时觉得两颊滚烫，立即想拔腿走人。

“别这样好吗？等下我开车送你。”这次嘉航锲而不舍地拉住她，用近乎哀求的语气说。

梁陈听见楼上传来阵阵脚步声，怕被人看了笑话，只得不情不愿地跟着他进了屋。刚被他拉到餐桌前坐下，她就用审视的目光打量他一番，沉声说：“郑嘉航，你不觉得你很奇怪吗？我们不是说好了各过各的吗？希望你以后不要再破坏这个规定。”

“昨晚我打你这么多遍电话为什么不接？就算我们各过各的，你也不至于连电话也不接吧？”嘉航不理会她的质问，尽量用平静柔和的语气说。

“我、我昨天去瑜伽馆了，你打的那个时候我正在上课呢。后来我不是打给你了吗？你不也是没接吗？打的电话也不比你的少，晚上回来还打了好几遍，你索性关机了，这能怪我吗？”梁陈白了他一眼，眉头几乎拧成了疙瘩。

“哦，昨天是有事找你，后来出了点情况，所以……”嘉航想把宝怡的事情告诉她，可是却不知怎么开口，平常他就不大会说话，万一说不好惹恼了她又要误会。

“好了，不能再跟你说了，有事情晚上回来再说吧。”梁陈看了看壁钟，抓起包就要走人。

嘉航见状，连忙冲到厨房拿了个饭盒扔了四只包子进去：“你还没吃饭呢，学校里的饭菜总没自己做的卫生。还有，你等我一下，马上就好，我开车送你。”

“脑子进水了，还是灵魂错位了？突然间变得这么好？”梁陈抱着饭盒低低地嘟囔说，再一抬头已见他收拾完毕，拿好钥匙示意她出门了。

梁陈今天上课时的感觉非常不好，拿粉笔在黑板上写字的时候手不住地颤抖，有好几次粉笔还差点从她手中脱落。不知道为什么，自从胃部不痛后，她的手就开始发起抖来。最近这个现象越来越严重了，周六一早起来收拾东西的时候就差点把柔肤水给打翻了，后来到了老妈家，又把一锅汤给洒了。现在害得她吃饭连筷子也不敢拿，生怕被别人看出来。

心神不宁地上完课，她抱着教具回到办公室，还没进门就听见王老师尖锐的声音：“看到没，梁老师今天是坐她老公的车过来的，我可是好久没看到她老公接她上下班了。前不久他们是不是闹矛盾啦？”

还是赵老师眼尖，一下就看到站在门口的梁陈，于是对她使了个眼色接过话茬说：“别瞎说，人家小夫妻俩好着呢，估计前段时间她老公忙吧。现在做医生的，特别是大医院的医生都很忙的。”

对于这样的谈论，梁陈一直不以为然，她佯装什么都没听见一般，面带微笑地走了进去：“大家说什么哪，这么热闹？”

“在说昨天练瑜伽的事呢，估计我昨天拉伸得太过强烈，早上一觉醒来浑身酸痛。”王老师面不改色地伸了伸胳膊，扭了扭腰肢说。

“我觉得还好啊，没有什么特别不适的感觉。”梁陈放下教具，拿起杯子走到饮水机边说。

王老师叹了口气正要发表意见，这时却听梁陈一声尖叫，随即手中的杯子也应声而落。她连忙冲了上去问：“梁老师，怎么啦？是不是办公室里有耗子啊？”

梁陈只是盯着自己悬在半空微微颤抖的手说不出话来，她竟然连杯子也拿不住了。

“呀，梁老师，你的手怎么啦？怎么抖得这么厉害？”王老师指着她的手尖声叫了起来。

“没事，没事，昨晚练完瑜伽就这样，估计是好久没有锻炼的缘故。”梁陈冲她摆摆手故作镇定地说，却掩不住一脸的慌乱。

“手抖可不是好现象啊，梁老师你最好去医院检查一下，听说造成手抖有好多种原因呢。我家外婆生前就是这样，医生说是什么‘特发性震颤’，好像没什么大问题。不过像你这么年轻手就开始手抖，真的要注意了！”刚进门的李老师走过来，郑重地说。

“对啊，听说早期帕金森病就会引起这种手颤抖的现象。”王老师讲话向来口无遮拦，这话一出口，整个办公室的空气立即处于凝滞状态。

（21）

下班时，梁陈还未走出校门便接到了嘉航的电话，他现在正在校门口等着接她回家呢。现在的她根本来不及体味他突然的转变，一心担忧着双手颤抖的事。这可真是屋漏偏逢连夜雨，以她现在的处境，若是再得了什么疑难杂症，真不知该如何面对。

“看你脸色不太好啊，哪里不舒服吗？”一上车，嘉航就见她忧心忡忡的样子，连忙握住了她的手担心地问。

梁陈倏地抽回手，摇了摇头说：“没事，今天下午的课有些多。”

“哦，回家好好休息休息，今天晚上想吃什么？要不就去附近的餐馆吃吧，我们好久没有一起出去用餐了！”嘉航扫了她一眼说，想必她已经忘记今天是他们结婚一周年纪念日了。

“不了，我胃不舒服，还是回家喝粥吧。”梁陈害怕自己的这双手惹祸，十分干脆地拒绝了。

嘉航万万没料到她竟然选择在这个特殊的日子里吃粥，真是让他郁闷！不是说女人都爱记住人生中有意义的日子吗？为什么她却不一样呢？从恋爱一直到结婚，从未见她在节日里提过任何要求。是她跟别人不一样，还是……

“好吧，我们去粥馆喝粥，喝你最喜欢的基围虾粥。” 他不敢再想下去，轻叹了一声，发动引擎将车子驶上了街道。

各怀心事的两个人明显“战斗力”不足，点了一桌子的菜，连三分之一都没吃到。梁陈只吃了半碗粥便对着窗外来往的人群发呆，连话都懒得说上一句。嘉航以为她还在为前段时间的事情生闷气，踌躇了半天，清了清嗓子问：“记不记得今天是什么日子？”

“嗯，什么日子？”梁陈收回投向远处的目光，心不在焉地问。

嘉航瞟了她一眼，脸上写满了神秘。只见他手中突然多了个宝蓝色的长方形盒子，上面绑了淡黄色的彩带。他将盒子移到她面前，一本正经地说：“打开来看看。”

“干吗？无事献殷勤？不像是你的风格啊！”梁陈支着胳膊望着他，表情依旧很淡然。又见他满怀期待的样子，便伸手打开了盒子。只见纯黑衬底上面放着一串素铂金项链，在顶部柔和的灯光下散发着耀眼的光泽。简洁流畅的项链下面是一颗造型别致的四叶草坠子，代表着幸运。

“喜欢吗？”嘉航用手轻轻捏起项链，指着下端的坠子深情地说：“第一瓣叶子代表信仰，第二瓣叶子代表希望，第三瓣叶子代表爱情，第四瓣叶子代表了幸运。希望我的老婆每天都被幸运之神眷顾，每一天都是幸福的！”

梁陈被这瞬间得来的幸福给砸懵了，她呆呆看着面前这个俊朗稳重的男人用舒缓有致的语调向她解释着这条项链的含义，微张的嘴唇抽动了几下，尚未开口，泪珠儿便簌簌而落。有时幸福，来得未必是时候，在她要彻底放弃的时刻！

“傻瓜，哭什么？”嘉航心头一热，不在乎旁边顾客投来的好奇目光，伸手轻柔地为她抹去脸颊的泪水。

“我累了，回去吧。”梁陈受不了四周射来的目光，低着头轻声地说。

“好，我们走吧。”嘉航说完将礼盒一收，伸手牵着她出了店门，就像青春小说中大男孩拉着羞涩的少女一般。就在他紧握住她手的那一刻，他仿佛找到了初恋般的感觉，酸酸的、甜甜的，却比当年多了份沉稳，少了些青涩。

两个人又是一路沉默无语，然而两颗疏离的心却越拉越近。他们之间少了前段时间的怨怼，多了些炽热的感动。嘉航将车停在车库附近，见四周寂静无人，便打开车内的灯，拿出那条项链伸到她面前说：“不记得了？今天是我们结婚一周年纪念日。”

“哦，我还以为这是你送给我的离婚礼物呢。”梁陈内心早已是柔软一片，嘴上却不依不饶地说。

嘉航白了她一眼，然后笑着说："你转过身去，我帮你戴上，快点！"

"回家再戴不行吗？快点把车停进去。"梁陈脸倏地一红，嘴硬地说，却乖乖地转过身去，任由他将项链挂在她的颈间。

"我们和好吧，再也别提离婚的事情了。"嘉航扣好项链的搭扣，长臂一伸将她搂入怀中，轻啄了她耳垂一下说。

梁陈心里虽然感动，但还是对他与宝怡的事情耿耿于怀，更对他那天晚归、不接电话的行为感到气愤。她轻轻推开嘉航，晃着脑袋说："你以为拿根项链就能收买我了？告诉你，我可没你想的那么好打发。"

"那你要我怎么做？你以后有什么要求我尽量满足还不行吗？"嘉航今晚可算是非常耐心地哄她了，谁知这小女人却仍不满足。

"好了，快点回家吧，好累，我想早点休息。"梁陈突然感觉自己的手又开始颤抖起来，面色微微一变，连忙从他手中抽了回来。

嘉航见她果真是满脸的疲惫，虽然现在一肚子的话要跟她说，但还是适时地打住了。后来又觉得很不甘心，便厚着脸皮抱怨说："你看看，结婚一周年这么重要的日子你都忘记了，难道我连一个礼物都没有吗？"

"不好意思啊，过几天补给你一个呗，别这么小气嘛！"梁陈伸手拍了拍他肩，笑容有些尴尬，心里有些愧疚。

"不行，今天一过就不算了，你说怎么办吧！"嘉航将脸一板，斩钉截铁地说，说完将脸往旁边一转，用余光瞟着她。

梁陈愕然地盯着他的侧脸看了半天，结结巴巴地说："要不、要不我们再去市中心逛逛，给你挑个礼物？"

"你不是累了吗？再说我一个大男人也不喜欢逛街。"想到自己今天抽空就往珠宝店钻，他就忍不住鄙视自己。

"那、那你要我怎么办？今天过了送的又不算，难道让我给你变个礼物出来啊？"梁陈真觉得面前的这个男人开始变得婆婆妈妈、无理取闹起来。

嘉航觉得眼前的这个小女人真是笨，连他的暗示都听不明白。他不耐烦地指指她，又指了指自己的脸颊，然后耍酷似的别过脸去一言不发。

"讨厌！也不知你从哪学来了这招！"梁陈轻捶了他一拳，探起身在他侧脸印上一吻。

（22）

第二天一早，梁陈就请了假瞒着嘉航去了市疾病防控中心，到了那里挂了号，交了钱，等了大约有二十分钟才见到主治医生，一个长相较为严厉的中年女大夫。她大略地询问了一些情况，又看了看梁陈的双手，并轻轻拍了几下，随即在病历上写了堆看不懂的字符安排她去做了各项检查。如此折腾了一上午，梁陈几乎把全身的检查都做了个遍，也没查出什么毛病来。最后那医生竟然让她回家观察一下，再做个更全面的检查或者再去别的医院看看，当时气得她恨不能抽她几耳光。现在的有些医生确实不太负责，不管三七二十一便让病人做一些乱七八糟的检查，而且检查费用不菲。

被医生气了这么一下，她的手抖得更为厉害了。坐在门诊部走廊的椅子上缓了半天，她还没有完全消气。若不是怕嘉航担心，她才不会跑到这里来看病。这不，花了一堆冤枉钱还没检查出什么来。她正一个人生着闷气，一抬头竟然看见走廊里冒出一个熟悉的身影，吓得她赶紧别过头。

“呀，这不是梁陈吗？你怎么到这里来了？”谁知那个人竟好死不死地认出她来，与旁边的一位医生打完了招呼便向她走了过来。

人都走到了面前，这下想视而不见也不可能了。她站起身挤出一抹笑容说：“我还正想问你怎么到这里来了呢！”

“哦，我过来帮朋友拿个资料，他有个家属刚转到我们疗养院去。”赵筠爽朗一如从前，面上永远带着淡淡的笑容。

“呵呵，现在你们，你们怎么样啦？”面对他探询的眼光，梁陈赶紧转移话题。

“我们一直不错啊，还是老样子。”赵筠的笑容有些勉强，眼里掠过一丝阴霾。

梁陈知道戳到他的痛处了，无奈地笑了笑说：“那就是还不错了，两个人一起加油吧！我还有事，要先走了。”

“你等等！”赵筠一个箭步跟了上来，一把夺过她手中的病历翻开来扫了几眼。

“喂，你这人怎么这么讨厌！”梁陈恼羞成怒地跳过去抢，谁知他个子太高，根本够不着。目的没达成，还引来旁人驻足观看，真是丢人丢到家了。

赵筠见状，一把将她拉到走廊的椅子上坐了下来，并用奇怪的眼神来回地打量着她，仿佛她是一刚出土的文物一般。将病历往她面前一摊，沉声问：“这是怎么回事？为什么不让嘉航带你去做检查？你们……你们……”话到嘴边，他却不好意思说出来了。

“没什么啊，我总不能老走后门吧，你知道的，他这个人不喜欢这套。”梁陈随口编了个理由。

“你们两个人可真够奇怪的！既然你有事，那就先走吧。不过我还想说一句，嘉航这个人，嘴倔、口笨，心地却是好的，若不是认定了一个人，他是不会选择结婚的！”赵筠说完将病历交到她手上，露出一口白牙爽朗地笑着。

梁陈在心里斥责他多管闲事，面上却笑着说：“嗯，我知道，我了解，我明白了！”说完向他挥挥手逃也似的走了。

刚回到家就接到苏格的电话，听她的声音似乎是遇到了什么棘手的问题。原来，无所不能的苏格也有困惑的时候啊。果然不出她所料，必定是工作上遇到了什么问题。苏格先是见外地问了问是否方便接电话，得到肯定的回答后便向梁陈倾诉起来。

梁陈听了半天，终于明白了她语气如此颓废的原因了，华东区主任的位子让别人给抢走了，被一个在公司任职多年的老业务给抢了。心高气傲的她哪受得了这些，一个业绩平平的业务，竟然是因为工龄较长的原因而坐上主任的位子，怎么能让她心服口服？她之前做了那么多努力全付诸流水，就连抢来的那个大客户也划分给那个人管理，简直太没有天理了！就连旁听的梁陈也义愤填膺地咒骂了一通，之后又觉得不解气，光着脚狠狠地踹了沙发几下。

“无所谓了，此处不留爷，自有留爷处！宁波那边有个厂家，是台资企业，准备挖我过去做华东区主任，待遇也都谈好了，就差我点头同意了。”把心中的委屈倒了出来，苏格觉得舒服多了，人也平静了下来。

“你倒是很能混啊，还有人挖角啊！一样是做主任，那你还犹豫什么？”梁陈的心情顿时晴朗了许多。

不过苏格很快就扔过来一个包袱：“待遇好是好，可是人要到宁波工厂那边去，我的房子还在这，我现在就一个房奴，总不能背着房子到处跑吧？”

“也是哦，你也不能扔下房子啊！还有马超，现在你们俩怎么样了？”不得不承认，梁陈很会转移话题，她最为关心的就是苏格的终身大事。

“别提了，平常看起来很好的一个人，为了这事跟我闹了好几天的别扭。我真没看出来他竟然是这么小气的一个人！”一提起这事，苏格又是一肚子的气。

梁陈听后极度讶异：“马超？他跟你闹别扭？他不像是那种人啊！”

“还不就是为了工作的事情，说我心太野，目的性太强，这样反而不好。不过就是劝我不要跳槽，留在这里！”苏格闷声抱怨说，语气里却并无责怪之意。

“说实话，像马超这样好的男人你还是好好珍惜吧。人家又不嫌你要强能干，对你死心塌地、体贴入微，多好啊。简直是打着灯笼也难找的精品男人，哦，精品中的精品！”梁陈确实打心眼儿里认可马超，觉得他再适合苏格不过了。

苏格沉默了片刻，声音沙哑地说：“陈陈，在工作上我付出了太多，当回报小于付出时我不甘心，这个公司我是真的不想再待下去了！”

“格格，你太执著了。俗话说得好，退一步海阔天空，珍惜眼前才是最重要的，别等错过了再来后悔，来不及了！”梁陈想起嘉航与张宝怡的爱情，刻骨铭心的爱恋已成明日黄花，剩下的只是对过往的回忆，有些悲有些可笑。

苏格听后咯咯直笑：“陈陈，言情小说看多了吧？你不像是会受这类小说荼毒的人啊！”

“我可是很郑重地跟你说这事啊，你还在那边笑我，真是没心没肺的家伙！”梁陈气得顿足，手上一抖差点将手机滑落。

“好了，不要再动摇我奔向成功的决心了，有些事情总是要学会取舍的，我知道自己在做什么。做人嘛，但求事过无悔！”苏格叹了口气，故作轻松地说。

“反正你是从来不听劝的，我也不想再啰唆，这件事你必须好好考虑一下，老大不小的人了，总不能一辈子不嫁吧？”梁陈一副皇帝不急太监急的语气。

“你真是比我妈还唠叨，好了，不说了，挂了！”苏格的倔劲一上来，没人能够动摇，家人也不例外。

（23）

在家休息了一下午，梁陈觉得双手抖得不厉害了，紧绷着的心弦也渐渐地放松下来，估计是自己近段时间心情焦虑不安的缘故吧。脑中想着嘉航昨晚的提议，她觉得还是难以接受。现在他们的婚姻中平白地冒出一个宝怡来，虽然不是第三者插足，但看情况也不比其好到哪里去。离婚对她来说是最好的解决方式，她终归不是那么大度的人，可以忍受自己的老公念着别人。说她草率也好，执拗也罢，心理上的障碍就那么赫然存在了，再怎么开导也无济于事。摸着项间的四叶草挂坠，她心中又生出一丝不忍，这些天对于嘉航来说已经很委曲求全了，可是爱情这种东西是不能与人分享的。虽然过了少年的纯真时期，可是内心却不由自主地期待着一场完整的爱情。而心里装着别人的他，显然是给不了了。说来这些幼稚的心理确实不适合她这把年纪的人了，可是张宝怡就像她心中的一根刺，时不时戳她一下，锥心地痛。反正长痛不如短痛，今晚等他回来就直截了当地跟他说了吧。

她在厨房煮粥的时候嘉航正开门进屋，一脸别人欠他几百块钱的表情。刚换了拖鞋就冲到厨房里怒气冲冲地吼道：“你今天是怎么回事，不上班也不跟我说一声，打你手机还关机，要不是碰上你们同事，我还在车里傻等呢！”

其实她是故意瞒着他去医院的，早上他开车将她送到学校门口后，她就随手拦了辆出租车往医院去了。谁知道回来跟苏格聊了半天，竟然把这事给忘记了。看着嘉航横眉竖眼的样子，梁陈的坏脾气又要涌上来了，考虑到今天有个坏消息要告诉他，她还是压抑着怒意说：“哦，下午有些事情，我就请假回来了，刚刚手机应该是没电了。不好意思，我忘记打电话通知你了。”

“我没听错的话，你应该是请了一天的假吧？为什么要骗我？”嘉航的脸色越来越阴沉，隐忍了良久的怒意还是没有完全爆发出来。

谎言被拆穿后，梁陈反倒冷静下来，她指了指客厅说：“你先在外面等会儿吧，我做好晚饭有事情要跟你说。”

“又要说什么事情？昨天我不是已经跟你说好了吗？梁陈，你变得太多了，以前的你不是这样的。”一听到她又有话要说，嘉航心底里涌上一股寒意，他怕她……

“别这样，快出去吧，一会儿就好。”梁陈转过身拿起锅倒上油，开始做她的西红柿炒蛋，嘉航最喜欢的菜。

嘉航不听，就倚在门边沉着脸盯着她忙碌的背影一言不发，他实在不明白这个女人心里在想些什么。明明他已经很明确地跟她表示过了，难道她听不懂他说的话吗?

“好了，你帮我把菜装盘吧，还有帮我把饭锅端过去，下面的任务就交给你了。”梁陈炒好后见嘉航还在门边站着，便开口吩咐说。

嘉航二话不说，利落地将这些事情做好，坐在饭桌前等着她。梁陈在自己的房间里磨蹭了半天才走了出来，手里拿着一个礼盒，她今天特意为他挑选的礼物——一块TISSOT经典男士腕表，花了她近两千大洋，作为结婚一周年的礼物。

“你不会请假一天就为了买这东西吧？”看着眼前的礼物，嘉航感动异常，声音也变得柔和了不少。

“怎么样？款式应该还不错吧，我觉得很配你。”梁陈用纤长的手指点着表面说。

“嗯，不愧是我老婆，最了解我的喜好！”嘉航接过表试戴了一下，看上去非常满意。

梁陈笑了笑，淡淡地说：“就戴着吧，先吃饭。”说完就拿起勺子埋头吃了起来。

饭罢，嘉航主动承担了善后的工作，这块表让他看到了两人和好的希望，想必多日来的僵局就要被打破了，是个好现象。他边刷碗边美美地想着，嘴里面还时不时哼着宋祖英的《今天是个好日子》。

梁陈坐在沙发上忐忑不安地等着他出来，她确实有重要的事情要跟他谈，她要向他摊牌。或许早些结束这样的生活，她的手就不会抖了，她也不会这么痛了。

“一个人在这里发什么呆呢？”嘉航收拾完毕走了出来，在她身旁坐了下来，亲昵地搂上她的肩说。

梁陈就势将头枕在他肩上，小心翼翼地开了口：“郑嘉航，你说分手时会有多痛？会痛多久呢？”

嘉航倏地变了脸色，嘴角抽动了几下说：“很痛，痛久了便麻木了，心就像是死了一般！”那样的痛，他不想再体会第二次，也不会有第二次。感觉肩头的梁陈动了一下，他连忙又补充说，“那都是过去的事情了，现在不是很幸福吗？”他边说边将腕上的表伸到眼前，低头在她脸颊落下一吻。

“郑嘉航，我们离婚吧。”梁陈将头埋进他的怀中，梦呓般地说道。

“什么？你说什么？”嘉航没料到她现在竟然说出这种话来，抚上她背部的手立即抽了回来。

梁陈紧紧地依偎在他怀里，贪恋着他身上淡淡的消毒水味，原来她曾经深恶痛绝的味道现在闻起来也不算差。双手紧紧地搂住他的腰低喃道：“嘉航，我们离婚吧。”

“为什么？我们这样不是很好吗？”嘉航倒抽一口凉气，推开她质问道。

“你真的觉得这样很好？可是为什么我觉得这么难过？我不想再这么浑浑噩噩地过下去了。”梁陈低着头有力地说道。

嘉航被她打击得差点背过气去，真没想到，跟他在一起她会觉得难过。过了半天他才哑声问：“为什么难过？因为宝怡吗？就是因为我的过去吗？因为我与她的过去你就要跟我离婚吗？你真是太傻了！”

“对，我就是很傻很天真，我还很幼稚，就是这样！”梁陈狠狠地抹去腮边的泪水冲着他叫道。

“梁陈，你没事吧？怎么突然……”他正说着，突然被一阵手机铃声打断了。掏出手机看了看，他快速地按下通话键，还没讲几句就瞟了梁陈一眼，避开她往别处去了。

（24）

当他气急败坏地拿着手机走出来的时候，梁陈早已经回到她的房间里去了。她要好好地想想，想想以后该怎么办，想想要怎么说服家人接受她即将离婚的现实。拿起正在充电的手机准备给苏格打电话，将这个酝酿已久的决定告诉她，这时却听见一阵猛烈的敲门声。

“梁陈，你给我开门，快开门！”嘉航心中怒意汹涌，抬手用力地敲着门咆哮着。

“郑嘉航，你发什么疯啊？”梁陈拉开门，怒目相视。

嘉航大大咧咧地冲进屋里，指着她问：“你跟我说实话，今天到底去哪里了？不单纯是为了买手表吧？”

“是啊，就是专程给你买手表了啊。”梁陈大胆地注视着他的眼睛，定定地说。

“是吗？你说谎技术是越来越高超了啊，登峰造极了！”嘉航一步步地逼近她，咬牙切齿地说。

“那你说我去干什么了？就这么点时间我能去哪里？我才不会像你一样，背着我去见旧情人呢！”梁陈见势不妙，连忙退后一步理直气壮地说。

“少跟我来这套！你是让我说出来，还是你自己乖乖承认？”嘉航上前一步，紧紧地钳住她的胳膊问。

梁陈忍着痛甩开他的手，大大方方地说：“好，我去医院了，如何？”

“为什么要去医院？去医院为什么不跟我说？为什么要跑到别的医院去？你明明……”嘉航的声音越发高亢，说到一半又觉得自己太过激动，只好将下面的话吞回肚子里。

“你不是不喜欢走后门吗？所以我就去别的医院了，再说了只是做个检查而已，又不是你们一家会做！”梁陈看也不看他，走到床边拿起手机玩弄起来。她不想让他看出自己有什么不对劲，她不想在这个时候被他同情，同情并不等于爱情。

“病历呢，拿来我看看！”嘉航懒得跟她兜圈子。

梁陈嗫嚅了半天，终于清晰地吐出一句话：“就是做个普通的检查，没事。”

“快拿来！”话刚说完，嘉航觉得还是自己动手来得快，直接冲到床边，拿起她的包包翻了起来。

梁陈想起病历上龙飞凤舞的一堆字，一般人根本看不懂，所以也就不去管他，翻就翻吧，看就看吧，除非是医生本人，别人才不知她写的是什么东西。

果然不出她所料，嘉航将病历竖过来倒过去看也没看出个所以然，又在她包里翻了翻，最后只能厚着脸皮问：“陈陈，你到底哪里不舒服了？”

“没什么，只是做个全身的检查而已，刚刚的检查报告你不是看了吗？都是正常！”梁陈准备打死她也不说。

“没什么你怎么会跑去检查？你跟我说实话你到底哪里不舒服了？”嘉航将手中的病历一扔，上前抓着她的胳膊急切地问。

见他这副样子，梁陈一咬牙，将双手伸到他面前说：“看吧，就是为了这个原因！”

嘉航不解地望着她，然后低下头看着她正微微颤抖的双手，大惊失色地说：“这、这是怎么回事？”

“我也不知道，时不时就抖了，应该没什么大问题吧。”梁陈坦诚地说。

“你……明天跟我去医院检查一下吧。”嘉航上前将她搂入怀中，无比温存地说，只是抽痛了的心仿佛跟着她的双手在一起颤抖。

梁陈身子一僵，用力地推开他，郑重地说：“郑嘉航，不用这样，我不想活在别人同情的目光下！”

“那你想怎么样？这根本就不是同情好不好？难道我连关心自己的老婆都不行吗？你成天脑子里在想些什么啊？”嘉航冲着她吼道，接着浓眉一皱，疑惑地打量着她说：“该不会你就是为了这个要跟我离婚的吧？你把我想成什么了？”

“当然不是！”梁陈摆着两手，急切地解释说：“离婚跟这事一点关系也没有，你不要乱扯好不好？我之前已经把原因说得很清楚了，我不想要这个空无一物的婚姻。”

“空无一物？你认为我们之间什么也没有吗？那这一年我们是怎么过来

的？没想到你竟然是这么评价我们的婚姻的！”嘉航心底涌上一股凉意，陡然抬高声音说。

梁陈撇撇嘴，狠下心说：“我只是在说出这个事实，我觉得我们该各就各位了，你去找你的张宝怡，我要去开始我的新生活了！”

嘉航听后发出一阵冷笑：“梁陈，你就想把我推到别人身边是吧？我什么时候说过要跟她在一起了？好了，我不跟你废话了，明天你必须乖乖跟我去医院，还有，我劝你有空想点有用的事情，别老是胡思乱想。”说完他便头也不回地甩门出去了。

“凭什么我要受你的控制啊？为什么都要听你的，太过分了！”梁陈气得手抖得更厉害了，抓起床上的枕头向门边扔了过去。

“刚刚忘记说了，我是不会同意跟你离婚的！还有，今晚你必须给我回房间睡，好让我随时观察你的病情！”嘉航突然折了回来，一把接住枕头。说完，将枕头又扔到了她怀里，并且快速地拔掉了门上的钥匙，不给她任何躲避他的机会。

“啊，我要疯了，我要被你气死了，世界上怎么会有你这种人啊！”梁陈抱着枕头欲哭无泪地仰天大叫。

（25）

一晚上嘉航都在思考着梁陈的病情，双手莫名其妙地发抖，一般有两种情况。一种是生理性手抖，另一种是病理性手抖，不知梁陈是属于哪一种情况。她的父母从没出现过这种情况，应该不是遗传性的。一般甲亢发病时手也会抖，但刚刚看过她的脖子，一切如常，没什么问题，而且也没出现过其他相关症状，因此也可以排除这一项。思来想去，他觉得有可能是心理上的原因造成的，难道是因为最近的事情?

“梁……”他抬手要触碰身边的梁陈，却见她已经背过身睡了，发出均匀、轻微的呼吸声。

嘉航叹了口气，想着她今天说过的话，字字铿锵、句句锥心。两人相处了一年的时间，她还是没能了解他，还说出如此令人伤心的话。空无一物的婚姻，他们之间真的像她说的那样吗？他果真就没能让她觉得有安全感、归属感吗？难道一定要把爱天天挂在口中她才会相信他是爱她的吗？女人有时就是很傻很天真，男人一两句甜言蜜语就将她们哄得开开心心的，而这些，他都不会。他觉得爱是不需要说出来的，行动上表示就好了。不过惭愧的是，他前段时间确实没怎么关心过她，为了宝怡妈妈的病，他冷落了她好长时间，难怪她会生出怨怼之心。

第二天到了医院，嘉航就带着她直奔神经内科，一番检查做下来确实没什么大碍，恰恰证实了他的猜测。神经内科的卢医生也给出了建议，初步诊断是由心理上的因素引起的，有点像预期焦虑症。目前的治疗方法就是分析她焦虑的原因，然后再对症下药，必要时可以请心理医生进行辅导。心病须得心药医，比起普通的病症也要麻烦一些，最重要的就是与病 人沟通。

梁陈见检查了一遍也没查出是什么问题，紧绷的心弦一下子松了下来。若不是提前请了一天的假，她早就冲回学校上课去了。嘉航二话不说，立即请了假陪她回家，他要挖出她焦虑的原因，是时候好好与她沟通一下了。

“不是回家吗？开错方向了吧？”梁陈见方向不对，疑惑地问他。

“带你去个地方。”嘉航眼睛注视着前方，淡淡地说。

“哦……呃……”梁陈正要扭过头望向窗外，左手却冷不防被他包进了温热的手掌中，紧紧的。就像儿时逛庙会紧牵住她的爸爸的手，他怕她被人群冲散了，怕把他的宝贝女儿弄丢了。

“梁陈，”他终于转过头来望着她，轻轻地说，“我们就这么牵着手走一辈子吧。”

梁陈打量了他一番莫名其妙地说：“怎么啦？看起来怪怪的。”说完她脑中嗡地一声，立刻变了脸色，“那个，检查结果应该没什么问题吧？”

“放心，身体上是没什么问题的，卢医生说你这毛病估计是心理上引起的。”嘉航终于找到了切入话题的机会，他小心翼翼地问，“这学期不是不用做班主任了吗？难道还有压力？”

“你还是好好开车吧，这样很危险。”梁陈看着两边的车辆从后面呼啸而过，连忙提醒他说。

大约开了一个多小时，车子终于在郊区一条小河边停了下来。嘉航停好车子，转头示意她下车。

“干吗呀？怎么开到这里了？”梁陈向外望了望，见这里场地空旷、人烟稀少，还有一条潺潺的小河，有种乡间风情。

“到这里对你进行心理辅导啊，我可不想让我的老婆对着院里心理科的帅小伙倾诉衷肠。”嘉航边说边下了车，体贴地为她拉开车门，做了个请的姿势。

“搞什么啊你？我又不是精神病患者，至于去看心理科吗？”梁陈嘟囔着下了车，眯着眼睛四处看了看。这里的风景确实很不错，蓝天白云、清水碧草，偶尔不远处的高速公路上传来阵阵货车呼啸而过的声音。

“愣在那里干吗，过来坐吧。”嘉航走到河边很随意地往草地上一坐，用手拍了拍身边的空地。

梁陈在身边坐了下来，恰巧一阵风吹过，淡淡的青草气息扑鼻而来。望着波光粼粼的水面，她歪着头看着他问：“搞什么鬼啊，你今天有点神经兮兮的。”

嘉航笑了笑说：“不觉得这里的景色很好吗？偶尔到这种地方来，心情会变得很好。”

“原来这里是你的秘密花园啊？像个小女生一样。”梁陈有意地讽刺他说。

“嗯，差不多算是吧。以前跟家里关系不好的时候就经常到这里来，甚至有一次晚上跟家人大吵了一通，大半夜的就发疯跑到这里来了。后来被凉风一吹，人就清醒了许多，想起那时候，确实有很多地方对不住爸爸妈妈。”嘉航遥望着远方，用低沉而平静的语调讲述着过往，微眯着的眼睛里看不出一丝波澜。

“是为了你与张宝怡的事情吧？”梁陈早就从苏格口中听了一些皮毛。

嘉航微微一笑问：“你是怎么知道这些事情的？我想你应该早就知道了吧，在你去A市之前。”

梁陈点了点头说：“没有，在此之前并不知情，后来到了格格那里才了解了一点。”

“苏格她怎么会知道我的事情？”嘉航疑惑异常，心里觉得这个并未给他留下任何印象的女子很神秘。

梁陈对他眨眨眼笑道：“想知道格格为什么会知道吗？那我给你讲个故

事吧。”看着他期许的目光，梁陈就像得到鼓励的学生一般，将几年前苏格与他约会的事情娓娓道来。

（26）

听完梁陈的讲述，嘉航真是惊奇万分，没想到几年前被爸妈逼着相亲的对象竟是苏格，更没想到苏格能将那天的事情记得一清二楚。不过也庆幸当时说了那样的话，否则像苏格这个只顾事业的女人是得不到母亲的欢心的。

“有没有心理准备听一听我与张宝怡的事情？”嘉航终于决定将他与宝怡的事情说出来，或许这样就能让她了解他真实的想法。

“好吧，你说吧，我洗耳恭听！”梁陈边说边捡起一粒小石子投向河里，只听咚的一声脆响，水面溅起的一串浪花逐渐漾成一圈圈涟漪向周围扩散开来。

嘉航清了清嗓子，开始讲述他与宝怡以往的点点滴滴，低沉的声音就像从天际传来：“上大学时，我们学校正好刚搬到大学城，后来在一次学校联谊会上认识了叫张宝怡的女孩。两人都有种一见钟情的感觉，于是后来我们就开始试着交往，双方感觉都不错，慢慢地就成了恋人关系。大三那年，我把她介绍给父母，当时他们也蛮高兴的，十分热情地招待了她。她母亲见过后也没什么意见，很支持她与我交往。因为我们医大要连读五年，所以宝怡就比我先踏入社会工作。因为她是单亲家庭，从小与母亲相依为命，所以一毕业她就选择了回家工作。那个时候我们时常半夜还在通电话，两个人曾天真地认为距离不是问题，最重要的是两颗心紧紧相依。到后来才发现，再浓厚的感情在现实面前都是那么地渺小。我家人的意思是让宝怡嫁过来，顺便也把她妈妈接到这边来，而她妈妈却非常固执地要我到那边工作。不知道什么原因，宝怡劝了她好久，她就是不肯同意到这边，最后双方都不肯妥协，我们便一直这么拖着。总想着拖个一两年，等他们心软了，没办法就会同意。谁知道，宝怡最后没能坚持住，在她母亲的安排下与别人结婚了。她结婚之前我特意去见了她一面，当时我们两个人什么都没有说，两个人怔怔地望了许久，她先落了泪，最后哭得像个泪人一般。当时我又是心疼又是痛恨，没说几句话便转身走了。她就一直跟着我到了车站，就这么哭着看我上了车……”嘉航突然顿了一下，仰头望着碧蓝的天空，轻快地说了句，“就这样，我们之间就彻底结束了。”

“其实，这也是人生中的一大财富呢！我就羡慕那些大学里谈过一场或平平淡淡或轰轰烈烈的恋爱的人们。在所谓的象牙塔中，留下一段甜美的回忆。像我那时，过着干巴巴的大学生活，现在想起来真是对不起自己呢！”梁陈将头枕在膝盖上，望着平静的水面，一脸憧憬地说。

听完她这番话，嘉航忍不住笑了起来：“你就这么渴望爱情啊？是不是跟我结婚就后悔了？”

“有那么点，你说我当时真是傻啊，怎么就没想到要先谈场恋爱呢？就这么懵懵懂懂地嫁给你了！”梁陈红着脸伸手推了他一把说，“有机会的话，我也要多谈几次恋爱再结婚！”

嘉航似笑非笑地搂过她肩沉声说：“那我要告诉你，你是不可能有机会的了！不过呢，我不介意跟你谈一场婚后的恋爱，你觉得如何？”

“这个提议嘛，确实很新鲜呢！”梁陈说着伸手抚过他的左胸，指着心脏的位置问，“只是，你装得满满的心里还容得下另一段爱情吗？”

“已经是空的了，怎么办？你要不要把它装满啊？”嘉航无奈一笑，紧紧地握上她的手说，眼中满是不可抗拒的深情。

“鬼才信呢！”梁陈不敢去看他的眼睛，干脆抽回手，扭过头望着不远处的高速公路。

嘉航实在拿她没办法，只得耐着性子质问：“话都说到这个份上了，你为什么不愿意相信我？难道一年多来，我们之间连一点信任感也没有建立起来吗？”

“本来我是很信任你的，可是呢，后来你鬼鬼祟祟地跟她联系，还拉着赵筠一起骗我，你说还让我怎么信任你？这一切不都是你自己造成的吗？”梁陈撇撇嘴，口中振振有词。

“好，这些事情咱们就一次性说清楚吧，省得以后都被你拿来弹劾我！”嘉航皱着眉开始向她坦白，“你想想，当时她妈妈得了病，查出来是胃部肿瘤。那时她老公又出差在外，家里又没什么亲戚，她想到我是医生便打电话过来咨询，难道我能不管不问吗？站在普通朋友的立场上，我也应该去帮助她吧？”

“既然是普通朋友，那为什么还偷偷摸摸的？”听说那个张宝怡已经结婚了，梁陈心中一阵暗喜。

“不是怕你这位小肚鸡肠的人吃醋吗？再说了，我觉得也没有必要，都已经是过去的事情了。”嘉航边说边厚着脸皮将手臂搭在她的背上。

“一边待着去，竟然说我是小肚鸡肠！”梁陈身子一扭，将他胳膊甩了下来，一仰身躺在了草地上。

嘉航见状也大咧咧地躺了下来，头枕着手臂说：“现在我明白了一点，我们之间太缺乏沟通了，所以才造成了这么多误会。以后我们一定要多多交流，免得再出现这样的情况，你说好不好？”

“天好蓝啊，云也很白，秋天到了吧？”梁陈不理会他，眯着眼睛看着天空感叹说。

“张宝怡她现在已经是准妈妈了，他们过得应该很幸福吧。那天晚上打了你这么多电话，是因为我想让你们见一面，她正好跟她老公一起过来，后来出了些事情，所以……”

“记得你上次说过，有假期的话要一起出去旅游的，到现在也没兑现，最后还不是我一个人去的？自己的老公连朋友都不如，人家格格还带我四处逛了几圈，所有费用全是她包的，啧啧，真是悲哀啊！”梁陈早就领会了他话中的意思，不想再听他解释下去，自顾自地说着。

这番话让嘉航愧疚难当，轻轻握住她的手说了一声“对不起”。见她半天没有反应，连忙转头看着她，却见她闭着眼睛像是睡着了一般。

感觉到他渐渐地靠近，梁陈突然开口说：“郑嘉航，其实那天我不是有意翻你的东西的，我只是在收拾家里的时候无意翻出来的。还有，其实我没你想象的那般有心机，那个时候我只不过想要进一步确认一下我们之间的感情，所以……”

“不用说了，我都明白，我能体会你当时的犹豫与挣扎，同时也谢谢你当时能够那样，因为可以从那件事上看出，你心里是在乎我们之间的感情的。总之，谢谢你！对不起！我爱你！”听了她这番话，嘉航心中涌上一股暖意，只将她的手握得更紧了。

“为了表达你心中的歉意，那就罚你唱首歌吧，就唱1983的那首《对不起，我爱你》，我知道你肯定会唱的！”梁陈转过头，俏皮地对他挤挤眼睛说。

霎时，嘉航的脑门上立即显现出三道黑线，他支吾了半天为难地说：“能不能换个惩罚方式？”

“可以啊，回家买一只榴莲，我看着你把它吃光！唱歌还是吃榴莲，二选一，你自己看着办吧！”梁陈笑得满脸奸诈，嘉航窘迫得满面通红，他最终还是选择了唱歌。不一会儿，夹杂着青草气息的微风就挟着他那低沉而醇厚的声音传入梁陈的耳畔：

这熟悉的天气
留在深处的记忆
似乎那次我们相遇
是缘分前世的累积
那曾经的旋律
却不能再次响起
是否我们无法逃避
早已注定的结局
而距离
我们在不同轨迹
再多的努力也是悲戚
在心底千万次的练习
千万次不停的温习
只怕已来不及
只是还没告诉你
对不起我爱你
没有你我无法呼吸
我不能看你泪流了几公里
只是我还没有鼓足勇气
还没告诉你
对不起我爱你
就算有一天脱离了身体

我依然这样的死心塌地
我不能听信别人
为我做好的安排
我知道现在的你
对我有多么的依赖
我相信你一定
还在原地为我等待
因为你而我存在
别离开我的爱
我依然无法与你分离
还要和你继续在一起
对你说上那句我爱你

尾　声

梁陈近来一直坚持去做瑜伽，整个人看上去确实比以前容光焕发了，而且她手抖的毛病也渐渐地好了。学校里的同事们没想到做这项运动竟然这么有效果，有几位老师也兴致勃勃地去报了名。当然没有人知道这其中的奥秘，爱情的力量是很强大的，既能美容养颜，又能调节心理。

前几天与苏格联系了，向来要强、冲劲十足的她最终没有去宁波就职，仍是待在原来的公司做着华东的业务组长。与马超大吵了一架后，她想了很多，以前的她确实是太任性，太不知足了。平常只顾着自己的事业，过于追求自我，一直忽略了真心对待自己的马超，同时也小心翼翼地隐藏着自己的感情，不愿正视自己内心的真实感受。若不是这件事情，她或许还认不清前面的方向，或许还像以前一样自顾自地埋头向前冲。其实偶尔停下来看看身旁的风景，说不定就会发现另一片景色迷人的天地。她，终于找到新的生活方向了！

相对于苏格与马超这一对而言，赵筠与王丽娜还是老样子，没有丝毫的进展。虽然两个人一直辛苦地坚持了这么长时间，可是家里人仍旧是不肯松口。赵筠是个孝子，自然不愿与家人起冲突，但他确实是深爱着王丽娜，所以只能与她保持这种尴尬的关系。说情人不是情人，说是夫妻却少了那张合法的证明。那日见到王丽娜，她丝毫没有颓废之相，反而自我打气说："我们相爱了这么多年，现在好不容易在一起了，所以要享受这来之不易的生活。不是有首歌叫《死了都要爱》吗？我们虽没有那样的勇气与热情，但有着相同的信仰，我们不能再像以前那样莫名其妙地错过了，珍惜现在的每一天，就是对我们之间的爱的最大回报！"梁陈记得她说这番话的时候，一脸的动容，眼中流露出圣洁而坚定的光芒。当时脑中突然闪过一句诗词："问世间情为何物，直教人生死相许。"在当今这个物欲横流、纷繁扰攘的社会，能够像他们这样爱得纯净、爱得真切的人真是少之又少了。不过，这个世界，总是有真爱存在的！

开学一个月后，迎来了十一长假，梁陈收到了一份意想不到的礼物——云南双飞七日游。这是嘉航曾经承诺过的，如今这份礼物就夹在一大束盛开的洁白玫瑰中，中间唯一的一朵红玫瑰开得正盛，鲜艳欲滴，就像是爱情的颜色！

粉色的信笺上是嘉航工整有力的字迹："宝贝，你在我心中不是米粒饭，也不是蚊子血。你就像这束白玫瑰中的唯一一朵红玫瑰，永远那么鲜艳、娇嫩，静静地在我的心中绽放！"